공방의
계절

공방의 계절

연소민 장편소설

모요사

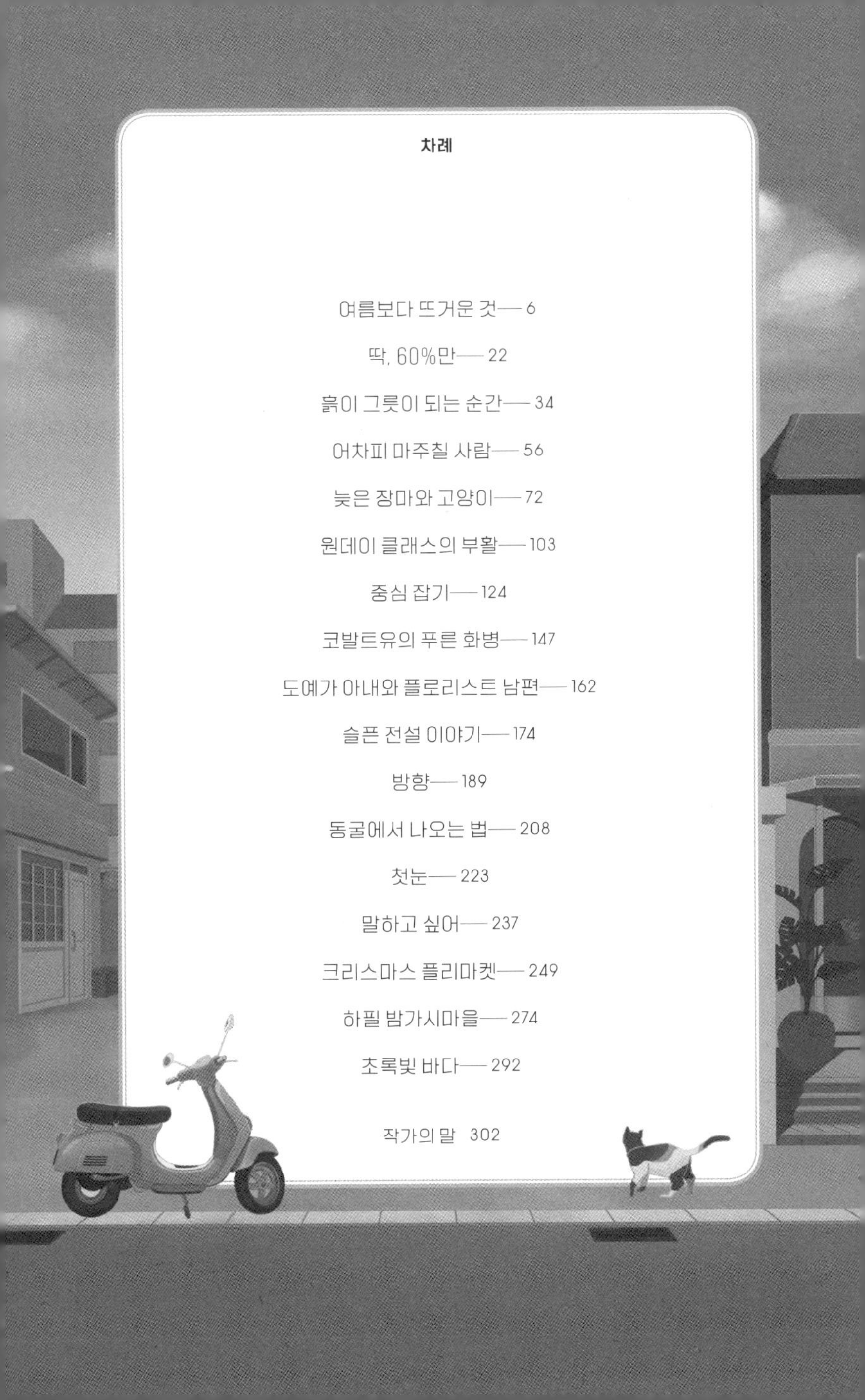

차례

여름보다 뜨거운 것

정민은 지난해 가을 가시에 처음 찔렸을 때를 잊지 못했다.

길거리에 떨어진 수많은 밤송이. 그중 운 좋게 사람의 발길을 피해간 온전한 밤송이 하나를 주웠다. 흙을 툭툭 털어내고 껍질을 벌렸다. 이미 누군가가 알맹이만 쏙 빼간 듯 속이 텅 비어 있었다. 속이 빈 밤송이를 몇 개나 더 주웠을까. 따끔한 밤 가시가 여린 손바닥을 파고들었다. 고만고만한 가시들 사이에 잔뜩 성이 나서 유독 날카롭게 자란 가시 하나가 숨어 있었다. 정민은 밤송이를 더 꽉 쥐었다. 그간 아무렇지 않게 글을 써온 손에 벌을 주고 싶었다. 핏방울이 동그랗게 맺혔다. 찌릿한 쓰라림이 손바닥에서 척추를 타고 발끝까지 퍼져 나갔다.

그날 이후로 정민은 집 밖을 나간 적이 없었다. 밤가시마을에 이사 온 지 한 계절밖에 지나지 않은 때였다.

*

일 년 전 이 빌라를 처음 만난 여름도 올해만큼 더웠다. 목을 타고 흐르는 땀 때문에 매물을 보러 다니는 것에 지칠 대로 지쳐 있었다. 2년마다 반복되는 이사에 진이 빠진 그녀는 실용적인 용도 외에는 '집'이라는 공간에 매력을 느끼지 못했다.

"오늘은 이게 마지막인가요?"

정민이 기운 없는 말투로 물었다. 중개사는 좋은 매물이 나왔다고 정민을 일산의 여기저기로 데리고 다니며 요란을 떨었지만, 그녀는 선뜻 계약하겠다는 말이 나오지 않았다. 집이 깔끔하다 싶으면 가격이 턱없이 높았고, 가격대가 그럭저럭 맞으면 출퇴근이 힘들 정도로 외곽이었다.

"아가씨, 잠시만! 하나만 더 보고 가요. 혼자 살기 딱 좋게 잘 빠진 빌라가 있거든요. 진짜 마지막!"

"……네. 그것도 볼게요."

어떡하든 계약을 성사시키려는 중개사와 매번 애매한 반응을 보이는 정민 사이에 은근한 신경전이 계속되고 있었다. 그렇지만 정민은 주말까지 생각할 것 없이 오늘 매물을 모조리 보고 결정까지 해버리겠다고 다짐한 터였다. 주말과 평일의 경계가 모호한 방송 작가인 그녀에게 주말은 그만큼 소중했다.

"밤 좋아해요?" 밤가시마을 골목으로 들어서며 중개사가 뜬금없이 물었다.

"아뇨, 딱히."

"여기가 다 밤나무래요. 가을이 되면 밤송이가 풍성하게 열려서 길이 아주 예쁘다나. 동네 아줌마들이 밤도 줍고 다닌다는데……."

정민은 별다른 대꾸를 하지 않았다. 푸른 잎사귀 뭉치에 갈색 나무줄기, 여름의 나무들은 다 비슷해 보였다. 그녀의 눈에는 어느 것이 밤나무인지 구분이 가지 않았다.

4단지는 빌라 단지 내에서도 가장 높은 지대에 있었다. 계속 이어지는 오르막길에 중개사도 급격히 말이 없어졌다. 둘은 걷는 일에만 집중했다. 빌라를 마주한 순간 정민은 그대로 걸음을 멈췄다. 첫눈에 반해버리고 말았다. 빌라 벽에는 군데군데 페인트가 벗겨져 있었다. 그렇지만 보기 드문 아치형 창문의 발코니와, 창문틀을 따라 주황색으로 칠해 포인트를 준 상아색 외벽은 유럽을 연상케 했다. 주황색 창틀이 주는 부담스럽지 않은 쾌활함은 여름이라는 온도와 잘 어울렸다.

3층에 사는 누군가는 동그란 아치형 창문에 작은 다육이 화분을 촘촘히 올려두었다. 4층 끝 집에는 여름 햇빛을 반기듯이 형형색색의 양말이 빨래집게로 걸려 있었다. 손바닥만큼 작은 노란색 아기 양말도 나란히 걸려 있었다. 그 옆집에는 두꺼운 책이 가득 꽂힌 책장이 비쳐 보였다. 이리저리 치이는 시간제 대학 강사가 사는 건 아닐까. 이상하게도 이 빌라의 일상이 어떨지 상상이 갔다.

301호. 창문을 통해 아까까지 자신이 서 있었던 곳을 내려다보았다. 악의 없는 더운 바람이 그녀의 긴 머리카락을 한 올 한 올 감쌌다. 층수는 낮지만 지대가 높아 저 멀리 동네를 둘러싼 산등성이까지 잘 보였다. 정민이 창문에 무언가를 두고 싶다는 생각을 한 것은 이때가 처음이었다. 잠시 상념에 잠겨 말이 없어진 그녀는 뒤늦게 아차 싶었다. 자신의 눈치를 살피는 중개사에게 한 치의 망설임도 없이 말했다.

"이 집으로 계약할게요."

질리지 않고 오래 머무를 수 있을 것만 같았다. 가속이 붙어 페달을 밟지 않아도 되는 자전거처럼 인생이 잘 풀릴 것만 같았다. 정민은 처음으로 자신이 사는 '집'을 좋아하게 되었다.

그러나 부푼 꿈이 바람에 날아간 건 한순간이었다. 정민이 탄 자전거는 내리막에 접어들었다. 감당이 안 될 정도로 가속이 붙었고 그녀는 보기 좋게 뒤로 고꾸라졌다. 페달의 헛바퀴질도 멈췄을 때 모든 것이 소진되었음을 알 수 있었다. 주황색이 거무죽죽한 벽돌색으로 변해가던 가을 무렵이었다.

제작 중인 지상파 다큐멘터리에 일방적으로 계약 해지를 통보했다. 출입증을 내던지듯 반납하며, 뭐가 그렇게 당당했는지 표정 하나 바꾸지 않고 그대로 짐을 싸서 나왔다.

사실 정민은 그 시기의 일을 잘 기억하지 못했다. 몇 개월 후 동료 작가가 전해준 말로 그날의 상황을 파악할 수 있었다. 그만두던 날 정민이 무슨 옷을 입었는지까지 자세히 말해주었는데 자신의 행동은 가관이었다. 그렇게 일에 열정을 쏟아부을 때는 언제고 자기 두 발로 방송국을 걸어 나왔다는 것이 믿기지 않았다. 한 계절이 지나는 사이에 설명할 수 없는 저주 같은 감정이 마음 깊이 내려앉았다는 것만이 그녀가 알 수 있는 확실한 사실이었다.

이제 정민은 더 이상 플랜테리어에 푹 빠진 이웃집 주부와 수다를 떨지 않았다. 우량아로 태어났다는 4층의 아기가 얼마나 컸는지도 궁금하지 않았다. 그 옆집의 독서광 대학원생에게 소설을 빌리지도 않았다. 햇빛에 따라 수시로 건물의 색이 바뀌는 이 평화로운 작은 마을에서 정민은 도저히 행복할 수가 없었다. 유럽을 떠올리게 해서 그녀를 배시시 웃게 만든 창문은 다시 환기라는 실용적인 용도 외에는 다른 의미를 가지지 못했다. 날씨가 맑은 가을에는 물빛의 높은 하늘이 갑자기 푹 내려앉아 그녀의 빌라를 덮칠 것 같았다. 서늘함이 스미는 11월부터는 아예 창문 블라인드를 걷지 않아 겨울의 하늘을 볼 수 없었다. 집의 공기가 가라앉고 주위가 유독 고요해지면 눈이 왔나 생각하고 말 뿐이었다. 해가 바뀌어 봄비가 내리면 지대가 높은 탓에 찌든 걸레 색깔의 하늘과 맞닿을 듯했다. 정민은 어제가 오늘인지, 오늘이 내일인지도 모르는 굴곡과 요동 없는 직선의 시간을 보냈다. '서른'이라는 삶의 구간에서 미로에 갇혔지만, 탈출을 포기해서인지 막막하지조차 않았다. 이 집에서 모나지 않게 살 수 있을 거라는 예감은 보기 좋게 빗나갔다.

*

자책의 감정에 포섭된 채 세 계절이 흘렀다. 한 해 전 가시에 찔린 오른쪽 손바닥의 통증이 희미해진 여름 아침, 정민은 소리를 지르며 자리에서 벌떡 일어났다. 그럴싸한 다짐이나 목표를 담은 말을 내지른 것은 아니었다. 아니, 애초에 문장도 아니었다. 온전한 단어도 되지 못하는 '소리침'에 불과했다. 그러나 거기엔 무언가 하지 않으면 안 된다는 엄청난 압박감이 실려 있었다. 사실 이런 비명은 지난봄부터 계속되었다. 히키코모리 생활을 계속하다간 영원히 사회에 나가지 못하고 홀로 죽어갈 것 같았다. 게다가 숨만 쉬어도 수십만 원의 돈이 빠져나갔다. 매달 자신 앞으로 목숨 값이 청구되는 것 같았다. 그렇다면 그 액수만큼의 값어치라도 하며 살아야 돈이 아깝지 않을 것 같았다.

가구가 몇 없는 정민의 투룸에 비명이 퍼졌다. 메아리가 치는 것을 듣고서야 자신이 오랜만에 성대를 울려 소리를 냈다는 것을 알았다. 메아리가 천장 모서리에 닿아 사라졌을 때 정민은 단내 나는 입 안을 대충 헹궜다. 여름이라는 것도 잊은 채 긴팔과 긴바지를 입고 곧바로 집을 나섰다.

8월의 햇빛은 강한 생명력을 품고 쏟아졌다. 정민은 뒤통수를 후려치는 뙤약볕 아래를 비틀거리며 걸었다. 마치 멸균 시설에 갇혀 있다 나와서 햇빛에 면역이 사라진 듯했다. 땀이 끊임없이 흘렀다. 검정 긴팔 셔츠와 발목 아래까지 내려오는 청바지 차림이었으니, 스스로 자초한 일이었다. 그새 살이 더 빠졌는지 헐렁이는 옷 아래로 엉덩이와 종아리는 제 기능을 상실한 것같이 심하게 물렁거렸다. 원래도 있으나 마나 한 근육마저 다 빠져나간 것 같았다.

밖으로 나온 지 삼십 분도 되지 않아 결국 카페로 피신을 택했다. 노란색 간판을 내건 프랜차이즈 카페가 몇 군데 있었다. 정민은 큰 결심을 하고 집을 나온 김에 이왕이면 맛있는 커피를 마시고 싶었다. 잠을 몰아내는 대용량 커피가 아닌 정성스럽게 내린 커피. 또 다른 카페가 나타나길 바라며 안쪽 골목으로 꺾어 들어갔다. 카페처럼 보이는 외관에 아무런 간판도 내걸지 않은 가게가 눈에 들어왔다. 한쪽 벽면이 통유리였지만 가게 앞을 장악한 수많은 화분 때문에 도통 내부가 보이지 않았다. 어렸을 때 읽은 서양 동화 속 마녀의 집 같았다. 화분의 대다수를 차지

하고 있는 위협적인 선인장의 가시는 모두 날이 서 있었다. 그간 한 번도 보지 못한 가게였다. 정민은 이것도 하나의 도전이라며 애써 의미 부여를 하고 안으로 들어갔다.

"안녕하세요. 여기 혹시 카페……."

정민은 하려던 말을 다 하지 못했다. 들어서자마자 콧속으로 훅 들어오는 흙냄새와 선반에 빼곡히 진열된 도자기 때문이었다. 여기저기 흙이 묻어 지저분한 앞치마를 맨 여자 두 명이 있었다. 물레 앞에서 흙과 씨름하고 있는 20대 여자와 바깥을 멍하니 보고 있는, 어쩐지 삶이 권태로워 보이는 40대 중반의 여자.

"죄송합니다. 카페인 줄 알고 들어왔어요."

빠르게 사과를 했지만 당황한 척도 하지 않는 그들에게 오히려 정민이 더 당황했다. 마치 자신이 이곳에 오기로 미리 약속이라도 되어 있는 것 같았다.

"그런 분들 많아요. 내부도 잘 안 보이고 간판도 작으니까요. 아쉽게도 도자기 공방이랍니다. 그런데 땀을 엄청 흘리시네요."

공방의 주인으로 보이는 40대 여자가 거리낌 없이 말을 붙여왔다.

"산책하느라 조금 걸었거든요."

정민이 민망함에 손부채를 했다. 슬쩍 고개를 숙여 옷을 보니 다행히 땀이 내비치진 않았다.

"날씨도 더운데 여기서 커피 드세요. 전문점만큼은 아니지만 웬만한 드립백도 종류별로 있고 달달한 것도 가능해요."

젊은 여자도 물레질을 멈추고 "지금 딱 커피 타임 가지려고 했어요"라고 한마디 거들며 손을 닦았다.

"그래도……."

잘못 찾아온 손님에게 커피를 내주는 건 오지랖일까 친절일까. 정민은 아리송했다.

"괜찮아요. 앉아요."

젊은 여자는 잽싸게 뒤편에서 의자를 가져오며 생글생글 웃어 보였다. 이유 없는 미소가 미심쩍었지만 싫지는 않았다. 자연의 색을 닮은 푸르고 하얀 도자기들에 마음을 뺏긴 건지도 몰랐다. 인간이 만든 딱딱한 고체가 자연의 색을 쏙 빼닮을 수 있다는 것이 신기했다. 정민은 몇 년 전 후배의 억지스러운 요청으로 'OO여자대학교 출신 직업인에게 묻다'라는 인터뷰에 응해야 했다. 그때 '글의 영감을 어디서 얻나요?'라는 상투적인 질문에 '자연'이라고 똑같이 상투적인 대답을 내놨다. 거짓말은 아니었다. 정민은 자연에서 영감을 얻곤 했다. 특히 바다같이 푸르고 넓은 것에서.

도자기 표면에 넘실거리는 신비한 푸른빛 때문이 아니라면 의자를 꺼내준 젊은 여자의 두툼한 손이 귀여웠기 때문인지도 몰랐다. 아니, 무엇보다 공방 주인이 정민의 방문을 진심으로 기뻐하는 것 같아서 거절할 수 없었다. 좀 전까지 혼자 버려진 사람처럼 멍을 때리던 여자의 얼굴에 화색이 돌았다. 그 표정 변화가 떨떠름하면서도 왠지 모르게 기분을 좋게 만들었다. 정민은 마법에 홀린 듯 의자에 앉았다.

"달달하게? 아니면 블랙?"

"블랙으로 부탁드릴게요."

"고소한 걸로 괜찮아요? 지금 산미 있는 건 솔드아웃이라서요. 저희 커피에는 특별한 비법이 있어서 원두 취향에 상관없이 맛이 좋을 거예요. 아, 그리고 다음에는 달달하게 먹어봐요. 사실 내 주특기는 달달한 커피거든요."

다음에? 이 공방에 또 커피를 마시러 오라는 말일까. 정민은 예의상 웃어 보이며 "네"라고 짧게 답했다. 옆에 앉아 있는 젊은 여자는 딱히 말을 걸지 않았고 정민은 그 점이 마음에 들었다. 애매하게 서로를 탐색하는 대화는 사절이었다.

시원한 에어컨 바람에 땀이 빠르게 말랐다. 공방에서 유일하게 소리를 내는 커피포트는 존재감을 알리듯 힘차게 연기를 뿜어냈다. 커피를 내리자 공기 중에 떠 있는 흙냄새 사이로 스멀스멀 커피 향이 퍼졌다. 이 공간이 순식간에 '단어로 정의할 수 없는 향'으로 가득 찼다. 흙냄새와 커피 향의 조화. 여태껏 상상해본 적 없는 향이었지만 생각보다 나쁘지 않았다. 달다, 쓰다, 비리다 같은 생리적인 코의 판단보다는 '무해하다'는 감정의 판단이 앞섰다. 후각이 예민한 정민이 코보다 감정의 판단 편을 들어주는 경우는 흔치 않았다.

“아이스로 시원하게 했어요.”

뜨거운 커피 한 잔과 차가운 커피 두 잔. 커피 잔도 직접 만들었는지 전시된 잔들과 디자인이 비슷했다. 물레를 차던 여자는 커피를 맥주처럼 벌컥 마셨다. 슬쩍 봤는데도 흙과 싸움을 하던 모습이 꽤나 고돼 보였었다. 정민은 땀으로 수분을 한 차례 배출한 탓에 짙은 갈색의 커피가 먹음직스러워 보이기까지 했다. 여자가 그렇게 자신한 커피 맛은 부정할 수 없게 맛있었다. 특별한 것 같지 않은데 혀를 감싸는 특별한 미감이 있었다. 흠흠 향을 맡아보니 프랜차이즈 원두 향은 아닌 듯했다. 7년간 방송 일을 하며 밤샘이 일상이었던 정민이 대기업 커피 맛을 모를 리 없었다. 다시 차분하게 커피를 입 안에 머금고 골똘히 생각해봤지만, 딱히 떠오르는 게 없었다. 하긴 일을 그만두고 몇 개월 동안 집에서 잠만 자느라 커피를 마실 필요가 없었던 터라 입맛이 무뎌진 것도 같았다.

“맛있어요. 정말 맛있어요. 원두가 어디 건지 알 수 있을까요?”

“사실 저도 이 원두가 어디 건지 몰라요. 선물 받은 것 중 하나라. 아마 예가체프 원두이지 않을까 싶은데…….”

정민은 이 커피 맛의 비밀이 궁금했다. 갸우뚱하는 정민을 본 공방 주인이 말을 이었다.

“우리 집 커피가 평범한 원두를 써도 맛있는 이유는 잔 때문일 거예요. 1,250도의 가마에서 구워낸 견고한 도자기거든요. 블랙커피는 옥색을 띠는 청자에 담아 마시면 더 맛있게 느껴져요. 그리고 아까 말했던 달달한 커피는 꼭 광택이 흐르는 백자에 마셔야 해요. 설탕의 이미지가 떠올라서 그런지 더 맛있게 느껴진답니다."

젊은 여자도 '커피 비법'에 신뢰성을 부여하는 데 거들었다.

"저도 처음에는 안 믿었어요. 원효대사의 해골 물같이 플라시보 효과라고 생각했거든요. 그런데 오묘하게 달라요. 정확하게는 맛보다 풍미가요. 제가 화학을 전공해서 이런 궁금증은 못 참거든요. 대강 알아보니까 도자기 표면과 커피 성분의 케미컬 작용이 있는 것 같아요. 왜, 도자기는 숨을 쉰다고들 하잖아요."

"신기하네요."

믿거나 말거나 한 두 여자의 말에 이상하게도 납득이 갔다. '정말, 원두 말고 이 도자기 잔에 비밀이 있을지도 몰라'라고 생각하면서 정민은 두 손으로 잔을 꼭 잡았다. 분명 얼음이 가득 든 도자기인데 1,250도의 온도가 느껴지는 것만 같았다. 처음으로 천 도를 웃도는 높은 온도를 가늠해보았다. 뜨거움이 아니라 따듯함이 손바닥 혈관을 타고 동맥까지 전달되었다. 에어컨 바람에 반짝 개운해졌던 것과는 달리 따듯함이 뼛속 깊숙이까지 파고들어 긴장을 풀어주는 느낌이었다. 속절없이 녹아내리는 몸. 차가움은 따듯함을 이길 수 없다. 이 커피 맛이 또 생각날 것 같다. 정확하게는 젊은 여자의 말처럼 맛보다는 풍미가.

"혹시 뒤에 있는 도자기들은 파는 건가요?"

"그럼요. 편하게 살펴보세요. 이런 머그컵과 찻잔은 왼편에 모아뒀어요."

턱없이 비싼 가격표에 하나씩 정갈하게 진열된 백화점 도자기와 달리 투박한 모양새였다. 따닥따닥 붙어 있기도 하고 심지어는 층층이 쌓여 있기도 했다. 저러다 이가 나가지 않을까 걱정이 되었지만 흔한 가정집의 부엌 찬장처럼 친근했다. 순도 높은 하얀색을 띤 잔을 보자 자연스레 캐러멜 마키아토가 생각났다. 옥색과 흰색이 그러데이션 된 잔을 보자 밀크티가 떠올랐다. 흑유를 입혔다는 새카만 잔도 있었는데, 당장이라도 엑설런트 아이스크림을 사서 아포가토를 만들어 먹고 싶을 지경이었다. 아마도 공방 주인이 말한 잔의 '이미지' 효과 때문이리라. 글을 쓰는 사람인 정민은 이런 상상력에는 습득이 빨랐다. 하나하나 소중하게 잔을 들어 두 손으로 감싸 쥐며 온도를 손바닥 한가득 느꼈다. 이 잔들이 얼마 전까지 있었을 뜨거운 가마 안의 온도가 궁금했다. 방금까지 땀을 뻘뻘 흘리며 여름을 욕했는데 말이다. 날씨보다 더 뜨거운 것을 찾는 자신의 모순된 욕구가 재미있었다.

"제가 커피를 좋아해서요. 직업 특성상 밤을 자주 새우기도 했고요. 이런 잔이 있으면 좋을 것 같아요."

"그러면 사지 말고 직접 도자기 구워볼래요?"

여자는 커피 한 잔 마시고 가라고 했을 때와 비슷한 말투와 속도로 제안했다. 상대방이 부담스러워하지 않게 말하는 방법을 잘 아는 듯했다.

"저는 손재주가 전혀 없어요. 미술 쪽은 꽝이거든요. 절대 못할 거예요."

"그건 걱정 말아요. 옆에 있는 회원님도 공예라는 걸 처음 접해본 사람이었어요. 그런데 이제는 리빙 페어에 내다팔 정도로 잘 만들어요. 그릇에 담고 싶은 것이 생겼다면 그걸로 시작의 이유는 충분하죠."

'그릇에 담고 싶은 것'이라. 정민은 아까 떠올린 캐러멜 마키아토와 밀크티, 아포가토를 생각했다. 분명 더 많은 것을 담을 수 있을 것 같았다. 1,250도의 가마에서 구워져 나오는 따뜻하고 단단한 도자기들. 그 안에는 냄새도 무게도 없는 무형의 것까지 담을 수 있지 않을까.

"여기 살아요?" 공방 주인이 커피를 홀짝이며 물었다.

"네. 밤가시마을 4단지요. 산 지 일 년 조금 넘었네요."

여자가 솔깃해하며 눈을 크게 떴다.

"엄청 가깝네요? 오가면서 몇 번 마주쳤을 수도 있겠다."

"그럴 리는 없었을 거예요. 집에만 있었거든요." 정민이 맥없이 웃었다.

"나도 그런데. 사실 나도 동굴 밖으로 꺼내진 지 얼마 안 됐어요."

정민은 입술을 꽉 깨물었다. '동굴에서 꺼내줄게.' 옛날에 이런 말을 한 친구가 있었다. 누가 봐도 '너를 위해주고 있어'라는 불편한 말투. 선량한 친구를 자처했지만, 그건 누군가에게 내줄 주먹만 한 자리조차 없는 정민에게는 곁을 내놓으라는 협박과도 같았다.

"그런데 동굴도 나쁘지 않잖아요. 그렇죠?"

여자의 입에서 나온 의외의 말. 정민은 여자에게서 이유 모를 안전함을 느끼며 천천히 고개를 끄덕였다. 두 손으로는 여전히 도자기를 감싸 쥔 채로.

수업 날짜를 정하기 위해 공방 주인은 정민에게 평소 일정을 물었다. 정민은 일을 쉬고 있어 시간이 많다고 했다. 좋게 말해서 쉬는 거지 사실은 백수였다. 백수라고 하면 사람들은 보통 그 전에는 무슨 일을 했는지부터 육하원칙으로 사정을 물어온다. 마지막에는 "에고, 근심이 많으시겠네요"라고 걱정하는 척하며 자기 멋대로 그녀를 미래가 불안한 사람 내지는 사회 적응에 결함이 있는 사람으로 결론짓기 일쑤다. 그런데 공방 주인은 "여유로워서 좋겠네요"라면서 말을 줄였다. 정민은 속 이야기까지 파고들지 않는 그녀 앞에서는 긴장할 필요가 없음을 깨달았다.

"우선 주 2회로 화요일과 목요일, 어때요? 2주 동안은 저랑 평일에 따로 손 성형을 하면서 흙과 친해지는 게 목표예요. 그다음엔 평일 하루를 주말로 옮겨 토요일 직장인 반에 참여하도록 하고요. 내 이름은 조희고, 선생님이라고 부르면 돼요. 이쪽은 지혜 씨, 공방 선배죠."

말을 마친 조희가 대뜸 탁상 달력에서 8월의 페이지를 찢었다. 그리고 정민이 나와야 하는 날에 동그라미를 쳐서 건네주었다. 네모난 종이에 가득 담긴 숫자들 덕분에 한 달이라는 시간이 얼마나 긴지 알 수 있었다.

딱, 60%만

'화요일과 목요일, 어때요?'

불을 꺼도 눈에 아른거리는 형광등의 잔상처럼 조희의 말이 귓가에 맴돌았다. 정민은 어젯밤 잠들기 전에 알람을 맞춰두었다. 옛날에 아침 7시부터 9시까지 5분 단위로 저장해두었던 알람 목록을 보다 보니 치열했던 시간들이 떠올랐다. 동시에 지금은 무기력할지라도 그렇게 살지 않아도 된다는 안도감이 들었다. 또 한 번 휴식을 허락받은 기분이었다.

알람 소리에 눈을 뜨자마자 꼭 든든하게 챙겨 먹고 오라고 한 조희의 말이 생각났다. 정민은 오랜만에 제대로 된 점심을 챙겨 먹고 집을 나섰다. 무언가를 배운다는 것이 이렇게 온몸에

피를 돌게 할 줄은 예상하지 못했다. 이 샛노란 빛깔의 생기가 낯설었다. 정민이 가질 수 없는, 가지면 안 되는 색이었다.

밤가시마을은 1단지부터 4단지까지 단지 사이마다 작은 상가들이 옹기종기 모여 있었다. 보통 1층은 한식당이나 편의점, 오래된 카페였고 위층은 주거용 집이었다. 유동 인구가 적고 주민의 연령층도 대체로 높은 편이라 그런지 젊은 사람들에겐 심심한 동네라는 인상을 주기 십상이었다.

초등학교와 2단지가 마주 보고 있는 가장 안쪽 골목에 공방이 있었다. 오늘 정민은 계절에 맞는 옷을 입은 터라 전처럼 비 오듯 땀을 흘리지 않았다. 찬찬히 공방의 외부를 살피자 담쟁이 덩굴에 가려진 간판이 보였다.

소요 SOYO

ceramic art &

건물 색과 같은 하얀색 배경에 검은색 글씨로 꾸밈없이 적어 놓은 글자. 정민은 노릇노릇 구워지는 흙냄새를 따라 문을 열었다. 오늘은 공방에 사람이 꽤 있었다. 조몰락조몰락 흙으로 장난치는 어린아이 한 명과 고등학생 한 명, 그리고 그 옆에 전에 함께 커피를 마신 지혜까지. 지혜가 먼저 살갑게 다가와 회원들을 소개해주었다.

"이쪽은 초등부 한솔! 오늘은 친구가 같이 안 왔네……. 언제 올지 모르는 애긴 해요. 다음에 오면 인사 시켜줄게요. 그리고 이쪽은 우리 공방의 미래, 준이에요. 외자, 준!"

한솔은 어리둥절한 목소리로 "안녕하세요"라고 인사했고, 준은 힐끗 보는 걸로 인사를 퉁쳤다.

지혜는 편하게 언니라고 불러도 되느냐고 물었다. 두 번째 만남, 아니 1.5번째 만남에 반말이라니. 막 대학교를 졸업한 막내 작가한테도 '작가님'이라고 부르며 존칭을 고집해온 정민이었다. 하지만 지혜는 직장 사람이 아니니까, 정민은 단순하게 생각하기로 하고 선뜻 고개를 끄덕였다. 지혜의 눈웃음이 예쁘다고 생각하면서. 사랑받고 자라 구김살 없는 사람과는 언제나 뜨악한 사이가 되곤 했지만, 또 그런 사람에게 끌리는 것도 어쩔 수 없었다.

조희는 정민이 정확히 1시 30분에 도착한 것에 놀라워하며 자신은 완벽한 사람을 좋아하지 않는다고 진심이 담긴 듯한 농담을 했다. 그녀는 수업을 시작하기 전에 마치 정해진 절차인 것처럼 먼저 커피를 내렸다. 이번에야말로 달달한 헤이즐넛 라테로. 쫀쫀한 밀크폼 없이도 본연의 맛으로 승부하는 정직한 풍미가 있었다.

"아까 들어오면서 보니까 간판이 있더라고요. 공방 이름이 소요던데."

"우와! 식물에 잠식당했는데 용케도 발견했네요. 관찰력 좋은 사람만 읽을 수 있게 일부러 숨겨놓은 거예요. 관리하기 귀찮아서 그런 게 절대 아니고요."

공방 안은 흙을 다루는 공간치고 무척 깨끗했으니, '귀찮아서 그런 게 아니다'라는 조희의 말은 사실일 것이다.

"밖에 식물이 무성하긴 하더라고요. 전 처음에 공방인 줄도 몰랐잖아요. 공방 이름은 도자기를 만드는 데 시간이 소요된다는 의미예요?"

"땡. 흙 빚을 소(塑)에 가마 요(窯). 흙을 빚어 가마에서 구워낸다는 아주 직관적인 뜻. 그리고 '시간이 소요된다', 이것도 내포하는 걸로 방금 정했어요. 동음이의어인 거죠. 아이디어 좋은데요?"

"예쁜 이름 같아요. 발음하기도 쉽고."

"이제 공방 정체성도 확실히 했으니 작업을 시작해볼까요?"

조희는 정민을 공방 뒤편으로 이끌었다. 개인 물품을 보관하는 사물함 옆에 앞치마가 여러 개 걸려 있었다. 그녀는 잔뜩 들뜬 듯 첫 번째 만남 때보다 수다스러웠다.

"공방에 오면 맨 먼저 여기 뒤편에서 앞치마를 가져와야 해요. 그런데…… 아차, 내 정신 좀 봐! 정민 씨 앞치마를 주문한다는 걸 깜빡했네요. 오늘은 다른 회원의 앞치마를 빌리는 걸로 해요. 이건 비밀. 주말에만 오시는 회원이라 평일의 사정은 잘 모르세요. 뭐, 알아도 뭐라고 할 사람이 아니지만. 곰 같거든요."

정민은 흙이 잔뜩 묻은 유독 커다란 녹색 앞치마를 받았다. 앞치마 주인의 이니셜인 듯 GS라고 서툴게 박음질이 되어 있었다. 주인이 쓰는 향수가 배어 달달한 향이 앞치마와 함께 그녀를 감싸 왔다. 휴대폰을 넣어두려고 앞치마 주머니에 손을 넣었는데, 차가운 반지가 만져졌다. 얇은 실버링. 각인된 이니셜이나 숫자는 없었지만 단번에 커플 반지라는 걸 알 수 있었다. 여기저기 흠이 나 있는 걸로 봐서 오래된 연인이지 않을까, 혼자 추리놀이를 하던 정민은 불현듯 알 수 없는 죄책감이 몰려왔다. 반지를 다시 주머니 깊숙이 밀어 넣었다. 반지만 만졌는데도 그들의 내밀한 연애사를 몰래 엿본 기분이 들었다.

앞치마를 둘렀을 뿐인데, 벌써 도예가가 된 것만 같은 가벼운 흥분. 항상 들뜸을 경계해온 정민도 지금만큼은 충분히 즐기기로 했다. 작은 물 대야와 스펀지 두 개, 그리고 물레를 들고 한솔이 있는 넓은 작업 책상에 앉았다. 조희가 옆에 나란히 앉으며 물었다.

"우선 만들고 싶은 걸 정해야겠죠? 혹시 만들고 싶은 게 있어요?"

"저번에 커피를 담아주셨던 머그잔을 만들고 싶어요."

"아하, 컵은 손잡이가 있어서 어려워요. 보통은 간단한 접시부터 시작하죠."

정민은 당장 커피 잔을 못 만드는 것을 내심 아쉬워하며 진열된 접시들을 눈으로 훑어보았다. 무엇을 만들어야 할지 감이 오지 않았다. 비기너인 그녀에게는 죄다 너무 어려워 보이는 기교가 들어간 접시들이었다.

"음, 이 노란색 접시는 어려울까요?"

색 때문에 가장 눈에 띄었지만, 무엇보다 무난한 디자인에 끌려 접시 하나를 들어 보이며 정민이 물었다.

"그건 5백만 원짜리 기술이 들어간 접시예요. 애초에 판매용이 아니라 전시용으로 만든 거죠. 그래도 보는 눈이 있으시네요."

정민은 헉 하고 놀라며 서둘러 접시를 내려놓았다. 다시 도자기와 거리감이 생기는 것 같았다.

"보통은 접시의 용도를 먼저 생각해요. 도자기는 디자인과 아름다움 이전에 실용성이 우선이거든요. 정민 씨가 보기엔 크기만 조금씩 다를 뿐 다 똑같이 넓적한 접시 같겠지만……."

조희는 진열대 앞에 서서 도자기를 하나씩 들어 보이며 설명을 시작했다.

"얘는 비 오는 날 파전을 담기에 좋은 넓은 접시. 얘는 친구들을 집에 초대해 식사 후 디저트를 담으면 좋고요. 특히 쿠키나 마들렌 같은 구움 과자류. 또 이건 높이가 조금 있으니까 국물이 있는 동치미를 담기에 좋아요. 자, 정민 씨의 부엌을 생각해 봐요. 어떤 접시가 필요해요?"

"으음…… 텅 비었어요. 사실 접시를 잘 안 써요. 덜어 먹지 않고 반찬통 그대로 먹거든요. 디저트도 잘 안 먹는 편이고요. 무엇보다 요리를…… 안 해요."

"정민 씨는 만들어야 할 접시가 엄청 많은 거네요. 하나씩 채워가는 재미가 있을 거예요. 그러면 오늘은 만능 그릇을 한번 만들어보는 게 어때요? 손보다 조금 더 큰 걸로요. 디자인 없이 동그랗게 심플 이즈 더 베스트로. 애매한 크기일수록 뭐든 다 담을 수 있거든요."

"뭐든 좋아요."

"처음 흙을 만지면 당황스러울 거예요. 완벽하려고 하지 말고 60%만 한다고 생각해요. 더도 말고 덜도 말고 60%만."

조희가 백자토를 꺼내 왔다. 이 꼬질꼬질한 흙덩이가 동그란 그릇이 된다니……. 정민이 처음 만진 날것의 흙은 물컹하고 부드러웠고, 생각보다 차가웠다. 접시의 밑판이 될 흙을 밀대로 밀어서 두께를 8mm로 만들고, 손 물레 위에 올리는 것까지는 수월했다.

"이제부터 집중해야 해요." 조희가 작은 칼을 꺼내 들었다.

그녀는 물레를 돌리더니 칼로 흙판 위에 접시 크기에 맞는 동그라미를 희미하게 그렸다. 그녀가 시범을 보이고 칼을 넘겨주자 정민의 손이 바르르 떨렸다. 긴장되는 첫 번째 시도. 원은 완벽하게(!) 찌그러졌다. 정민은 어떡하냐는 눈빛으로 조희를 쳐다보았다.

"괜찮아요. 다시 한 번 해봐요."

다시 물레를 돌렸지만 더 험악하게 찌그러진 동그라미. 세 번째, 네 번째 만에 그럴싸한 원이 만들어졌지만 흙판은 이미 칼자국으로 엉망진창이었다. 정민이 눈치를 보며 물었다.

"판을 다시 밀어야 할까요?"

"아니요. 흙은 나무나 가죽, 금속과 다르게 재료가 부드럽잖아요. 그 말은 언제든 고칠 수 있다는 거예요. 자, 봐요."

조희는 손가락으로 실패한 흙 자국들을 비볐다. 흉터가 아물듯 자국들이 흐릿해지며 언제 그랬냐는 듯 금세 사라졌다.

"흙은 고칠 수 있다……." 정민이 낮게 중얼거렸다.

"왜 계속 원이 찌그러졌는지 알아요? 과감하지 못해서 그래요. 칼을 쥔 손이 물레를 따라 돌아가잖아요. 손에 힘을 딱 주고 위치는 고정해야죠. 자, 이제 마음껏 실패해 봐요."

조희는 마지막에 그린 그럴싸한 원도 지워버리고 다시 해보라고 했다. 정민을 재촉하듯 빠르게 돌아가는 물레. 정민은 칼을 쥔 손에 힘을 주고 3시 방향에서 칼을 내렸다. 약간 타원이었지만, 이번에는 물레를 따라가지 않았다. 칼을 다시 뗐을 때도 정민의 손은 3시 방향에 있었다. 그리고 다시 손가락으로 선을 비벼 마치 아무 일도 없었던 것처럼 지웠다. 다시 한 번. 마침내 완벽한 원이 나왔다.

선을 따라 칼로 흙을 잘라낼 때 전해지는 흙의 질감이 또 새로웠다. 마치 잘 발효된 빵 반죽을 숭덩 자르는 것 같았다. 스펀지로 흙을 닦아낼 때는 참기름이 잔뜩 발린 쫄깃한 꿀떡의 표면을 매만지는 것 같았다.

"이제 코일링 차례예요. 가래떡처럼 흙을 가늘고 길게 만들어서 밑판 위에 붙여 쌓아 올릴 거예요."

손에 물을 잔뜩 묻히고 흙을 양손으로 늘리는데, 차가운 흙이 정민의 손 때문에 금방 따뜻해졌다.

"흙이 따뜻해지면, 그건 건조해진다는 신호예요. 흙이 체온을 가져갈수록 물을 조금 더 묻혀주세요. 흙과 소통해야 해요."

조희가 코일을 붙이는 방법을 설명해주고는 한솔의 작업을 봐주러 자리를 떴다. 흙은 틀려도 된다는 걸 알았기에 정민은 혼자 작업하는 것이 크게 두렵지 않았다. 전문가가 아니니 선생님처럼 멋진 도자기를 만들 필요도 없었다. '흙을 빚다'라는 거창한 말보다는 '흙을 만지다'가 어울릴 정도로만 작업하면 됐다. 그저 음식을 담을 수 있는 실용적인 그릇이면 충분했다.

코일을 두 바퀴 돌려 높이를 올리고 면을 매끈하게 다듬었다. 바깥으로 120도 정도 벌어지게 모양을 잡자 얼추 그릇처럼 보였다. 그제야 정민은 어깨를 폈다. 긴장했는지 어깨가 잔뜩 굳어 있었다. 스트레칭을 하며 공방 안을 둘러보았다. 코는 어느새 고소하고 텁텁한 흙냄새에 적응한 모양이었다. 귀에서는 라디오 소리가 들리기 시작했다. 경쾌하면서도 어딘가 퇴폐적인 브릿팝을 들려주는 채널이었다. 비틀스부터 블러, 오아시스, 그리고 콜드플레이까지 시대 구분 없이 흘러나왔다. 라디오 소리도 인지하지 못할 정도로 집중했다니……. 지혜와 준은 아직도 물레 앞에 앉아 있었다. 각자 에어팟을 끼고 개인 작업에 열중한 모습이었다. 정민은 이 지극히 개인주의적이면서도 놀라울 정도로 호의적인 공간에 자신이 존재한다는 사실이 신기했다.

무엇보다 귀에 꼭 감기는 소음들, 정민이 찾던 적당한 데시벨이었다. 정민은 집에서 은둔하듯이 지내며 아무 노래도 틀지 않았다. 텔레비전은 아예 버려버렸다. 혹시라도 채널을 돌리다가 자신이 만든 프로그램을 마주칠까 봐 두려웠다. 무음 모드로 설정한 휴대폰처럼 그렇게 집을 고요함 속에 가두었다. 그녀를 둘러싼 세상 밖의 모든 소리가 소음으로 느껴졌다.

그런데 소요 공방에서 나는 소리는 달랐다. 빈틈없이 맞물려 돌아가는 톱니바퀴처럼 어떤 소리도 모나지 않았다. 한솔이 조희한테 던지는 엉뚱한 질문도, 거기에 답해주는 조희의 짓궂은 말도, 물레가 돌아가는 일정한 소리도, 지혜가 가끔 혼잣말로 내뱉는 이상한 감탄사나 외마디 짜증도, 준의 에어팟에서 새어 나오는 세미 헤비메탈 소리도, 유리창을 통해 들어오는 사람들의 뭉개진 말소리도, 아무렇게나 틀어둔 라디오에서 나오는 디제이의 시시콜콜한 농담도, 모두 제자리가 있는 것 같았다. 하나라도 사라지면 허전함을 느낄 것만 같았다.

정민이 수개월 동안 지켜온 고요함에 금이 가고 있었다. 아주 기분 좋고 경쾌하게 갈라지면서 고요함 속에 가둬진 딱딱한 실뭉치가 조금씩 풀어지기 시작했다. 이젠 고요하지 않아도 괜찮을 것 같았다. 귀를 간지럽히는 말소리와 흙이 내는 둔탁한 소리가 있는 것이 오히려 더 근사하다고 정민은 생각했다.

정민이 첫 번째로 만든 접시는 균형도 맞지 않았고 전도 울퉁불퉁했다. 하지만 그 애매모호한 크기란, 정말 무엇이든 담을 수 있을 것 같았다. 조희는 "훌륭하다"고 말해주었다. 물론 그녀가 자신감 없는 회원들에게 시도 때도 없이 던지는 말버릇이라는 사실을 정민은 나중에야 알게 됐지만.

"오늘 수업은 여기까지. 시유랑 가마에 굽는 건 다음에 해요. 어떤 색을 입히면 좋을지, 광택을 넣을지 말지 고민해 와요. 숙제랍니다."

시계를 보니 벌써 4시에 가까워지고 있었다. 순식간에 흘러간 시간. 정민은 자신에게 아직 무언가에 몰입할 수 있는 힘이 남아 있다는 사실에 다시금 놀랐다.

모든 작업의 마지막은 청소였다. 사용한 물레의 흙을 닦고 제자리에 두기. 물대야와 스펀지, 칼과 나무 도구는 설거지를 한

다음 햇빛이 잘 드는 곳에 말려두기. 정민은 공방의 규칙을 정해 놓은 종이에 적혀 있는 순서대로 정리를 시작했다.

팅—

갑자기 금속 떨어지는 소리가 났다. 뒤이어 우당탕 소리가 공방에 울려 퍼졌다. 말려둔 도구들이 바닥에 나뒹굴고 있었다. 정민이 앞치마를 벗다가 팔로 도구 통을 쳐버린 것이다. 조희는 '완벽하지 않는 방법'을 벌써 안 거냐며 크게 웃었다. 지혜와 한솔, 기대하지 않은 준까지 다가와 도구를 같이 정리해주었다. 정민은 어렴풋이 60%의 의미를 알 것 같았다. 1시 30분에 공방의 문을 열었는데, 다시 공방의 문을 열었을 때는 4시 7분이었다.

흙이 그릇이 되는 순간

2주간의 평일 작업이 끝나고 시유와 가마를 하기로 한 토요일 아침, 정민은 다섯 개 평일과 두 개 주말의 이음새를 생각했다. 비틀고 풀고를 반복하며 날짜가 이어졌고, 그때마다 귀를 긁는 듯한 소리가 났다. 초 칠을 미처 하지 못한 문의 이음새에서 나는 소름 끼치는 소리. 잘못하다 틀어지기라도 하면 정민의 주말은 곧 평일이 되었다. 일곱 개의 평일은 누구에게나 감당하기 어렵다. 반면에 일곱 개의 주말도 헤어 나올 수 없는 무기력의 늪과 같아서 버겁다.

정민은 7년 동안은 일곱 개의 평일을, 지난 일 년간은 일곱 개의 주말을 살아왔다. 그리고 오늘에서야 평일과 주말이 분리되는 느낌을 받았다. 주말에 공방에 가는 것은 처음이었다. 그동안은 여름방학을 맞이한 학생들, 그리고 이유는 모르지만 거의 매일 나오는 것 같은 지혜와 함께였다. 성인반으로 운영되는 주말에 또 어떤 새로운 사람을 만나게 될지, 어떤 소리로 공방이 채워질지 그녀는 호기심이 일면서도 벌써 어색함을 느꼈다.

정민은 아치형 창문을 통해 작은 골목의 풍경을 외우듯 내려다보며 아침을 먹었다. 수업에 가기 전에 밥을 든든히 먹는 것은 이제 습관이 되었다. 아침과 점심 저녁 사이에 선을 긋는 하나의 의식이랄까. 이 의식은 정민의 시간을 더욱 선명하게 만들어주었다. 주말 공방 수업은 오전 10시부터 시작되었기에 정민은 커피가 들어갈 여분의 배를 남겨두고 숟가락을 내려놓았다.

조희는 정민이 오기만을 기다렸다는 듯이 그녀를 반겼다. 앞치마가 드디어 온 것이다. 진한 버터 크림색 그리고 JM. 다른 사람들의 것처럼 이니셜이 박혀 있었다. 조희가 직접 바느질한 것 같았는데, GS와 똑같이 삐뚤빼뚤 제멋대로였다. 자신만의 앞치마까지 생기자 정민은 소요 공방의 회원으로 온전히 받아들여진 것 같아 기뻤다. 일시적이고 느슨할지라도 공동체라는 울타리는 언제나 떠돌이처럼 이사를 다니고 직장마저 소속 없는 프리랜서로 생활해온 그녀에게 심리적으로 깊은 안정감을 선사했다.

덩치가 크고 하얀 남자가 공방 문을 열며 인사했다.

"안녕하세요."

큰 덩치와 다르게 둥근 눈에 말려 올라간 입꼬리. 분명 무표정인데도 입꼬리는 위로 솟아 있어 뭔가 어긋나는 느낌이 났다.

"이쪽은 우리 주말반의 에이스이자 대선배, 기식 씨예요. 이쪽은 그때 말했던 새로 들어온 정민 씨. 앞으로 일주일에 한 번은 기식 씨, 지혜 씨, 정민 씨 이렇게 셋이 수업을 받을 거예요."

기식은 도예를 배운 지 2년이 돼가고 있고 내년에 자신의 공방을 창업할 계획이라고 했다. 같은 숫자가 반복되는 나이가 되면 다니는 회사를 반드시 때려치우기로 스스로 약속했기 때문이라며 입꼬리를 더욱 올렸다. 그의 나이는 33세. 정민은 서른을 넘긴 나이에 직종을 바꿔 성공할 수 있다고 믿는 기식의 낙천적인 태도에 몰래 코웃음 치면서도 한편으로는 부러움을 느꼈다. 그런 선택을 할 수 있는 도전 의식과 배짱이 부러웠다. 기식보다 세 살이 어렸음에도 그녀는 그런 선택을 할 자신이 없었다. 기식은 정민이 갖지 못한 '분명함'을 갖고 있는 것 같았다.

'이 키에 이 덩치라면…….' 정민은 그동안 자신이 빌려 쓴 앞치마의 주인이 이 남자일 것이라고 확신했다.

"녹색 앞치마가 기식 씨 거죠? 사실 제가 2주 동안 빌려 썼어요. 오늘에야 주문한 앞치마가 와서요. 그동안 감사했어요."

"아, 제 앞치마 쓰신다는 분이 정민 씨였군요! 혹시 앞치마 주머니에서 반지 못 보셨나요? 2주 전인가, 앞치마에 넣어두고는 까먹고 그냥 갔거든요. 지난주에 와서 보니까 없더라고요."

뭔가 허전해 보이는 손가락을 매만지는 기식을 보며 정민은 얇은 반지를 떠올렸다. 그리고 '팅―' 소리도. 정민은 깜짝 놀라 황급히 바닥 여기저기를 살폈다. 다행히 반지는 물레를 넣어두는 선반의 바닥에서 희미하게 반짝이고 있었다. 반지에 묻은 흙먼지를 털어냈다.

"죄송해요. 앞치마를 벗으면서 뭔가 떨어졌다고 생각은 했는데, 반지였을 줄은……. 정말 죄송해요. 제가 세심하지 못했어요."

"괜찮아요."

기식은 다른 말은 덧붙이지 않고 싱긋 웃기만 했다. 반지를 끼려다가 아차 싶었는지 다시 바지 주머니에 넣었다. 도예 작업을 할 때 반지는 낄 수 없었다.

지각생 지혜가 마지막으로 문을 열고 들어왔다. 수업이 시작됐지만, 정민은 찝찝한 마음을 지울 수 없었다. 그때 도구들이 떨어진 것에만 정신이 팔려 미처 반지를 챙기지 못한 자신의 부주의함에 얼굴이 뜨거워졌다. 앞치마를 빌리는 것도 모자라 반지까지 잃어버릴 뻔한 민폐를 끼쳤다. 만약 이 일로 기식과 연인이 말다툼이라도 했다면……. 생각이 거기까지 미치자, 정민은 매주 토요일이 불편하지 않기 위해서라도 기식에게 제대로 사과해야겠다고 다짐했다.

같은 수업이라곤 하지만 기식과 지혜는 이미 자유롭게 개인 작업을 하는 수준이었다. 정민은 오늘도 조희의 관심 학생이 되었다. 그리고 오늘은 첫 시유이기에 조희가 시범을 보이는 걸 눈으로 찬찬히 관찰하는 것이 작업의 전부였다. 조희가 미리 초벌을 해둔 정민의 그릇을 꺼내 왔다. 분명 백토로 했는데 초벌을 거치자 연분홍빛이 돌았다. 겉은 더 이상 물렁거리지 않고 단단했지만 강도는 아직 유리처럼 연약했다.

정민은 '하늘보리' 색으로 시유하기로 했다. 흙이 다른 어떤 색으로 변한다는 것이 아직 잘 상상되지 않는 그녀에게 조희가 추천해준 색이었다. 예시품을 보니 과연 여름 하늘을 닮은 연푸른 색이었다. 꼬르륵 가라앉으며 다시 첨벙첨벙. 흙의 살아 있는 소리가 좋았다. 멍을 때리면서, 시유 통 안에서 왔다 갔다 헤엄치는 도자기를 보고 있자니 정민은 손을 넣어보고 싶다는 생각에 다다랐다. 우유보다 걸쭉하고 짙지만 부드러워 보이는 농도. 지금은 유약 색이 흰색에 가깝지만 가마 안에서 구워지며 색이 파랗게 변한다고 했다. 그렇지만 마지막에 나올 색은 아무도 정확히 예측할 수 없다고, 그 운명은 가마에서 결정된다고 조희는 말했다.

"이렇게 며칠간 공을 들여 흙을 만져도, 가마에서 살아남느냐 안 남느냐가 문제예요. 아, 가마를 안 보여줬네요! 우리 공방은 커다란 가마를 써요. 아마 근처 공방 중에서 제일 클걸요?"

땔감 나무가 가득한 안쪽 공간에 가마가 있었다. 조희의 말처럼 과연 가마는 양문형 냉장고만큼 컸다. 그녀는 가스 가마가 아닌 불을 때는 전통 가마를 사용한다고 자부심을 내비쳤다. 그만큼 시간도 더 걸리고 수고스럽지만, 도자기는 오래 구울수록 강도가 강해진다고 했다.

"재벌 온도는 말했던 것처럼 1,250도예요. 이제 우리가 할 수 있는 일은 그저 기다리는 것뿐이에요. 미련 없이."

가마에 넣기 전, 도자기 바닥에 묻은 유약은 닦아 없애야 했다. 유약 찌꺼기 때문에 도자기가 가마 바닥에 달라붙는다는 것이었다. 흙만 잘 빚으면 되는 게 아니었다. 가마에 들이기까지 신경 써야 할 것이 한두 가지가 아니었다. 셋은 나란히 앉아 각자 스펀지를 하나씩 들었다.

"지혜는 잔을 무척 많이 만드네?"

매끄러운 곡선을 가진 아기자기한 지혜의 잔을 힐끗거리다 정민이 물었다.

"저는 작은 소주잔을 주로 만들어요. 가끔 소맥용으로 중간 사이즈도 만들고요."

손잡이도 달려 있지 않은 낮은 굽의 깔끔한 잔. 물레를 차서 만든 것이어서 정민이 손으로 만든 것보다 훨씬 균형 있고 대칭이 맞았다. 잔이 많은 만큼 바닥의 시유를 닦아내는 데에도 한

참이 걸렸다. 지혜는 그 시간을 말로 채웠다.

그녀는 장기 취준생이었지만 지금은 대학원에 다니며 잠시 취업 준비를 내려놓았다고 했다. 술이 늘어가는 나날이었다. 집에서 뒹구는 이가 나간 잔에 술을 마시는 자신이 너무 처량해서 자신만을 위한 잔을 만들기로 마음먹었다. 처음에 원데이 클래스로 도예를 접했지만, 재미가 들어 반년이 넘어가고 있었다. 잠시 현실에서 도망칠 수 있는 취미를 가지자 취업 준비로 피폐해진 정신이 차츰 맑아졌다. 단점이라면 술맛이 너무 좋아져서 전보다 술을 더 많이 마시게 돼 살이 배로 쪘다는 것.

해맑아 보이기만 하는 지혜에게 의외의 속사정이 있었다. 그녀는 내면의 이야기를 동글동글 부드럽게 만드는 재주가 있었다. 상대방이 꿀꺽 삼켜도 전혀 목이 까끌까끌하지 않을 이야기로 만드는. 오로지 자신을 위로하기 위해 만든 만큼 잔 하나하나에 정성이 깃들어 있다는 것을 알 수 있었다. 술을 잘 마시지 못하는 정민마저 저 잔으로 술을 마시면 정말 끝내주는 맛일 거라고 생각했다.

"흡, 언니, 기식 오빠 좀 봐요. 가끔, 아니 자주 저래요."

지혜가 정민에게 소곤거렸다. 기식은 지그시 눈을 감고 바닥의 시유를 닦고 있었다. 잠든 건 아닌데, 자는 척을 하는 건가. 그렇다 하더라도 왜 갑자기 연기를……?

"어우, 오빠, 도자기를 느끼기라도 하는 거예요? 몇 번이나 말했잖아요. 그렇게 눈을 감고 도자기를 매만지는 거, 꽤 느끼하다니까요."

"그런 거 아니다, 지혜야. 너도 도자기를 좀 느껴봐."

기식은 보란 듯이 더욱 느끼하게 도자기를 매만졌다. 그 과장된 행동에서 장난기가 엿보였다.

"우웩. 〈사랑과 영혼〉도 아니고, 신입 회원 앞에서 망측하게……. 언니는 저런 거 배우면 안 돼요!"

자신을 놀린 대가라며 애써 닦은 지혜의 기물 바닥에 유약을 묻히는 기식. 티격태격하는 둘의 모습에 정민도 웃음이 나왔다.

조희가 미리 온도를 올려둔 가마에서는 열기가 느껴졌다. 바깥의 태양보다 더 무서운 기세로 정민 주변의 공기를 에워쌌지만, 사우나의 작은 온돌방 같은 포근함이 있었다. 가장 먼저 정민의 엉성한 그릇을 넣었다. 지혜와 기식도 기물들을 가져와 하나둘 넣기 시작했다.

기식의 기물은 얼핏 봐도 개성이 넘쳤다. 절반이 화분이나 화병이었는데 대부분 비정형이라 이채로웠다. 화병은 비대칭에서 나오는 자연스러움이 매력적이었다. 보고 있으면 줄기가 가느다란 들꽃을 잔뜩 꽂아두고 싶어졌다. 꽃을 꽂아야 비로소 균형을 찾을 것이기에 꽃이 들어앉을 여지를 남겨둔 것만 같았다. 또 검은색을 내는 유약을 발라 기하학 패턴을 새겨 넣은 화분도 있었다. 미술을 잘 모르는 정민에게 그의 작품은 현대미술 같았다.

화병 몇 개를 능숙하게 가마에 넣는 기식에게 짧은 감탄사라도 보내고 싶었지만, 정민은 반지 사건이 떠올라 문이 닫히는 가마를 따라 입을 꾹 다물었다.

*

주말반의 특권이라면 작업과 청소까지 마친 후 모여서 늦은 점심을 먹는 것이었다. 배달을 시켜 먹지 않는 것이 규칙이었고, 보통 두 팀으로 나눠 주변 식당에서 포장을 해 왔다. 오늘의 메뉴는 기식의 추천으로 샌드위치가 메인이 되었다. 밤가시마을에 아주 맛있는 샌드위치 가게가 있는데 새로운 회원이 왔으니 꼭 맛을 보여줘야 한다는 설명까지 덧붙였다. 조희와 지혜는 그의 샌드위치 사랑을 말릴 수 없다는 눈치였다. 샌드위치와 어울리게 또 다른 메인은 김밥과 떡볶이로 결정되었다.

기식과 짝이 된 정민은 열기로 적당히 익은 아스팔트 위를 어색하게 걸었다. 그 큰 앞치마를 입고 작업했는데도 그의 바지에는 여기저기 흙물이 튀어 있었다. 기식은 물레를 차며 계속 고개를 숙였던 터라 어깨가 뻐근했는지 연신 팔을 돌리며 스트레칭을 했다. 확실히 키가 큰 기식이 작은 화병을 만드는 모습은, 잔뜩 몸을 웅크린 하얀 곰이 사람들이 볼까 조마조마해하며 몰래 꿀단지를 뒤지는 모습과 다를 바 없었다. 그리고 세심함이라고는 전혀 없을 것 같은 큼지막한 손까지. 도예와 어울리는 외모는 아니었지만, 차분한 말투와 대체로 느린 행동을 보면 또 어울리기도 했다.

기식이 정민에게 먼저 조심스럽게 말을 걸었다.

"앞으로 매주 볼 텐데 말 편하게 하셔도 돼요."

정민은 지혜가 기식에게 '오빠' 하고 서슴없이 부르던 것이 떠올랐다. 자신이 '오빠'라고 말하는 걸 상상하자 목덜미에 소름이 돋았다.

"저는 형제가 없어서 연장자한테 말을 놓으면 언니, 오빠 같은 호칭이 어색하더라고요. 그래서 이게 편해요. 동생들한테는 하고 싶은 대로 하라고 하지만요."

조금 더 사근사근한 답을 기대했던 모양인지 기식은 다음 말을 찾지 못해 눈알만 양옆으로 굴렸다. 누구든 친해지기 위한 첫 번째 스텝은 '말 놓기'라고 생각했는데 정민에게는 아니었나 보다. 또다시 정적. 기식이 휘적휘적 걸으며 슬리퍼를 끄는 소리만 났다.

어색함을 못 참고 다시 말을 건넨 건 정민이었다.

"저는 언제쯤 물레를 찰 수 있을까요?"

"보통은 3~4개월이라고 말해요. 그런데 성인들은 그보다 훨씬 빨리하기도 해요. 저도 두 달 만에 한걸요. 그리고 정민 씨는 취미로 하는 거니까 급할 거 없잖아요. 저야 공방을 차리겠다는 목표가 있어서 선생님이 진도를 빨리 빼주신 거고요. 초반에는 회사를 안 가는 주말 이틀을 다 공방으로 출근했을 정도였어요. 선생님이 아예 열쇠를 저한테 주셨죠. 이걸로 여자친구랑 많이 싸우기도 했지만요."

'여자친구'라는 단어에 정민의 생각 회로가 다시 턱 멈췄다. 역시, 사과를 먼저 해야 그와의 대화가 편해질 모양이었다. 정민이 걸음 속도를 늦추며 말했다.

"그…… 반지는 정말 죄송해요. 제대로 사과하고 싶어요."

"아니에요. 애초에 앞치마에 반지를 두고 간 건 저예요. 그러니까 정민 씨는 정말 신경 쓰지 않아도 돼요. 정말요."

대답에 뜸을 들이는 정민을 보고 기식은 그녀가 아직도 미안함에 꿍해 있음을 알았다. 다시 한 번 정말 괜찮다고 힘주어 말하고는 서둘러 주제를 돌렸다.

"그나저나 정민 씨는 어떻게 도예를 시작하게 된 거예요?"

정민의 입술이 무언가를 말할 듯 말 듯 달싹였다. 기식은 잠자코 기다렸다.

이곳 소요 공방의 회원들은 서로에게 지나치게 묵직한 관계는 아닌 것 같았다. 반대로 영양가 없이 부피만 큰 관계도 아닌 것 같았다. 서로가 서로에게 보통인 관계, 딱히 깊이를 재지 않아도 되는 관계, 그것으로 족해 보였다. '개인사는 마음의 거리가 1미터 이내인 친한 사람에게만'과 같은 관계의 조건 따위는 없었다. 관계를 맺는 것이 늘 부담이었던 정민은 오히려 이 아리

송한 관계가 더 마음에 들었다. 정민은 벌써 어느 정도 소요 공방에 동화된 것 같았다. 그녀는 자신이 방송 작가를 그만두고 히키코모리 생활을 했다는 것부터 이야기를 시작했다.

"모아둔 돈이 많은 것도 아닌데, 감정에 못 이겨 정말 홧김에 질러버렸던 거죠. 그리고 깨달았어요. 무기력이 가장 무서운 건, 감정이 회복됐을 때 그 시기를 돌아보면 나조차도 이해를 못 한다는 것을요. 기운이 나기 시작하면 과거의 나는 거두면 안 되는 존재가 되어버려요. 그리고 현재의 나는 과거의 내가 저지른 일들을 뒷수습하느라 바쁘죠. 그렇게 뒷수습하자며 무작정 집을 뛰쳐나와 우연히 들어간 곳이 소요였어요. 카페인 줄 알았거든요. 거창한 계기도 없고, 계획적으로 취미를 가지려 한 것도 아니에요. 별거 없죠?"

"멋지네요. 뭔가 애쓰는 사람들은 하나같이 다 멋져요. 저도 얼른 이 홈쇼핑 회사 노예 생활을 청산해야 할 텐데……. 어쨌든 축하해요. 무기력에서 한 걸음 탈피하신 거."

기식의 말에서 진심이 묻어났다. 특유의 느린 말투 때문인지도 몰랐다.

"아직 갈 길이 멀지만, 여기서 흙을 만지다 보면 좀 괜찮아질 거라는 안일한 생각이 들어요."

"그 마음가짐 마음에 드네요."

"그런데 기식 씨는 왜 여기까지 와서 도예를 배워요? 집도 서울이라면서요. 주말마다 일산까지 오기 힘들 텐데."

도자기 공방은 서울에도 동네마다 하나씩은 있을 것이다. 그런데 그가 굳이 소요 공방을 선택한 이유가 뭘까.

"……정민 씨는 밤가시마을이 왜 밤가시마을인지 알아요?"

"밤나무가 많아서?" 정민은 처음 4단지 빌라를 소개해줬을 때 중개사가 한 말을 떠올렸다.

"가을이 되면 사람들이 떨어진 밤을 줍는데 알맹이만 챙기고 가시가 있는 껍질은 버리고 가요. 사람들한테 버려진 밤 가시가 나뒹군다고 해서 밤가시마을. 이 이야기를 듣는데 이 동네가 좋아졌어요. 그래서 소요 공방을 다니기 시작했어요. 여기가 아니면 안 되겠다, 그런 느낌이 들었거든요."

그래서 도예를 왜 시작했는지 되묻고 싶었지만 정민은 그러지 않았다. 누구나 가시를 품고 있기 마련일 테니까. 그녀조차 밤송이처럼 가시가 돋아난 속살을 지금껏 누구에게도 내보일 수 없었으니까.

"아…… 그래서 제가 밤가시마을로 이사 왔나 봐요."

정민은 헝클어진 마음을 뒤춤에 숨기고 별일 아니라는 양 오히려 웃어 보였다.

복숭아와 청포도가 생크림에 콕콕 박혀 있는 샌드위치를 인원수보다 넉넉하게 포장했다. 기식이 계산을 선수 쳤고 정민은 다음을 기약했다. 공방에 돌아오니 이미 떡볶이의 매콤한 냄새와 김밥의 고소한 참기름 냄새가 풍겨 왔다. 포장해 온 음식을 그릇에 옮겨 담고, 정민이 한편에 비어 있는 기다란 원목 테이블에 상을 차리려 하자 조희가 이 테이블은 쓰지 않는다며 그녀를 말렸다. 아직 이 공동체의 규칙과 암묵적인 약속을 다 알지 못하는 정민은 그저 민망했다. 그런 정민을 의식했는지 기식이 아직 상도 다 차리지 않았는데 "설거지 걸고 가위바위보 어때요?" 라며 말을 돌렸다.

토요일의 과일 샌드위치를 얼마나 기다렸던 건지, 기식은 떡볶이는 거의 먹지 않고 샌드위치만 두 개를 먹었다. 웬만큼 배가 차자 기식이 말을 꺼냈다.

"정민 씨는 전에 방송 작가셨대요."

입이 짧아 진즉에 식사를 끝낸 조희가 눈을 반짝였다.

"어머, 그건 몰랐는데. 그러면 정민 씨, 글 잘 써요?"

지혜가 조희의 질문이 뭔가 이상하다는 듯 태클을 걸어왔다.

"순서가 이상한데요, 선생님? 글을 잘 쓰니까 작가죠!"

그들이 기대하는 '글'과 자신이 쓰던 '글'이 다를 텐데……. 일단 자신에게 관심이 쏠린 이 상황을 수습해야 할 것 같아 정민이 입을 뗐다.

"방송 작가는 장면을 설명하고 장면 사이를 이어주는 짧은 글을 써요. 짧으면 4초, 길면 60초 사이 오디오의 빈틈을 성우의 목소리로 메우는 거거든요. 자막이나 촬영 시나리오도 그렇고 일반적으로 출판되는 글하고는 달라요. 저는 그다지 잘 쓰지도 못하고요."

정민은 당황해서 평소와 달리 말이 길어졌다. 정민의 설명에도 조희는 그녀에게 기대의 눈빛을 보냈다.

"부탁하고 싶은 게 있어요. 내 입으로 말하기 뭐하지만 내가 도예가로서 실력은 좋은데 홍보에는 꽝이에요."

조희는 한때 현대갤러리의 메인을 장식했을 정도로 실력 있는 도예가이고, 그녀의 아버지도 유명한 도자기 장인이라고 옆에서 지혜가 작게 귀띔했다.

"우리 공방 인스타그램을 운영한 지 꽤 됐는데 아무도 안 보는 거 있죠. 다른 동기들 이야기 들어보니까 SNS를 보고 젊은 친구들이 많이 온다고 하던데……. 우리 공방 온라인 주문도 그렇고 오프라인 손님은 거의 0에 수렴. 아무도 없어요. 사진은 분명 나쁘지 않은데, 문구가 별로인 거겠죠?" 조희가 휴대폰을 내밀며 물었다.

피드를 살펴보니 정말 사진은 나쁘지 않았다. 기식이 사진은 자기 담당이라며 내심 뿌듯해했다. 그런데 검색에 잘 노출될 수 있는 태그도 부족했고, 문구는 공방 이름처럼 지나치게 직설적이었다. '단단하고 질리지 않는 디자인의 산백토 대접입니다.'

"……확실히 매력적인 워딩은 없네요."

"가마소성비 무료로 해줄 테니 정민 씨가 한번 해볼래요?"

"전 방송 작가지 카피라이터도 마케터도 아닌데요?" 정민이 손을 휘휘 내저었다. 게다가 글을 안 쓴 지도 꼬박 일 년이 다 되어갔다.

"그런 전문적인 걸 원하는 게 아니에요. 요즘 친구들의 감성에 맞는 문구가 필요할 뿐이에요. 방송은 트렌드에 민감한 직업이잖아요. 나는 느린 작업을 추구해서 업로드 양이 많지도 않아요. 일주일에 한두 개 정도일 거예요. 물론 공방에 나오는 날에만 관리하면 되고요."

정민이 적임자라며 기식과 지혜도 한마디씩 거들었다. SNS에 올리는 짧은 글이라지만 정민은 아직 '글'이라는 허들을 넘기에는 역부족이라고 생각했다. 더는 글을 쓸 자격이 없는 사람이라고 생각했다. 그런데 여기서 다시 '글'과 마주할 줄이야.

정민은 일반인을 주인공으로 내세운 다큐멘터리 제작팀의 서브 작가였다. 작년 여름, 정민은 세계적으로 유명한 영화들을 다수 번역해 성공의 아이콘으로 부상한 번역가를 섭외해 출연시켰다. 촬영과 편집까지 모두 순조로웠다. 그러나 가편 시사 날, 팀장과 메인 작가의 반응은 미지근했다. 피디는 초조한 듯 키보드 위에서 손가락을 까딱거렸다.

영상의 중반에 이르자 번역가가 갑자기 눈물을 터뜨리며 어머니에 관한 사연을 고백하는 장면이 나왔다. “저와 여동생을 버린 어머니를 끝까지 용서하고 싶지 않았어요…….” 정민은 황당해 몸이 굳었다. 번역가는 촬영이 끝나고 정민에게 전화해서 가족에 관한 망신스러운 이야기는 편집해달라고 부탁했었다. 분명 피디에게도 전달했었는데…….

그런데 정민을 제외한 모두가 ‘브라보’를 외쳤다.

“이거야! 분량 나왔다!” 팀장이 흡족한 듯 영상을 리와인드해 주인공이 눈물을 터뜨리는 순간을 보고 또 보았다.

“초반의 지루함이 싹 가시네. 이번 편 어떻게 살리나 했는데 말이야. 이 피디, 유 작가, 회심의 일격이 있었구나?” 메인 작가인 구 작가가 한시름 놓았다며 정민의 등을 팡팡 쳤다.

“휴먼 스토리 끌어내느라 진짜 고생했어요. 앞에서 제가 먼저 울었다니까요! 재작년에 아버지 돌아가셨는데 임종을 못 지켰다고 거짓말 쳤거든요. 그제야 저 양반도 자기 이야기를 술술 하더라고요.” 칭찬을 받고 싶어 안달인 피디가 신나서 떠벌렸다. 그 모습이 개마냥 꼬리라도 흔드는 듯했다.

정민이 촬영본을 확인했을 때 그 장면은 버리는 컷인 줄 알았다. 그도 그럴 것이 휴식 시간에 부담 없이 나눈 대화였기 때문이다. 그런데 절묘하게 편집해 출연자의 인터뷰처럼 만들다니.

“크~ 이 피디, 연기대상 감인데? 역시 휴먼 터치가 중간에 들어가야 처지지 않고 재미있어. 순간 몰입이 확 되잖아.” 팀장이 감탄했다.

"재미있어요?" 분위기를 깨는 정민의 한마디. "사람이 우는데 재미있냐고요! 피디님, 가족 이야기는 빼달라고 제가 말했잖아요. 출연자 요청이라고요."

"유 작가, 방송이 어떻게 돌아가는지 알 거 다 아는 사람이 왜 이래?" 피디가 눈살을 찌푸렸다.

"연예인도 아니고 일반인인데 개인사는 어느 정도 걸러야죠. 그게 도리잖아요." 정민도 지지 않았다.

"그러면 재미가 없잖아, 재미가! 그러면 이거 다 덜어내? 시간 어떻게 채울 건데? 안 그래도 이 사람 인생 재미없어서 애먹었는데……. 아니, 애초에 이런 사람을 섭외한 유 작가가 잘못이지! 그 정도 연차면 어떤 인간이 방송 아이템인지 아닌지 알 거 아니야!"

피디가 눈알을 부라리며 정민을 노려봤다. 그때 팀장이 손가락 사이에 끼고 돌리던 펜을 냅다 던졌다. 펜이 바닥에 떨어지는 소리와 함께 모두 입을 다물었다.

"가만있어 봐, 둘이 파인할 때 합의가 안 된 내용이었단 말이지……."

"팀장님, 이 인터뷰 통째로 덜어내야 해요. 이거 들어가면 안 돼요."

정민이 다급히 프리뷰 노트를 뒤적이며 대체할 인터뷰를 찾으려 하는데 구 작가가 그녀를 제지했다. 팀에 그녀의 편은 한 명도 없었다.

"그런데 유 작가도 이런 가정사 좋아하잖아. 이혼, 주폭, 사고, 가난, 이런 역경을 딛고 성공한 사람들 이야기. 극적으로 구성 짜기도 좋고 원고에 쓸 자극적인 단어도 많아지고, 아니야?"

서류 파일을 건네듯 팀장이 낮고 무심한 목소리로 말했다. 무식하게 언성을 높이며 으르렁대는 피디의 말보다 더 위협적이었다. 싸늘한 분위기에 정민은 한마디도 하지 못하고 마지못해 고개를 끄덕여야 했다.

방송이 나가고 정민은 안절부절못했다. 보통 방송이 끝나면 출연자에게 감사 인사차 연락을 하던 정민이었다. 이번에는 먼저 전화를 걸 면목이 없었다. 방영 후 며칠이 지나서야 용기를 내 전화를 걸었다. 끊어질 듯 아슬아슬하게 이어지는 연결음. 딸깍 소리와 함께 상대가 전화를 받았지만 아무 말이 없었다.

"아, 안녕하세요. 방송…… 잘 보셨나요?" 정민이 떨리는 목소리로 물었다.

"네. 작가님과 피디님 모두 수고 많으셨습니다."

"저, 그 가족 이야기는 말이죠……. 제가 재방송 나가지 못하게 막아볼게요. 홈페이지에도 영상 안 올라가도록……."

"이미 다 봤어요. 영향력이 큰 프로그램이잖아요. 제 가족들, 친구들, 부모님의 지인 분들 그리고 제 딸아이까지." 담담하게 말하는 출연자의 어투에 더욱 등골이 서늘해졌다.

"죄송합니다. 정말 죄송합니다."

"제 삶을 그런 가벼운 말들로 포장하셨네요. 쉬우셨겠어요."

정민은 통화인데도 허공에 대고 고개를 숙이고 펴길 반복했다. 피디 탓으로 돌리고 싶었지만 그럴 수 없었다. 피디가 붙인 영상 위에 고분고분 내레이션 원고를 쓴 건 결국 그녀 자신이었으니까. 아무런 용서도 받지 못하고 끊긴 통화. 정민의 마음속에서도 무언가가 툭 끊어진 것 같았다.

그 사건 이후로 정민은 팀장과 피디 그리고 시청자가 듣고 싶어 하는 이야기를 기계적으로 썼다. 더는 부아가 치밀지도 가슴이 답답하지도 않았다. 다만 무기력할 뿐이었다. 무기력은 숙주를 교묘하게 잠식해가는 기생충같이 정민의 등에 들러붙었다. 심장이 뛰는 것도 통증으로 느껴지는, 빈껍데기만 남은 것 같은 나날이었다.

그런데 여름 끝 무렵부터 눈에 글이 들어오지 않기 시작했다. 처음 증세를 알아차린 건 평소처럼 회사에서 프리뷰 노트를 읽고 있을 때였다. 자꾸만 반복되는 문장과 단어……. 처음에는 NG가 나서 피디가 같은 테이크를 여러 번 찍은 줄 알았다. 그런데 정민은 한 시간 전부터 단 한 페이지도 넘기지 않고 있었다. 아니, 넘길 수 없었다. 단어가 그녀의 눈에 닿으면 팅팅 소리를 내며 튕겨 나갔다. 단어들이 음절 단위로 흩어져 허공을 떠다녔다. 정민은 어떠한 촬영 상황도 읽을 수 없었고, 당연히 이해도 할 수 없었다.

컨디션이 안 좋아서일 거라며 애써 이유를 댔지만, 집에 오자마자 당장 책을 꺼내 펼쳤다. 질리도록 읽은 아모스 오즈의 소설 『나의 미카엘』. 그 문장 다음에 어떤 문장이 나올지 미리 읊을 수도 있는, 그녀가 대학생 때부터 가장 애정한 소설이었다. 그런데 아무것도 읽을 수 없었다. "무슨 말이지?"를 외치며 문장을 보고 또 봤지만 행간에 숨겨진 어떤 의미도 찾아내지 못했다. 다섯 문장 이상 읽으면, 새벽 내내 그늘을 찾지 못해 아침 햇빛 아래서 무력하게 녹아버린 눈사람처럼 내용이 머릿속에서 사라졌다. 정민은 이야기를 따라가지 못했다. 정류장에서 아무리 애타게 손을 흔들어도 이야기라는 버스는 그녀를 두고 떠나버리기를 반복했다.

정민은 정신과에서 '조용한 ADHD'와 '난독증' 판정을 받았다. 작가에게 난독증이란 사형 선고와도 같았다. 한 사람의 인생과 진심을 헐값에 사고팔며 깔깔 웃는 사람들은 멀쩡한데, 왜 자신에게만 이런 벌이 내려진 건지 정민은 억울했다.

치료를 받았지만, 책은커녕 미술관에서 작품을 감상할 수도 없을 만큼 집중력이 떨어지기 시작했다. 글자를 마주하는 것이 너무나 괴로워 정민은 차라리 글을 포기하고 싶었다. '글을 쓰지 않아도 된다고 허락을 받은 걸지도 몰라.' 이렇게 생각하자 오히려 마음이 편해졌다. 일을 그만두는 데 난독증은 좋은 핑곗거리가 되었다.

조희의 휴대폰을 쥔 손에서 자꾸 땀이 났다. 정민은 크게 심호흡을 하고 스스로에게 괜찮다고 속으로 계속 되뇌며 빠르게 자판을 쳤다.

'자연이 만들어내는 무늬만큼 멋스러운 것은 없습니다. 세상에 단 하나뿐인 무늬를 가진 산백토 자기 대접으로 음식의 맛을 더해보세요.'

"여기에다 산백토가 무엇인지 짧게 설명을 달면 좋을 것 같아요."

정민이 휴대폰을 내밀어 고친 문구를 보여주었다.

문장을 찬찬히 읽어본 조희가 팔자주름이 팰 정도로 활짝 웃었다.

"잘 부탁해요, 정민 씨."

가마에서는 흙이 그릇으로 변하는 찰나의 순간을 맞이하고 있었다. 어느 누구도 오늘이 주말이라는 사실에 의문을 달지 않았다.

어차피 마주칠 사람

구워진 그릇을 확인하기 위해 정민이 평일 저녁에 찾은 공방은 사람들로 북적였다. 장애인을 대상으로 한 도자기 공예 체험 프로그램이 진행되고 있었다. 조희는 공방에 사람이 많으면 많을수록 활기차 보였다. 어울리고 섞이고 뭉치는 것에 타고난 사람, 조희는 그런 사람의 전형 같았다. 곧 수업이 끝나니 조금만 기다려 달라는 조희의 말에 정민은 가장자리 한구석에 어색하게 서서 기다렸다. 항상 앉던 자신의 자리에는 의자가 사라지고 휠체어를 탄 중년 남자가 앉아 있었다.

수업이 한창일 때 구세주처럼 지혜와 함께 한 남자가 들어왔다. 남자의 밝은 인사에 공방 분위기가 확 바뀌는 것 같았다.

"다들 수업 재미있게 하고 계시네요! 퇴근하고 잠깐 들렀어요."

지혜가 반갑게 손을 흔들며 다가왔다.

"언니도 오늘 그릇 가지러 왔구나?"

"응. 그런데 단체 수업이 있더라고."

"예전부터 지역 복지단체랑 평생교육원과 같이 하고 있는 프로그램이에요. 그래서 매주 화요일 저녁 6시와 토요일 저녁은 우리 공방이 가장 시끄러운 시간대. 시끄러운 이유는 사람이 많아서이기도 하지만, 재 효석이 때문이에요. 혼자서 10인분 몫의 말을 하거든요."

어느새 수업하는 테이블에 끼어 정신없이 수다를 떨고 있는 남자를 쳐다보는 정민의 눈을 지혜가 급하게 가렸다. 그렇지만 남자의 레이더망에 이미 잡힌 듯 그가 거침없이 다가왔다.

"신입 회원님 맞죠?! 저는 사회복지사 이효석이라고 합니다. 이 수업의 담당자죠. 보고서에 올릴 수업 사진도 찍고 분위기가 궁금하기도 해서 퇴근하고 항상 들르거든요."

"지혜에게 말 많이 들었습니다"라며 능청을 떠는 효석을 보며 지혜는 '재 또 저런다'라는 눈빛으로 고개를 절레절레 저었다. 지혜와 효석은 중학생 때부터 알고 지낸 동네 친구라고 했다. 대체로 효석이 까불면 지혜가 그를 갈구는 관계인 것 같았다.

효석이 뒷방에서 접이의자를 가져오더니 정민을 앉히고 자기도 옆에 앉았다.

"누님, 이제 종종 볼 사이가 될 텐데 잘 부탁드립니다!"

"……."

첫 만남부터 낯간지럽게 '누님'이라니. 정민이 어떻게 반응해야 할지 쩔쩔매고 있는데, 지혜가 엉덩이로 둘 사이를 비집고 들어와 앉았다.

"하여간 얘는……. 언니, 무시해도 돼요."

지혜가 중간에 앉아 효석의 말을 내쳐준 덕분에 정민은 편하게 수업이 끝나기를 기다릴 수 있었다.

수업이 끝나고 하나둘 보호자가 찾아왔다. 사람들이 빠져나간 테이블에는 기물만이 남아 있었다. 소리를 지르던 지체장애 학생, 뇌병변이 온 작은 노인, 혹은 손가락이나 팔, 다리가 없는 나이를 알 수 없는 사람들. 수업 회원들이 만든 작품은 하나같이 자유분방했다. 중간에 구멍이 뚫려 있거나 찢어져 있기도 했다. 조희는 그 부분에 새 흙을 덧대지도 손보지도 말고 그대로 놔두라고 했다. 정민은 벌집처럼 구멍이 뚫린 기물을 들고 한참을 들여다보았다. 자신의 자리에 앉아 있던 휠체어를 탄 남자의 작품이었다. 이 기물이 이걸 만든 사람이 바라보는 세상 혹은 세상이 그를 바라보는 방식인 건 아닐까…….

"저, 아가씨. 그거 아직 작업이 다 안 끝난 건데……."

보호자들과 먼저 나간 사람들에게 인사를 하고 온 듯 휠체어를 탄 남자가 다시 돌아와 난처한 표정을 지었다.

"아, 죄송합니다. 여기 있어요."

정민이 멋쩍게 웃어 보이며 남자 앞에 다시 기물을 올려두었다. 저 남자, 어디서 본 적이 있던가. 익숙한 인상에 정민은 고개를 갸웃거렸다.

가마에서 나온 도자기들은 언제 1,250도 안에 있었냐는 듯 차갑게 식어 있었다. 그중 유독 울퉁불퉁한 못난이 도자기 하나. 역시 엉망인 사람이 만드는 건 정성을 들인다고 해도 엉망일 수밖에 없는 건가. 그렇다면 이것 역시 정민이 세상을 바라보는 방식일 것이다.

"처음 만든 도자기는 디자인이나 미관상 아름다움과 섬세함을 다 떠나서, 금이 가지 않고 깨지지 않은 것만 해도 훌륭한 결과예요."

"그렇다면 다행이네요." 조희의 달래는 말에 정민의 실망감이 물에 넣은 솜사탕처럼 사그라들었다.

"흔히들 유리랑 비슷하다고 생각해 겁을 먹어서 그렇지 사실 도자기는 전자레인지랑 오븐 둘 다에 사용 가능해요. 그러니까 이걸로 반찬 사서 옮겨 담아 먹지만 말고, 요리도 해 먹어봐요. 정민 씨는 영 비실비실해서 잘 챙겨 먹을 필요가 있으니까." 조희가 마치 딸을 타이르듯 말했다.

"에이, 그래도 오븐에 넣으면 깨질 것 같은데요?"

"나는 라자냐 그릇으로 도자기를 많이 써요. 일요일 낮에는 파운드케이크도 가끔 담고요. 1,250도를 버티고 탄생한 도자기예요. 한번 믿어봐요."

"오늘은 집에 가는 길에 장을 봐야겠어요. 갑자기 더 잘 챙겨 먹고 싶어지네요."

"그렇죠? 내가 딱 보자마자 알았지. 정민 씨는 도자기가 필요한 사람이라는 걸." 조희가 뿌듯해했다.

정민은 밑면에 사포질까지 마친 후에 그릇을 신문지로 꼼꼼하게 쌌다. 그 손길에서 기분 좋은 설렘이 묻어 나왔다. 2주 동안의 시간과 노력이 어디로 도망가지 않고 그릇에 다 담겨 있는 것 같았다.

블라우스와 검정 슬랙스 차림에 쇼트커트 머리를 한 여자가 뒤늦게 공방 문을 열고 들어왔다.

"죄송해요, 오늘도 제가 늦었죠?"

자신의 첫 도자기에 들떠 있는 정민을 단숨에 가라앉히는 익숙한 목소리. 익숙한 것은 목소리만이 아니었다. 언제나 정민보다 한 뼘 작았던 아이는 십 년 전과 얼굴, 목소리, 체구까지 그대로였다. 달라진 것은 머리가 짧아졌다는 것뿐이었다.

테이블을 닦던 효석이 고개를 들어 반갑게 인사했다.

“주란 누나, 퇴근이 늦었네요? 어차피 아버님이 마무리를 다 못하셔서 아직 작업 중이셨어요.”

주란이 휠체어를 탄 남자에게 쪼르르 달려가더니 눈높이에 맞춰 앉았다.

“아빠, 오늘은 뭐 만들었어?”

왼쪽 종아리 절반부터 다리가 없어 비어 있는 한쪽 바지. 왜 주란의 아빠 규원을 알아보지 못했을까. 다정한 부녀의 모습에 정민은 심장이 쿵 하고 내려앉는 것 같았다. 아무런 연고도 없는 일산의 작은 마을에서 가장 만나고 싶지 않은 사람을 만날 확률은 얼마나 될까. 정민은 길을 걷다가 건물 창에서 떨어진 화분에 머리를 맞은 것 같았다.

주란이 고개를 들어 정민을 보았다. 눈을 피하는 정민과 달리, 그녀는 전혀 당황하지 않고 눈이 휘어지게 웃으며 다가와 덥석 손을 잡았다.

“정민아! 오랜만이다. 너도 이 공방 다니는 거야? 아니면 효석이랑 같이 일하는 건가? 우리 아빠 매주 와서 수업 들으시는데.”

주란과 효석은 대학 선후배라고 했다. 효석이 주란 아버지의 사정을 알고 장애인 공예 프로그램에 추천했다는 것이다. 묻지도 않은 말을 줄줄 늘어놓는 주란. 그녀는 모든 일이 일어나지 않았던 듯, 일이 일어나기 전으로 돌아간 듯 굴었다. ‘내가 증오스럽지도 않은 건가? 아니면 속이 없는 건가?’ 정민은 그녀가 자신의 죄책감을 자극하려고 의도적으로 행동하는 게 아닌 이상, 이렇게 반가워하며 알은체할 수는 없다고 생각했다. 정민에겐 아직도 피 묻은 와이셔츠가 선연히 보였다.

정민과 주란은 같은 초등학교를 나왔지만 데면데면한 사이였다. 서로 존재감만 겨우 인식하는 동급생일 뿐이었다. 키순으로 정한 학급 번호도 주란은 언제나 맨 앞, 정민은 맨 끝이었다. 정민은 동네의 여중에, 주란은 시내의 공학에 진학하며 서로를 잊었다가, 정민이 시내의 공학 고등학교에 입학하며 둘의 궤적이 맞물리게 되었다. 오랜만에 만난 주란은 여전히 키가 작았지만 어딘가 성숙해 보였다. 그녀가 중학교부터 공학을 다니며 남자친구를 사귀는 것에 익숙해져서 더욱 그런지도 몰랐다. 정민과 주란이 친해지게 된 것도 남자 때문이었다. 언제나 대여섯 명의 남자들과 어울려 다니던 주란이 늘 혼자 다니는 정민에게 먼저 다가와 말을 걸었다.

"동진이가 널 좋아한대."

"그래서?"

"그래서라니, 사귈 거야 말 거야?"

"관심 없어."

"그거 알아? 애들이 너보고 천연기념물, 희귀종이라고 부르는 거. 남자친구 한 번도 안 사귀어봤지? 넌 도대체 무슨 재미로 사는지 모르겠어."

주란은 그런 정민을 외면하기는커녕 오히려 흥미로워했다. 혼자 숨어든 캄캄한 동굴에서 나올 수 있게 도와주겠다고 했다. 처음에 정민은 구세주라도 되는 것처럼 폼 잡는 말을 내뱉는 주란이 마음에 들지 않았다. 그러나 정민의 아빠는 택시 '기사', 주란의 아빠는 택배 '기사'였다는 것, 그리고 둘 다 형제가 없는 외동딸이라는 것, 이 두 가지 공통점으로 둘은 빠르게 가까워졌다. 몇 날 밤을 새우며 수다를 떨어도 부족한 것 같았다.

하지만 굵은 눈발이 내린 겨울 새벽, 그간 둘이 나눈 수많은 대화는 허연 입김처럼 허공으로 사라졌다. 가해자와 피해자가 아주 명확한 교통사고가 벌어졌다. 영문도 모르는 정민이 엄마의 손을 잡고 경찰서에 갔을 때 주란은 작은 몸을 덜덜 떨면서 흐느끼고 있었다. 음주 운전을 한 택시가 들이받은 것은 택배차였다. 정민은 아무것도 물을 수 없었다. 다만 주란이 자신의 아빠를 바라보는 눈빛에서 모든 것을 알 수 있었다.

정민의 아빠는 원래 그런 사람이었다. 술만 마시면 정민과 엄마를 때리던 그런 사람. 잠시 눈을 감았다 뜨면 주먹질은 끝나 있고 아빠는 죽은 듯이 잠에 들었다가 다시 술을 마시러 나가는 일상의 반복이었다. 남의 시선은 또 되게 의식해서 적어도 주먹은 가족에게만 향했다. 그런데 남을 해쳤다. 실수라고 믿고 싶었지만, 의심할 여지가 없는 고의적 사고였다.

주란이 정민의 엄마 윤재가 운영하는 족발 가게를 자주 드나들기 시작했을 때, 그때 친구를 말렸어야 했다. 주란은 주말에 종종 아저씨와 함께 와서 저녁을 먹었다. 그 후 평일 늦은 밤에 아저씨가 퇴근 후에 식사를 해결하러 혼자 가게를 찾아오는 일이 몇 번 있었다. 굳이 직접 상을 치우겠다는 아저씨를 엄마가 만류하면서 오간 가벼운 스킨십. 둘은 자식들에 관한 이야기를 나누는 고만고만한 사이일 뿐이었다. 그러나 의처증이 심했던 정민의 아빠 눈에는 둘 사이에 미묘한 기류가 흐르는 것처럼 보였다. 결국 그는 술을 마시고 택배 차를 향해 액셀을 밟았다.

정민은 아빠의 피 묻은 셔츠 자락을 붙잡고 울부짖었지만, 아빠는 정민을 밀쳐냈다. 그의 눈동자 빛이 또렷했다. 술을 마셨지만 분명 정신은 말짱했다. 술에 취해 저지른 우발적인 사고가 아닌 완벽한 계획적인 사고였다. 정민은 악마가 존재한다면 저런 얼굴일 거라고 생각했다.

다행히 주란은 크게 다치지 않았지만 주란의 아빠 규원은 왼쪽 다리를 잃었다. 당연히 직장도 잃게 되었다. 이 사건 후로 정민과 주란의 관계는 유리 파편처럼 형편없이 깨져버렸다. 정민은 자신이 아빠와 가족이라는 이유만으로 주란에게 죄책감을 가져야 했다. 학교에서는 아이들이 정민을 향해 수군거렸다. 술주정뱅이의 딸, 살인 미수자의 딸. 아이들은 좋은 먹잇감을 발견했다는 듯 정민의 이야기를 아무렇게나 부풀려서 떠들고 다녔다. 집에서 눈에 보이는 폭력이 겨우 끝나자 학교에서 눈에 보이지 않는 폭력이 시작되었다. 정민은 주란을 만나기 전의 원래 자리로 돌아가 남은 학창 시절을 외톨이로 보내야 했다. 이번에는 스스로 동굴 속으로 들어간 게 아니었다.

주란은 휠체어를 밀어 정민 앞에 섰다.

"우리 아빠랑은 먼저 인사했겠네? 아빠도 참, 이런 일 있으면 먼저 연락해주지. 그러면 퇴근길이 더 즐거웠을 텐데."

즐겁다니, 우리가 다시 만나면 즐거울 관계인가. 정민은 떨떠름한 표정을 지었다.

"아니야. 정민이도 나도 서로 못 알아봤는걸. 정민이도 다 컸구나."

떨떠름한 건 규원도 마찬가지인 것 같았지만, 그는 다정하게 인사를 건넸다. 정민의 입에선 여전히 아무 말도 나오지 않았다. 그날 새벽에 눈이 오지 않았다면, 아빠가 술을 마시지 않았다면, 경찰서에서 너를 마주하지 않았다면 우리 관계가 조금은 달라졌을까. 아니, 애초에 우리는 친해지면 안 됐다. 정민은 주란을 다시 마주하자 스스로 답을 내릴 수 있었다.

수습이 안 되는 정민의 표정에 눈치 빠른 효석이 둘 사이를 비집고 들어왔다.

"혹시 두 분이 아는 사이예요? 우아, 이것 참 인연이네요. 아버님, 오늘은 작업도 엄청 오래 하시고 피곤하시겠어요. 주란 누나도 퇴근하고 와서 피곤하겠다, 그치?"

그러고는 효석이 셔츠 소매를 걷어 올리며 큰 소리로 말했다.

"자자, 공방도 문 닫을 시간이니까 저랑 지혜가 정리하는 걸 도울게요. 빠릿빠릿하게 움직입시다!"

주란은 자꾸만 일그러지는 입매를 다듬으려 입을 앙다물며 공방을 나섰다. 정민이 너는 여전히 나를 피해 동굴로 숨으려 하는구나.

*

지혜와 효석이 정민에게 시내의 큰 마트로 함께 장을 보러 가자고 했다. 효석의 차가 있으니 장을 보고 정민의 짐도 옮겨주겠다는 거였다. 정민은 오늘 구워져 나온 그릇을 조희가 준 쇼핑백에 소중히 넣어 공방을 나섰다. 지혜는 조수석을 놔두고 정민이 있는 뒷좌석에 앉았다.

"내가 택시 기사인 거야?" 효석이 입을 비죽거렸다.

"이 기사, 출발!" 지혜는 태연하게 응수했다.

아직 친하지 않은 사람과 오늘 처음 만난 사람, 이 두 사람과 함께 장을 보러 가는 풍경이 생경해서 정민은 자꾸만 침을 꼴깍 삼켰다. 가장 어색한 것은 이 친숙하지 않은 사람들이 아니라 그들 사이에 있는데도 불편해하지 않는 자기 자신이었다.

지혜는 아까부터 정민의 기분이 가라앉아 있는 것을 알아챈 것인지 이동하는 내내 말을 멈추지 않았다. 대부분 요즘 유행하는 텔레비전 예능과 드라마에 관한 것이었다. 어차피 집에 텔레비전이 없는 정민으로서는 모르는 얘기였고 귀에 잘 들어오지도 않았다. 그렇지만 중간중간 지혜가 팔뚝을 툭툭 치며 호쾌하게 웃을 때면 정민도 슬며시 웃음이 흘러나왔다. 지혜는 그녀만의 말랑함으로 주변 사람들을 부드럽게 만들었다. 정민보다 어려서만은 아닌 것 같았다. 정민은 그녀에게 마지못해 말려드는 느낌이 좋았다. 그녀의 허점 가득한 유머에도 그저 맞장구를 쳐주고 싶었다. 지혜 덕분에 주란과의 만남으로 무거워진 마음이 한결 가라앉는 듯했다.

가족과 함께 사는 것과 별개로 지혜는 그냥 손이 큰 것 같았다. 아침 대용이라는 베이글도, 매운 라면도, 찌개용 돼지고기도 모두 대용량으로 턱턱 카트에 담았다. 반면에 정민은 카트 대신 장바구니를 들었는데, 그마저도 절반을 채우지 못했다. 그래도 자신이 만든 그릇에 무엇을 담을지 고민하는 것은 즐거웠다.

"오늘 저녁 메뉴는 뭐예요?" 정민의 장바구니를 유심히 보면서 지혜가 물었다.

"아직 고민 중이야. 내가 요리를 안 하다 보니까 뭘 사야 할지도 모르겠어. 사실 잘 못하기도 해. 보통은 맛이 없더라고."

"그 그릇이면, 카레 어때요? 흰쌀밥에 참치랑 당근, 감자, 브로콜리를 가득 넣은 카레를 붓는 거예요. 으아, 상상만 해도 벌써 배고파지네요."

"카레, 나쁘지 않은 것 같아."

정민이 예전에 주로 먹던 '3분 카레'를 집자 지혜는 급하게 정민의 손을 막았다. 지금껏 본 지혜의 움직임 중 가장 빨랐다.

"언니, 카레는 고형 카레죠."

"가루나 고형이나 결국 인스턴트 아니야?"

"달라요, 달라. 고형은 푹 끓였을 때 맛이 더 깊어요. 고형 한 번도 안 먹어봤어요?"

"응. 3분 카레가 가장 간편하니까……. 지혜 너는 요리에 관심이 많구나."

"요리에 관심이 많다기보다 먹는 것에 관심이 많은 거예요. 스트레스를 술로 푸는데, 안주가 따라오지 않을 수 없잖아요. 느긋하게 예쁜 그릇을 골라 음식을 요리조리 담아보고, 또 직접 요리도 해 먹고. 그렇게 미식에 맛들이기 시작한 것 같아요. 정성 들여 만든 맛있는 음식을 먹는 것이 나를 사랑해주고 보살피는 가장 확실한 방법이라는 걸 알게 된 거죠. 먹으면 바로 배가 따뜻해지고 몸에 피가 돌잖아요."

지혜가 고형 카레를 정민의 장바구니에 넣으며 이어 말했다.

"그러니까 언니도 딱 고형 카레만큼의 정성을 들여서 한 끼 먹어봐요."

정민은 그러겠다고 약속했다.

정신없이 장을 보는 지혜에게 어느새 뒤처진 정민과 효석.

"그런데 누님, 주란 누나하고는 어떻게 아는 사이예요?"

"……음, 효석 씨랑 지혜랑 비슷해요. 오랜 친구 사이랄까."

효석이 모를 리 없었다. 오랜 친구 사이가 오랜만에, 그것도 우연히 만났을 때 그런 표정을 짓지는 않는다는 것을.

"효석아, 언니, 저기가 줄이 제일 짧아요. 저리로 가서 서요!"

어느새 카트에 물건을 가득 싣고 돌아온 지혜가 왼팔로는 정민을 잡고, 오른팔로는 효석을 잡고 이끌었다. 지혜의 두툼한 손은 보이는 것만큼 따뜻했다.

장을 많이 볼 것처럼 으름장을 놓고선, 달랑 봉투가 하나뿐이라 효석이 데려다주는 것이 정민은 내심 미안했다. 하지만 왠지 오늘만큼은 혼자 있는 것을 피하고 싶기도 했고, 데려다주지 않아도 된다고 말해봤자 지혜가 억지로라도 그녀를 옆자리에 앉힐 것이 분명했다. 효석과 지혜는 같은 아파트 단지에 살았다. 정민을 먼저 내려주기 위해 효석은 차를 몰아 밤가시마을 빌라 단지로 들어갔다. 정민은 효석에게 태워다줘서 고맙다고 말하며 차에서 내렸다. 지혜는 나중에 제대로 요리를 해주겠다면서 차창 너머로 손을 흔들었다. 곧 둘을 태운 차가 사라져갔다.

고형 카레, 참치 캔, 감자, 당근, 양파, 브로콜리……. 카레는 냄비 하나로 만들 수 있어 간편했다. 밥은 비록 햇반이었지만, 제대로 된 한 끼가 소박하게 차려졌다. 고형 카레는 정민이 알던 카레의 맛과 달랐다. 물속에서 덩어리지기 십상인 가루 카레와 달리, 응고된 것이 서서히 풀어져서 그런지 맛이 진했다. 뒷맛에는 기름의 고소함이 느껴졌다. 덕분에 하루 동안 목구멍에서 호두알 크기로 단단하게 뭉쳐진 말들이 위 속으로 미끄러져 내려가는 것 같았다. 큼직하게 썬 당근과 감자는 설컹설컹 씹히며 은은하게 단맛을 냈다. 먹으면 먹을수록 식욕이 돋았다. 지혜가 왜 카레를 추천했는지 알 것 같았다.

제철 과일을 먹어야 한다는 지혜의 추천 아닌 고집에 정민은 평소에 잘 먹지도 않는 복숭아까지 사 왔다. 이번 여름의 마지막 복숭아로 가장 달다고 말한 마트 직원에게 속아준다는 심정으로 한 바구니를 집었었다. 복숭아를 담을 접시가 없어 카레를 담아 먹은 접시를 바로 설거지했다. 서툰 칼질에 난도질당한 복숭아. 접시도 울퉁불퉁, 복숭아도 울퉁불퉁. 꽤 잘 어울렸다.

복숭아를 담아 아치형 창문 앞, 아끼는 원목 의자에 앉았다. 정민은 창문을 살짝 열고 복숭아를 입에 넣었다. 달았다. 그것도 입이 아릴 정도로. 부엌에 고작 접시 하나가 생겼다고 이리도 사람을 바꿔놓는 건지. 이번 여름에 자신에게 어떤 변화가 일어나고 있는지 정민은 말로 설명할 수 없었다. 그녀는 입 안에서 '변화'라는 단어를 이리저리 굴리는 것을 그만두고 있는 그대로 받아들이기로 했다. 창문 너머 뭉개진 네온사인 빛 아래에서 분주히 오가는 사람들의 움직임을 눈으로 좇으며 맛을 느끼고 배를 채웠다. 자기 자신을 돌보는 건 생각보다 많은 노력이 드는 일이 아니었다. 제대로 된 식사를 챙겨 먹는 것만으로도 충분히 스스로를 보호하고 있다는 것을 느낄 수 있었다.

음악도 소음에 불과하다고 거만한 생각을 했던 그녀였지만, 오늘은 오랜만에 스피커로 추억의 팝을 틀었다. 처음 흙을 만지던 날, 공방의 라디오에서 흘러나온 곡과 같은지는 몰랐다. 그저 마음속에서 무언가가 고양된다는 느낌이 충만했다. 격앙이나 곤두박질치는 큰 울렁임은 필요치 않았다. 이렇게 작은 반동만으로도 쉽게 기뻐하고 슬퍼질 수 있었다. 그렇다면 지금은 어디에 가까울까. 기쁨에 가깝다고 말하고 싶었지만 주란의 웃는 얼굴이 자꾸 떠올랐다. 텅 비어 있던 주란 아버지의 왼쪽 바지. 정민은 무릎을 끌어안아 고개를 파묻고는 가만히 눈을 감았다. 감당할 수 없는 것들이 너무 빠르게 다가왔다.

이 집에서 남은 시간도 이제 일 년 남짓. 그전까지 더 많이 이곳에 앉아 창문 밖을 바라봐야겠다고 정민은 생각했다. 두 걸음 앞에는 가을이 서성이고 있었다. 소요 공방에서 도자기를 구우며 시간을 되찾았고, 회원들의 옷차림이 변하는 걸 보면서 계절을 되찾았다. 시간과 계절을 드디어 따라잡은 정민에게는 이 정도의 속도가 가장 알맞았다. 딱, 이 정도의 보폭으로.

늦은 장마와 고양이

정민의 부엌에는 이제 그릇이 세 개가 되었다. 그중 한 개에는 뒷면에 금이 가 있었다. 굽고 보니 깨져 있어 폐기한 그릇도 두 개나 되었다. 첫 접시가 깨지지 않은 건 그야말로 초심자의 행운이었다. 정민은 자신이 초보자라서 좋았다. 하루하루 흙을 만지는 감각이 예민해지고 흙과 더 친해지고 있다는 것이 느껴졌다. 이건 숙련자라면 느끼지 못할 산뜻한 즐거움이었다.

이런 보송보송한 기분과는 달리 바깥은 9월의 늦은 장마와 태풍이 한창이었다. 우산은 쓰나 마나였다. 장화를 신고 공방으로 가는 짧은 시간에 정민의 옥스퍼드 셔츠에는 빗방울이 그린 그림이 생겼다. 기식과 지혜, 그리고 부모님의 잔소리를 피해 도망 왔다는 준까지 모두 티셔츠가 얼룩덜룩한 모습은 정민을 살며시 미소 짓게 했다. 하루의 첫 웃음은 중요하다. 첫 웃음에 따라 오늘 지을 수십 개의 웃음이 어떨지가 결정되기 때문이다.

준의 물레 소리로 주말의 공방은 깨어났고, 아직 물레를 못 차는 정민은 오늘도 조희에게 1:1 수업을 받았다. 오늘은 정민이 직접 디자인을 해보는 날이었다. 지금까지는 공방에 전시된 그릇을 흉내 내 만들거나 연습용 기본 디자인의 그릇만 만들었다. 이제는 다음 단계였다. 이틀 전부터 조희가 알려준 핀터레스트 앱으로 도자기 디자인 아이디어를 찾아봤고, 정민은 그중 마음에 드는 몇 개를 저장해두었다.

"이건 너무 어려워요. 패스."

"이건 물레로 만들어야 해요. 코일링이나 판 성형으로는 안 돼요."

"이건 전혀 실용적이지 않아요. 마치 미술관에 전시될 법한 현대 조형 작품의 느낌이랄까. 우리는 현대미술 작가가 아니니까, 좀 더 힘을 빼면 좋겠는데."

조희는 거침없이 '안 돼'를 연발했다. '내 이럴 줄 알았다.' 정민은 내뱉진 않았지만 속으로 좌절했다. 결국 그나마 단순한 커피포트 사진이 채택되었다. 그러나 이것 역시 정민에게는 고난도였기 때문에 사진대로 할 수는 없었다. 조희는 디자인을 덜어내라고 했다. 정민은 그 말뜻이 전혀 이해되지 않았다.

"디자인을 덜어낸다고요?"

"해보면 알 거예요."

어서 흙을 만지고 싶었지만, 정민에게 주어진 건 연필과 종이였다. 조희는 직접 디자인해보면 그릇에 훨씬 더 애정이 갈 거라며 정민의 어깨를 두들기고는 웃으며 뒷걸음질로 사라졌다.

정민은 막막해하다 이내 밖을 내다보며 본격적으로 멍을 때렸다. 물레를 차는 사람들 앞에는 저마다 모락모락 김이 나는 커피가 놓여 있었다. 지난주만 해도 모두 아이스커피를 마셨는데 갑자기 뜨듯한 음료로 바뀌었다. 이번 주 내내 비가 내리며 급격히 온도가 떨어진 탓이었다. 커피를 못 마시는 준의 컵만 티백을 넣은 페퍼민트였다.

준은 빗소리를 들으려는 건지 오늘은 에어팟을 끼지 않았다. 그의 그릇은 어떤 모양일까. 준의 이름표가 달린 선반으로 시선을 돌린 정민은 놀랄 수밖에 없었다. 당장 팔아도 될 것 같은 고급스러운 티팟에다 다른 회원들의 기물과 달리 사이즈가 큰 것이 많았다. 항아리는 무릎 높이만 하고 폭도 넓었다. 이 아이는 천재가 아닐까? 말수도 없는 것이 정말 재능을 숨기고 공방에 잠입한 비밀스러운 천재의 아우라가 느껴졌다.

"준아, 혹시 네 스케치북 좀 참고해도 돼? 내가 디자인은 처음 해봐서……."

스케치북을 들고 테이블로 돌아오는 준에게 정민이 눈을 반짝이며 물었다.

"상관없어요."

스케치도 전문가가 그린 것 같았다. 이런 걸 소묘라고 하던가? 하긴 준의 부모가 유명한 디자이너라고 했으니 그 재능을 물려받았을 것이다. 그림의 디테일과 표현력은 누가 봐도 정석 그대로라는 느낌이 들었다.

"이런 건 어떻게 그리는 거야? 대단하다……."

"그냥 하는 거죠, 뭐."

"이렇게 멋진데? 내 걸 봐, 얼마나 재미없니."

"누나 기물이 더 나아요. 저는 그저 부모님이 시켜서 하는 것일 뿐이에요. 하나같이 다 재미없어요."

"그래도 잘하는 걸 계속 하다 보면 자연스럽게 흥미가 생기지 않아?"

정민은 하고 싶은 일이 있었으나 재능 앞에 좌절했던 20대 초반을 떠올렸다. 잘하는 일과 좋아하는 일이 맞아떨어지는 경우는 소수의 사람에게만 주어진다. 그렇지 못한 사람이 그걸 넘보는 건 도박과도 같다. 좋아하지만 잘 못하는 걸 하기보다 잘하는 걸 좋아하도록 하는 것이 더 쉽고 효율적이지 않을까. 그러다가 잘하는 걸 진짜 좋아하게 되면 나름 행복해지는 게 아닐까.

"잘한다고 해서 다 좋아하게 되진 않죠."

준은 냉소적으로 말하면서도 정민의 스케치를 들여다봤다.

사진의 주전자를 그대로 따라 그리긴 했지만, 아직 미흡했다. 도예를 할 때는 기물이 건조 과정에서나 가마 안에서 깨질 것을 고려해 모양이 쌍둥이가 되게끔 두 개를 만들어야 하는데, 정민은 각각 20cm와 18cm로 높이만 대충 잡아놓았을 뿐이었다.

"높이를 조금 낮게 해보세요. 17cm랑 15cm 정도로요. 지금은 전체 조형의 비율이 안 맞아요. 그리고 이건 입구가 너무 좁지 않아요? 1cm는 더 넓혀야 해요. 이렇게 아무 생각 없이 손잡이에 기교만 부리면 두 손가락도 안 들어갈걸요? 예쁜 건 둘째치고 그립감을 우선으로 생각해야죠. 또, 주전자는 뚱뚱한데 손잡이가 얇아서 불안해 보이고, 실제로 쉽게 깨질 수 있어요."

준은 연필로 이곳저곳 cm까지 표시해가며 수정해주었다. 전면적으로 다 고치라는 말이었다. '디자인을 덜어낸다는 건 이런 거구나. 욕심을 덜고 실용성에 맞추는 것. 그러면서도 조형적 안정감과 아름다움을 포기하지 않는 것. 타고난 예술적 감각이란 이런 걸까.' 정민은 속으로 감탄했다.

그때 기식의 디자인을 봐주다가 정민과 준의 테이블로 넘어온 조희가 말했다.

"직접 디자인하라고 했더니만! 준이 찬스 쓰는 건 반칙인데요, 정민 씨?"

정민이 살살 눈웃음을 쳤다.

"선생님, 이번만 넘어가 주시면 안 될까요? 저는 진짜로 준의 스케치북에서 아이디어만 얻으려고 했는걸요."

준은 어깨를 으쓱해 보이곤 다시 물레 자리로 돌아갔다. 조희는 이번만 봐주는 거라며 정민의 커피 주전자를 보고 "훌륭하네"라고 칭찬했다. 이제 대야와 물, 스펀지 그리고 흙덩이를 준비해야 했다. 기식의 물레 위에 있는 흙이 마지막 흙이었기에 정민은 어제저녁 새로 배달 온 흙을 가지러 뒷문으로 갔다.

*

애옹애옹, 고양이 울음소리가 났다. 검정 얼룩무늬에 초록색 눈동자를 가진 고양이와 정민의 눈이 딱 마주쳤다. 앞발은 검정 양말을, 뒷발은 하얀 양말을 신고 있었다. 털이 깔끔하고 윤기가 나는 걸 보니 이 주변에서 밥을 잘 얻어먹는 것 같았다.

밤가시마을에는 방랑자가 있다. 바로 도도한 고양이들이다. 군데군데 1층 상가가 비어 있고 빌라 안에 지하 주차장도 있어서 고양이들이 살기에는 최적이었다. 무엇보다 마을 가운데에 있는 작은 공원에서 할머니 할아버지들이 볕 좋은 오후에 벤치에 삼삼오오 앉아서는 고양이 밥을 챙겨주곤 했다. 아마 고양이 세계에서는 밤가시마을의 따뜻한 인심에 대해 소문이 자자할 것이다. 이 고양이도 그 소문을 듣고 밤가시마을에 입주하고, 여기 공방까지 왔으리라. 검정 얼룩 고양이는 정민을 보며 계속 울어댔는데, 정민이 다가가도 도망가지 않았다. 정민은 뒤로 물러

났다가 한 걸음 다가가길 반복했다.

'호야.' 가까이 가서 보니 목에 작은 이름표가 있었다. 집고양이인데 길을 잃은 건가. 정민이 머리를 쓰다듬으려고 하자 갑자기 호야가 사납게 울며 그녀의 손등을 깨물었다. 정민은 놀라서 뒤로 넘어졌다.

"그렇게 갑자기 친한 척하니까 호야가 싫어하죠."

어디선가 그녀를 나무라는 말이 들렸다. 여자아이가 정민보다 더 놀랐을 호야를 안심시키려는 듯 호야의 등을 어루만지고 있었다. 큰 눈, 까무잡잡한 피부 그리고 큰 키의 실루엣이 인상적인 아이였다. 호야를 번쩍 들더니 품에 안고 쌩하니 공방 안으로 들어가 버리는 것이 아닌가. 얼굴이 벌게지는 것이 느껴졌다. 정민은 얼이 빠져 있다가 뒤늦게 정신을 차리곤 벌떡 일어나 여자아이를 따라 들어갔다.

호야는 공방에서 밥을 챙겨주는 길고양이였다. 공방에서 키우려고도 했으나, 공방에는 선반이 많고 도자기가 올려져 있어 고양이가 캣 타워인 양 왔다 갔다 뛰놀다 도자기를 깨뜨릴 수 있었다. 그러면 호야에게도 위험했다. 조희는 이 공간 자체가 고양이에게 좋은 환경은 아니라고 판단했다. 그래도 언제든 호야를 데려와 키우고 싶다고 아쉬움을 토로했다.

맨 처음 호야를 공방으로 데려온 건 한솔과 동갑내기 친구인 예리라고 했다. 예리는 친구 사이가 아니라고 툴툴거렸지만, 호야가 절반은 길고양이이고 절반은 집고양이인 것처럼, 예리도 절반은 공방 회원이고 절반은 회원이 아니었다. 자기가 내킬 때만 호야와 공방에 와서 그릇을 만들거나 흙 놀이를 하다가 돌아간다고 했다. 예리가 오는 날은 주로 주말이었다. 평일에는 한솔같이 시끄럽고 예의 없고 거울만 보는 멍청한 애들이 있어서 싫다고 했다. 자기도 초등학생이면서. 정민은 예리가 한껏 어른스러운 척한다는 생각이 들었다. 정민은 대체로 아이들을 좋아했지만, 이런 애늙은이인 척하는 아이는 달갑지 않았다.

다행히 호야는 사람을 진짜로 깨무는 고양이가 아니었다. 겁이 나서 '가까이 오지 마'라는 의미로 살짝 무는 정도였다. 그래도 아까 일 때문에 정민과 호야는 뭔가 어색했다. 게다가 정민 건너편에 자리를 잡은 예리까지. 흙을 만지면서 간간이 정민을 흘금거리는 눈초리를 보아하니 예리도 그녀를 마음에 들어 하는 눈치는 아닌 것 같았다.

호야는 조희의 조마조마한 속도 모르고 공방을 돌아다니며 호기심 가득한 눈으로 곳곳을 탐색했다. 호야가 선반에 올라가려고 할 때마다 달려가 "안 돼!"라고 단호한 목소리로 말리는 건 예리가 아니라 조희였다.

"선생님, 호야가 비 때문에 갈 곳이 없어요. 당분간 공방에서 지내면 안 돼요?"

예리가 장화 신은 고양이 같은 표정을 하고 조희에게 물었다.

"나도 그러고 싶지만……. 호야가 밤에 혼자 있다가 도자기를 깨서 다치기라도 하면 어떡해. 너무 위험해. 게다가 여기 있는 사람들은 다행히 고양이를 좋아하지만, 다른 회원 중에는 고양이를 무서워하는 사람도 있는걸. 기식 씨처럼 알레르기 있는 사람도 있고."

조희가 아까부터 팔을 긁적이는 기식을 눈으로 가리켰다. 예리는 잔뜩 심술이 난 것 같았다. 그 애가 호야를 얼마나 사랑하는지 다들 알고 있지만, 지금은 달리 방법이 없었다. 정민은 그런 예리를 달래주고 싶었다.

"호야도 가족이나 형제가 있지 않을까? 여기 동네 고양이들은 장마철에 보통 지하 주차장에서 지내는 것 같던데."

"호야는 부모가 없어요. 골목에서 로드킬 당했거든요. 게다가 몸이 작고 약해서 형제들한테는 버림받았어요. 지하 주차장 같이 고양이들 많은 곳에 가면 호야는 살아남지 못할걸요? 잘 알지도 못하면서……."

예의 그 불쌍한 고양이 표정은 어디 가고 예리가 정민을 흘겨보며 톡 쏘는 따가운 말투로 답했다. 얄궂은 콧방귀는 덤이었다.

"그래……? 그런 줄 몰랐네……. 미안해."

정민은 미안해 어쩔 줄 몰랐다. 그녀는 로드킬이라는 단어에 유독 예민했다.

고등학교 3학년 끝자락이었다. 수시 원서를 쓴 대학교의 합격 발표를 기다리고 있을 때 로드킬 당한 검은 새를 본 적이 있었다. 잔뜩 짓눌려 내장은 파열됐고 살점이 곳곳에 튀어 있었는데 이미 부패가 시작되고 있었다. 지난밤, 차가운 도로 위에서 아주 쉽게 목숨이 증발한 것 같았다. 그걸 보고 정민은 '죽은 동물 세 마리를 볼 수 있다면 대학교에 붙을 것 같다'고 생각했다. 이런 생각을 하게 된 정확한 경로는 자신도 알 수 없었다. 잔인하게 죽은 동물을 보고 얼굴을 찡그리는 것이 액땜이라고 믿은 것일까. 신기하게도 그 주에 한 번 더 로드킬 당한 갈색 새를 보았다. 그때 정민의 미신은 더 굳건해졌다. 남은 것은 이제 한 마리. 합격 발표를 사흘 앞둔 날, 정민은 마침내 로드킬 당한 회색 고양이를 봤다. 사람을 잘 따르던 동네 길고양이여서 정민도 아는 고양이였다. 로드킬을 당해 죽은 다른 동물들보다 형체가 온전했다. 어쩐지 파열된 내장과 뭉그러진 뼈보다, 곧 살아서 움직일 것처럼 누워 있는 고양이의 모습이 훨씬 더 서늘했다.

신기하게도 정민은 대학교에 최초 합격으로 붙었다. 붙고 말았다. 그리고 한참 뒤에야 진실을 알게 되었다. 그 회색 고양이는 로드킬이 아니라 술주정뱅이에게 수차례 발에 차여 죽임을 당했다는 것을. 정민은 죄책감에 꽤 긴 시간 힘들어했다. 자신이 그 고양이의 죽음을 바란 것만 같았다. 실제로 마지막 세 번째 동물의 사체를 보지 못할까 봐 가슴 졸인 것도 사실이었다.

사람도 죽일 뻔한 아빠의 폭력적인 나쁜 피를 물려받아 그런 것만 같았다. 그래서 죄책감을 더욱 붙잡아두었다. 생명을 죽음으로 몰아넣는 행동에 대해 죄책감조차 느끼지 못하는 끔찍한 인간인 아빠와 자신은 다르다는 것을 증명해내야 했다. 정민은 그 뒤로 길고양이를 보면 언제나 애틋한 감정이 들었다. 그리고 고양이는 절대 키우지 않을 거라고 선언했다. 생각만으로 고양이를 죽음에 내몰 수 있는 추악한 사람이라고 스스로를 단정 지은 탓이었다.

점심에 정민은 예리와 호야를 위한 간식을 사줘야겠다고 다짐했다. 호야가 버림받았다는 이야기를 할 때 마치 예리 자신이 상처받은 것처럼 보였기 때문이다. 그 사나운 표정 뒤에 작은 가시 같은 상처가 조금 드러난 것만 같았다. 초등학생은 초등학생이었다. 가린다고 가린 두 겹의 표정이겠지만, 서른 살 먹은 정민에게는 훤히 보였다.

*

기식과 함께 점심거리를 사러 가는 길. 각자 우산을 쓰고 큰 소리로 얘기하느라 목이 조금 아팠다. 그래도 기식은 빗소리와 함께 섞여 들어오는 정민의 말을 귀담아들으려고 자꾸 그녀 옆으로 다가갔다. 기식이 다가갈 때마다 두 사람의 우산이 부딪혀 정민의 투명한 우산 위로 물방울이 투둑투둑 떨어졌다.

기식은 예리가 가끔 예상하지 못한 포인트에서 예민해진다고 말해주었다. 고양이 털 알레르기 때문에 다가오는 호야를 밀어냈다가 그 뒤로 예리한테 미운털이 박혔다는 것이다. 하지만 아까보다 더 심하게 팔을 벅벅 긁는 것으로 보아 기식의 알레르기는 심각해 보였다. 어쨌든 예리의 눈 밖에 나지 않으려면, 예리한테 잘해주는 것보다 호야한테 더 잘해주면 된다는 것이 팁이라면 팁이었다. 정민은 가장 비싼 사료 캔과 연어 맛 간식 그리고 가장 큰 사이즈로 딸기 스무디를 샀다. 호야와 예리는 끈끈한 실로 서로 연결돼 있는 것이 아닐까 생각하면서.

“우와, 이게 다 예리랑 호야 거예요?”

“기식 씨도 뭐 먹고 싶어요? 뭐 사줄까요?” 기식에게 얻어먹은 샌드위치 값을 갚을 기회를 호시탐탐 노리고 있던 정민이 냉큼 물었다.

“진짜요?! 그럼 아이스크림 먹고 싶어요.”

미리 생각해두지 않았나 싶을 정도로 빠른 반응이었다. 기식이 정민의 우산 끝을 살짝 잡더니 골목 끝에 있는 ‘그로밋’ 카페를 가리켰다. 우산 끄트머리로 기식의 얼굴이 보였다. 흑백 화면이 컬러로 전환되는 것같이 그의 표정에 생기가 돌고 있었다. 맞다, 이 사람은 언제나 음식에 진심이었지.

“저 카페에서 파는 아이스크림이 진짜 일품이에요. 아직 회원들은 모르는 건데 특별히 정민 씨에게만 알려줄게요. 우리 몰래 먹고 들어가요."

"지금요?"

"얼른요! 정민 씨, 이쪽이에요."

어안이 벙벙한 정민에게 기식이 따라오라며 재촉하는 손짓을 했다. 그는 이미 카페 문을 열고 있었다.

"사장님, 저는 초콜릿칩 쿠키 도우 프로즌 요거트 맛이요."

기식이 숨도 쉬지 않고 단번에 메뉴를 읊었다. 카페 사장은 말하지 않아도 알고 있다며 너스레를 떨었다. 대화하는 폼을 보아하니 기식은 오랜 단골인 듯했다.

"뭔 맛 이름이 그렇게 길어요?"

아직 메뉴 이름도 다 이해하지 못한 정민이 미간을 찌푸렸다.

"이 가게의 숨겨진 최고의 맛! 저 믿고 한번 먹어볼래요? 곧 단종돼서 많이 먹어둬야 해요."

그의 추천에도 정민은 가장 기본인 바닐라 맛을 선택했다. 기식이 실망한 티를 냈지만 그녀는 누가 뭐래도 깔끔한 바닐라 아이스크림을 제일 좋아했다.

"월레스는 어디에 두고……."

정민이 스쿱에 동글동글 담기는 아이스크림을 물끄러미 보며 중얼거렸다. 가게 이름을 보자마자 추억의 애니메이션 〈월레스와 그로밋〉이 생각난 것이다.

"엉뚱한 발명가 월레스는 사장님이세요. 매번 독특한 맛을 개발하시죠."

기식이 두 손을 내밀어 사장에게서 정민의 아이스크림까지 받아들며 답했다. 말에 리듬감이 있었다.

카페는 앉아서 먹을 수 있는 공간이 2층에 마련되어 있었다. 두 사람은 나란히 앉아 스푼을 들었다. 그런데 예상과 달리 바닐라 맛이 지나치게 달았다. 이것도 이렇게 단데, '초콜릿칩 머시기'는 얼마나 달지 상상도 안 되었다. 요거트는 예의상 들어 있고 초콜릿과 쿠키 도우가 빈틈없이 박혀 있는 아이스크림을 정신없이 먹는 기식. 저 단 걸 어떻게 저렇게 잘 먹을까. 그가 마냥 행복해 보여 정민도 한층 기분이 나아졌다.

"그 아이스크림은 왜 단종되는 거예요? 기식 씨 같은 어린이 입맛한테 인기 많을 것 같은데."

"요거트랑 초콜릿칩 쿠키가 어울리지 않는다고 둘의 만남을 반대하는 사람들이 많대요."

정민은 자기도 모르게 픕 웃어버렸다. 쓸데없이 진지하긴.

"맛도 맛이지만, 이 카페를 좋아하는 이유는 바로, 이거."

기식이 가리킨 벽면에는 묘비가 열에 맞춰 그려진 포스터가 붙어 있었다. 묘비에는 저마다 맛이 다른 아이스크림이 그려져 있었다. 그 아래에는 각각의 맛들이 왜 이 세상에서 사라졌는지 설명하며 명복을 기리는 짧은 글귀가 적혀 있었다. 그 맛이 탄생한 날짜와 단종된 날짜도 상세히 기재되어 있었다.

"자기 역할을 다하고 세상을 떠난 맛들이 사람들에게 잊히지 않도록 이렇게 무덤에 묻어줘요."

"독특하네요."

"정민 씨는 세상에서 절대 사라질 리 없는 바닐라 맛을 좋아하니 다행이네요. 마음 졸일 필요도 없고. 저는 요거트 씨랑 쿠키 씨가 꼭 사랑을 이루길 바란답니다."

가슴을 부여잡고 구연동화처럼 연기 톤으로 말하는 기식에게 정민이 맞받아쳤다.

"그렇지만 쿠키 씨의 사형 선고 날이 다가오고 있어요."

"아! 정민 씨 너무해! 피도 눈물도 없군요……."

정민과 기식이 동시에 웃음을 터뜨렸다. 시큼한 요거트 씨와 달콤한 쿠키 씨는 과연 어떻게 될까. 정민은 인기가 없고, 실패했다고 할 수 있는 맛에게도 무덤을 만들어주는 이 친절한 카페가 마음에 들었다.

*

점심의 이야기 주제는 당연히 '늦은 장마'와 '호야'였다. 태풍은 적어도 일주일은 계속될 예정이었다. 그동안 호야가 머물 수 있는 곳이 필요했다. 조희의 집에는 그녀가 '똥개들'이라 부르는 강아지가 두 마리 있었다. 지혜는 부모님과 함께 사는데 어머니가 고양이는 미물이라며 싫어하는 걸 넘어 공포증이 있다고 했다. 기식은 도와주고 싶어 하는 눈치였지만 아주 고약한 고양이 털 알레르기가 있었다. 준은 애초에 호야를 그다지 좋아하지 않았고 입시생에게 이런 귀찮은 일은 사절이라고 못을 박으며 가장 먼저 손을 뗐다. 남은 건 정민이었다. 집이 가까워서 장마만 끝나면 언제든 호야를 밤가시마을로 돌려보낼 수 있으며 혼자 산다. 예리는 탐탁치 않아 했지만 정민은 호야의 임시 보호자로 완벽한 조건이었다.

정민은 30년 평생 동물을 키워본 적이 없었다. 동물과 교감한다는 감각 자체를 모르는 사람이었다. 게다가 고양이만큼은 절대 키우지 않기로 다짐까지 했었다. 호야가 자신을 별로 좋아하지 않을 거라는 이상한 확신이 자꾸 들었다. 정민은 절대 안 된다고 손사래를 쳤지만, 호야의 맑은 초록색 눈동자는 이미 그녀를 쳐다보고 있었다.

"하…… 딱 일주일만이에요."

장마전선이 다음 주에는 아예 한반도에서 물러난다는 기상청의 보도를 믿으며 더도 말고 덜도 말고 일주일 동안만 정민은 호야와 함께하기로 했다. 작업을 끝마친 늦은 오후, 공방 사람들은 다 함께 마트에서 장을 보며 호야의 일주일치 식량과 스크래처, 그리고 호야의 집으로 쓸 만한 방석과 상자를 샀다. 정민의 집에 머무르지만 다 같이 키운다는 마음으로 함께 책임을 지겠다는 거였다.

편안한 자세로 예리의 품에 안겨 있는 호야. 정민은 이 둘과 함께 집으로 가고 있었다. 도통 호야가 정민의 손길을 허락하지 않은 이유가 가장 컸고, 호야가 살기 괜찮은지 직접 눈으로 확인해야겠다고 예리가 고집을 피운 것도 이유 중 하나였다.

정민의 집에는 손님이 끊긴 지 오래였다. 2년 전, 사귀던 남자 친구가 몇 번 찾아왔지만, 이 집에 이사 오고 얼마 안 있어 아주 안 좋게 헤어졌다. 이 빌라의 저주 중 하나였다. 주변인이 하나씩 자취를 감추는 저주. 그렇지만 애초에 그녀는 친구도 자주 만나지 않았다. 집들이라는 딱히 신나지도 않고 불편하기만 한 문화에 이끌려 회사 동료들을 초대하는 일도 없었다. 타인에게 어떻게 보일지 신경 쓰지 않았다. 오직 최소한의 인간다운 삶을 영위하기 위한 실용의 목적만이 뚜렷했다. 집 안은 그 흔한 장식품 하나 없이 깔끔했다. 아니 깔끔하다는 표현보다는 황량하다는 표현이 더 어울릴지도 몰랐다. 그래서 예리가 집에 따라가겠다고 했을 때, 흔히들 하는 '청소 안 해서 지저분하면 어떡하지'라는 걱정보다 '사람이 사는 집이 맞나'라는 핀잔을 듣게 되지 않을까 하는 걱정이 앞섰다.

"여기서 혼자 사는 거예요?"

"응. 그렇지."

"언니 집 부자예요?"

"평범한 편에 속할걸."

"우리 집은 비슷한 크기에 네 명이나 사는데, 이 정도면 부자죠."

평범한 투룸이었다. 최소한의 가구와 최소한의 물건으로 살아가는 평범한 30대 미혼 여자의 집. 예리는 집에 가구가 없어 호야가 살기에 안전하다고 말하며, 정민을 일주일간 보호자로 '임시 허락'을 해주었다. 그래, 고맙다 고마워. 정민은 예리의 간섭에 벌써 익숙해져 있었다. 호야는 아직 집이 낯선지 상자 안에서 나오려 하지 않았다. 예리는 호야가 마음이 열리면 알아서 나올 거라며 건들지 말라고 했다. 건들 생각도 없었지만, 정민은 그냥 알겠다며 말을 줄였다. 정민은 집 안 구석구석을 살피는 예리를 멀찍이서 지켜보았다. 키가 크고 호리호리해서 얼핏 보면 중학생이나, 과장을 조금 보태면 고등학교 1학년으로 보였지만, 큰 눈과 둥근 코를 보면 영락없는 어린아이였다.

"저녁 먹고 가도 돼요?"

"먹을 게 없을 텐데, 시켜 먹을까?"

예리는 이 사람 못 쓰겠다는 듯 정민을 한심하게 쳐다보더니 거침없이 냉장고를 열었다. 냉장고에는 시금치와 두부, 유통 기한이 간당간당한 어묵뿐이었다. 예리는 부엌을 써도 되냐고 물었지만, 이미 냄비에 물을 받고 있었다. 초등학생이 무슨 요리를 하겠다고……. 정민은 티를 내지 않았지만 걱정되는 마음에 식탁에 앉아 예리의 손길을 유심히 눈으로 좇았다. 예리는 척척

쌀을 씻고 밥솥의 쾌속 취사를 눌렀다. 두부를 썰고 채소를 다듬는 칼질도 익숙해 보였다. 정민은 외동딸이고 친척과도 거의 교류하지 않았다. 그래서인지 친구들이 '조카가 생기는 기분'에 대해 이야기할 때 한 번도 공감할 수 없었다. 친구들이 말했던 '막무가내 말괄량이 조카'란 이런 느낌일까. 하지만 예리는 막무가내는 맞았지만, 상큼한 이미지의 말괄량이는 아니었다.

밥솥에서 수증기 소리가 나는 건 오랜만이었다. 언제나 가득 쌓여 있는 햇반이 오늘은 예외적으로 식탁에 오르지 못했다. 초등학생이 해준 시금치 된장국과 흰쌀밥, 어묵볶음이라. 다행히 그릇이 세 개였기에 두 사람 밥과 어묵볶음까지 담을 수 있었다. 김이 모락모락 나는 흰쌀밥을 보는데 벌써 침이 고였다. 정민은 아무것도 올리지 않은 흰쌀밥을 크게 떠먹었다.

"진짜 맛있네! 이렇게 갓 지은 쌀밥 먹는 거 오랜만이야." 흥분해서 자신도 모르게 호들갑을 떠는 정민.

"언니, 야무지지 못하게 혼자서 밥도 못 해 먹어요?" 그런 정민을 예리가 타박했다.

"그야 전에는 일 때문에 바쁘기도 했고……. 뭐, 여러 가지로 귀찮잖아. 예리 넌 요리가 취미야?"

"취미 아니고 생존. 아무도 밥을 안 해줘서 제가 해야 해요."

"부모님이 바쁘시구나."

"그렇다고 할 수도 있죠. 아빠는 백수면서도, 뭐가 그리 바쁜

지 거의 집에 없으니까."

정민은 잠시 숟가락을 내려놓고 예리를 뚫어지게 바라보았다. 이럴 땐 어떤 말을 해줘야 하는 걸까. 위로가 될 만한 말을 고르다가 결국 아무 말도 해주지 못했다. 냉한 몸으로 누군가를 위로하는 건 상대의 찬 몸에 한기를 더하는 것일 뿐이라고 생각했다. 어설픈 위로는 아무 도움도 주지 못한다고 생각했다. 하지만 지금만큼은 제대로 위로하는 법을 배우지 못한 것이 후회스러웠다.

예리는 밥을 다 먹고서도 집에 가려고 하지 않았다. 막대기 끝에 물고기가 달린 장난감으로 호야와 놀며 온 집 안을 휘젓고 다녔다. 이미 해가 졌는데도 예리의 휴대폰은 울리지 않았다. 정민은 가만히 마지막 복숭아를 깎았다. 무른 부분을 도려내자 몇 조각 나오지 않았다. 바닐라 아이스크림에 초코 코팅이 된 아이스크림 몇 개를 접시에 같이 담고는 예리 옆에 앉았다. 호야는 오랜만의 따뜻한 바닥에 노곤했는지 그새 잠이 들었다. 달이 유독 밝아 하늘은 검은색이 아니라 짙은 보라색이었다. 저런 밝은 하늘에서 줄기차게 비가 내리다니, 아무래도 어울리지 않았다.

"우리 아빠는 가끔은 나쁜 사람이었고 가끔은 무서운 사람이었어."

정민은 예리의 반응은 신경 쓰지도 않고 할 말을 했다.

"나쁜 사람인 이유는 능력이 없어서. 나 어렸을 때부터 엄마가 서울 시장통에서 족발 가게 하시면서 돈을 버셨어. 아빠는 흥청망청, 자신만의 낭만을 즐기셨지. 그렇지만 무서운 사람은 아니었어. 그저 자유로운 영혼이었지. 가족을 꾸리기에는 자기 자신이 너무 중요했던 사람이야. 그런데 나쁜 사람에서 무서운 사람으로 변할 때가 있었는데, 술 마셨을 때. 술만 마시면 갑자기 다른 사람이 됐거든. 순식간에 눈빛이 변했지. 전조 증상도 없이 말이야."

"아빠들은 다 왜 그런 걸까요?"

예리가 아이스크림 하나를 까먹으며 진저리쳤다. 초등학생한테 이런 얘기를 하고 있자니 가슴이 무지근했다. 예리의 속 이야기를 듣자고 말을 꺼낸 건 아니었다. 그냥 예리한테 이런 가족도 있다고 말해주고 싶었다.

"저는요, 아빠들은 다 그런 줄 알았어요. 가족을 겁주고 돈 안 주는 구제불능. 그런데 친구 아빠들은 안 그렇더라고요. 어느 날 학교 끝나고 친구랑 집에 가려는데, 학교 앞으로 걔 아빠가 오신 거예요. 딸을 위해 연차를 내고 오셨다나. 같이 놀이동산에 추로스 먹으러 가자고 하시더라고요. 대부분의 아빠들은 상냥하고 다정한가? 처음으로 의문이 들었어요. 그리고 그 친구한테 배신감이 느껴졌어요."

정민은 그 아이가 한솔일 거라고 생각했다. 한솔은 언제나 부모님이 차로 공방 앞까지 데리러 왔는데, 한눈에 봐도 따스한 가

정임을 알 수 있었다.

"집에 가는 게 너무너무 싫어지고……. 아니, 집이라는 단어 자체가 싫어요. 이상하지 않아요? '집'이라니. 한 글자에다가 성의가 없어요. 언니, 작가라면서요. 다른 단어 개발해줘 봐요."

"그건 고민해 봐야겠는데?"

정민은 이 와중에도 지나치게 심각해지지 않으려 하는 예리의 노력에 마음이 쓰였다. 아무에게도 못했을 이야기, 꽁꽁 숨겨온 속내를 말하는 것이 익숙하지 않을 것이다.

"그래서 저는 호야가 가끔 부러워요. 이런 말 하면 안 되는 거 알지만, 부모님이 없으니까. 제가 차라리 고아면 좋았겠는걸요."

정민은 예리의 옆얼굴을 지그시 바라보았다. 자신을 닮은 작은 사람을 보고 있자니 기분이 묘했다.

"그런 생각이 들면 언제든 놀러 와. 나 백수인 거 알지? 호야랑도 놀아주고……. 다음에는 내가 밥해줄게."

"언니 실력 못 믿겠어요. 냉장고가 딱 요리 안 하는 사람이던데……. 요리는 내가 할 테니까 호야나 잘 돌봐줘요."

"요리도 해준다니, 나야 좋지. 오늘 밥 진짜 맛있었거든."

다음 메뉴를 기대하라고 말하며 예리는 돌아갈 채비를 했다. 발걸음이 조금은 가벼워 보였다. 정민은 예리의 어깨에 손을 올리고 가만히 속삭였다.

"나는 부모님이 싫어……."

예리가 놀란 듯 토끼 같은 눈으로 빤히 쳐다보았다.

"이거 비밀이야. 나 서른인데 아직도 부모님이랑 화해 못 했어. 그런데 가족이라 해도 서로 안 맞고 이해 못 하는 부분은 있기 마련이더라. 가족이라고 꼭 서로 사랑해야 한다는 법은 없어. 싫으면 싫다고 혼자 있을 때만큼은 말해도 돼. 내 앞에서도."

예리는 "그게 뭐야. 혼잣말하는 거 바보 같잖아요"라면서 뒤돌아섰다. 그리고 정민과 똑같이 들릴 듯 말 듯한 소리로 나직이 말했다.

"나는 부모님이 싫어!"

둘은 동시에 깔깔 웃음을 터뜨렸다. 그때 예리가 불쑥 물었다.

"아 참, 언니, 준 오빠랑은 무슨 사이예요?"

퉁 튀어버린 주제에 정민이 되물었다.

"응?"

"아까 낮에 둘이 대화 나눴잖아요. 준 오빠가 여자랑 그렇게 말을 오래 하는 사람이 아닌데."

"……너, 준이 좋아하는구나?"

예리의 얼굴이 옅은 분홍색으로 물들었다. 눈동자는 갈피를 못 잡고 큰 눈 속에서 이리저리 방황했다. 그런 것이 아니라 그냥 팬심일 뿐이라고 재차 강조했지만, 짝사랑하는 사람의 빈틈없는 사랑스러움이 예리에게서 느껴졌다. 정민은 자신은 준보다 나이도 훨씬 많을뿐더러 아무 사이 아니니까 걱정하지 말라고

94

다독이면서도 웃음을 참지 못했다. 고등학생을 좋아하는 초등학생이라니. 연예인을 보는 느낌인 걸까. 예리는 부끄러움을 참지 못하고 집 문을 쾅 닫고 나가버렸다. 창문 너머로 물수제비뜨듯 가볍게 통통 뛰어가는 예리의 뒷모습이 보였다.

*

정민은 호야와 단둘이 있는 것이 어색했다. 자신의 선함을 믿지 못해 '기분이 나쁜 날, 호야한테 화풀이를 하면 어떡하지?', '술을 마시고 홧김에 호야를 빗속에 버려두면 어떡하지?'라는 걱정을 하기도 했다. 동물과 함께 사는 사람들을 보면, 단순히 반려동물이 아니라 가족처럼 보살피고 사랑했다. 아프면 자신이 아픈 듯이 아파했고 병원에 수백만 원을 썼으며, 더 좋은 사료를 사주려 했고 영양제도 종류별로 먹였다. 내가 저 고양이를 사람을 대하듯이 소중히 할 수 있을까. 연인과 진지한 사랑조차 나눠본 적이 없는데. 끊임없이 의구심이 들었지만, 일주일이라는 시간이 정민을 안심시켰다. 그 한정된 시간 동안만 호야의 보호자 노릇을 하면 됐다. 보살핌에 사랑이 있든 없든, 크게 중요하지 않다고 생각했다.

그것보다 정민을 더 안심시킨 것은, 아침에 눈을 떴을 때 느껴지는 호야의 묵직한 무게였다. 정민은 잘 때 온몸을 쉴 새 없이 움직였다. 평소 운동을 잘 하지 않아 찌뿌듯한 몸을 잠자면서 푸는 것 같았다. 처음에 호야는 정민 옆에서 자다가도 새벽에 자신의 상자로 대피하곤 했다. 하지만 차츰 역동적으로 움직이는 정민의 곁을 묵묵히 지키기 시작했다. 하루는 정민의 엉덩이가 호야의 앞발을 덮쳤다. 호야는 놀라지도 않고 앞발을 조용히 빼 옆으로 옮겼다. 그리고 턱을 괴고 눈을 감았다. 다음에는 정민의 팔이 호야의 머리를 덮쳤다. 호야는 무거운 팔에 깔린 고개를 쏙 빼고 각도만 살짝 틀어 정민의 팔에 기댔다. 이미 잠이 다 달아난 듯, 눈을 감지 못하고 그저 초록색 눈동자만 느리게 깜빡였다. 그래도 정민의 곁을 떠나지 않았다.

정민이 아침에 눈을 떴을 때도 호야가 옆에서 웅크리고 있었던 것은, 사흘째 되는 날이었다. 이런 방식으로, 그러니까 어떤 예고나 경고도 없이 호야는 훅 정민의 일상에 들어왔다. 함께 침대에 누워 작고 따뜻한 숨을 내쉬는 호야의 머리를 가만히 쓰다듬고 있으면 형용할 수 없는 위로를 받았다. 정민은 언제나 온도를 가진 것들을 오래도록 만지곤 했다. 도자기 잔을 쥐었을 때처럼 마치 온도가 혈관을 타고 전달된다는 듯이 아주 오래도록. 따뜻한 것들에 마음까지 줘버리면 정민은 그걸 절대로 버리지 못했다. 별다른 감정 없이 일주일 동안만 호야의 보호자 노릇을 하면 될 거라는 생각과 달리 정민은 사흘 만에 호야를 한가득 사랑하는 완벽한 보호자가 되었다.

그건 호야도 마찬가지였다. 호야도 정민을 보살피는 보호자가 되었다. 호야의 밥을 챙겨주며 정민은 전보다 밥을 더 잘 챙겨 먹기 시작했다. 날리는 털을 치우며 정민은 집 안을 꼼꼼히 청소했다. 식물조차 없던 이 집에 생명이 들어오면서, 작은 변화들이 집 곳곳에 피어났다. 정민은 길고양이의 죽음이 잊히는 것 같았다. 고양이의 죽음을 행운의 상징으로 치환해버린 잘못된 간절함을 호야를 통해서 용서받는 기분이 들었다.

자주 올 것 같던 예리는 일주일 동안 두 번밖에 오지 않았다. 6교시를 하는 날에는 바쁘고 피곤하다나. 일주일이라는 시간이 길다고 생각했는데 돌이켜보면 한없이 짧기만 하다고, 정민은 공방 사람들에게 볼멘소리를 하기 시작했다. 호야에게 줄 넓적한 밥그릇을 만들고 있었지만, 이 대접이 가마에 들어가기도 전에 호야가 자신을 떠날 것이란 사실을 정민은 알고 있었다.

호야가 온 지 나흘째 되는 날부터 서서히 하늘이 개기 시작했다. 장마가 일주일간 계속될 거라는 기상청의 예보는 정민을 약 올리려는 짓궂은 장난 같았다. 먹구름은 한반도를 완전히 뒤덮을 듯 겁을 주다가 비껴갔고 하늘은 완벽하게 맑아졌다.

화요일. 아마도 마지막일 호야의 아침을 챙겨주고 정민은 공방으로 향했다. 아직 시유도 하지 못한 호야의 밥그릇을 마저 만들기 위해서.

"오늘 밥 안 먹고 나왔죠?"

"어떻게 아셨어요?"

"흙을 치는 데 힘이 하나도 없잖아요. 판 두께가 7mm인데, 흙을 그렇게 쳐서 어느 세월에 얇게 만들려고 그래요?"

조희는 어쩔 수 없다는 듯, 잠이 안 오는 새벽에 구웠다는 시나몬롤 하나를 바구니에서 꺼내 왔다. 사실 조희는 그날따라 풍신하게 부푼 밀가루에 새벽부터 기분이 좋았고, 공방 회원들에게 꼭 맛 보여야겠다는 따끈한 마음을 품은 채 출근했었다. 그녀는 집중하지 못하는 거 같으니 시나몬롤 하나 먹고 계속하자며 커피 물을 올렸다. 피어오르는 수증기. 정민은 자신이 심란하다는 사실을 그제야 알아챘다.

"사실 호야가 떠날 걸 생각하니까 우울한 거 있죠."

"하긴 날씨가 이렇게 좋으니까요. 나도 호야를 다시 보낼 날이 이렇게 빨리 올 줄 몰랐어요. 사실 정민 씨가 호야를 맡아줘서 얼마나 마음이 편했는지 몰라요. 공방에서 키울 수 없는 게 항상 미안했거든요. 여긴 골목이 좁고 차도 많이 다니잖아요."

오랜만에 공방의 앞문과 뒷문을 모두 열어두어서 꿉꿉함 하나 없는 맑은 공기가 안으로 흘러들어왔다. 여기에 시나몬롤이 데워지며 진한 향을 내뿜었다. 계핏가루든 아몬드 슬라이스든 아낌없이 재료를 넣었으리라.

"제 욕심으로 호야를 붙잡아두는 걸까 봐 무서워요. 호야는 옛날 생활이 더 좋은데, 괜히 집고양이로 만드는 건 아닐까. 안전한 삶이라는 명목 아래 자유를 속박하는 건 아닐까……."

"그만큼 호야한테 더 잘해주면 되죠. 문제는 예리."

조희가 핵심을 바로 꼬집었다. 정민이 예리의 눈치를 보는 건 사실이었다. 호야가 길고양이여도 실질적인 주인은 예리이기 때문이었다.

"제가 키우면 아무래도 예리가 불편해하겠죠?"

"그 문제는 정민 씨가 예리한테 직접 물어봐야겠네요."

"그전에…… 저는 좋은 주인이 맞을까요?"

"그건 내가 장담할 수 있을 것 같은데요? 호야를 만나고 나서 정민 씨가 엄청 밝아졌거든요. 호야도 정민 씨만큼 밝아진 것 같던데. 카톡 프로필 사진 보니까 매일매일 털이 보송해지고 있는 것 같았어요."

어서 먹으라면서 조희가 그릇에 데워진 시나몬롤을 담아주었다. 정민의 입 안이 기분 좋은 달콤함으로 칠해졌다.

"달콤한 걸 먹으니 왠지 기운이 나네요."

"기분 탓이 아니에요. 배가 텅 비어 있으면 긍정적인 생각이 들 수가 없다니까."

예리가 한솔과 함께 공방에 왔다. 한솔을 싫어한다고 하면서도 예리는 한솔과 노는 걸 좋아하는 눈치였다. 예리는 표현은 똑바로 하지 않지만 행동에서만큼은 투명하게 마음이 보이는 아이였다. 조희는 둘에게도 시나몬롤을 내주었다. 오후 4시. 학교에서 점심을 먹고 힘차게 뛰어놀았을 아이들이라면 간식이 먹고 싶어지는 시간이었다. 조희는 예리가 어느 정도 배를 채우고 달콤함에 기분이 좋아졌을 때 말을 꺼내보라고 조언했었다.

"저기, 예리야."

힘들게 입을 뗐는데 예리가 불쑥 정민의 말을 가로챘다.

"언니, 혹시 호야를 계속 키워줄 수 있어요?"

"응?"

고민했던 시간이 무색하게 순간 정민의 긴장이 탁 풀어졌다.

"호야가 언니 집에서 더 행복한 것 같아서요. 그리고 밤부터 새벽까지 호야가 다른 고양이들한테 괴롭힘 당하고 있을까 봐 제가 걱정 안 해도 되니까요."

"그래도 되는 거야?"

"우리 집이 상황만 되면 제가 키우는 건데, 그렇지 못하잖아요. 제가 독립해서 혼자 살 때까지만 맡겨두는 거예요. 나중에 언니 집보다 더 좋은 집에 살 거거든요. 그때 멋지게 호야를 데리러 갈게요."

"고마워. 호야가 보고 싶으면 언제든 놀러 와."

"당연하죠. 호야의 첫 번째 주인이 저라는 사실은 유효해요. 명심해야 해요."

"그럼. 호야에게는 예리가 필요해."

모두가 모두에게 작지만 필요한 존재가 되어가고 있었다. 그게 아무리 사소한 것일지라도. 호야도 없고 해서 이제 예리가 공방에 나오지 않을까 봐 정민은 걱정됐지만, 곧 사그라들었다. 예리가 준을 힐끔힐끔 훔쳐보는 눈빛에서 느낄 수 있었다. 준이 공방에서 입시 준비를 하는 동안, 예리는 불쑥불쑥 공방을 찾아올 것이다. 가늘고 굵은 마음이 얼기설기 얽혀서 소요 공방을 이루고 있었다. 굵기가 어떻든 한 번에 끊어질 수 없는 마음의 실은 계속해서 다른 실들과 매듭을 맺으며 이어져 갔다.

*

"축하해요, 정민 씨. 드디어 깨지지 않고 그릇이 나왔어요!"

평소라면 호들갑 떨지 말라며 기식에게 한마디 했을 정민이지만 이번에는 달랐다. 최근 들어 정민의 그릇이 가마의 온도를 버티지 못하고 자꾸 깨졌다. 자신감을 잃어가고 있던 터라 이번 그릇은 더욱 의미가 컸다. 호야의 밥그릇, 새로운 가족을 위한 그릇이었다. 금도 가지 않고 깔끔하게 나온 그릇을 보면서 정민은 다시금 자신이 혼자가 아니라는 것을 느낄 수 있었다.

다행히 호야는 그 밥그릇을 마음에 들어 했다. 도자기라 무게감이 있어서 다른 플라스틱 그릇처럼 바닥에서 미끄러지거나 움직이지 않았다. 덕분에 밥 먹는 것도 훨씬 편해 보였다. 정민은 밥 먹는 호야를 찍어 공방 단톡방에 사진을 올렸다.

– 발톱 잘라줘야겠다.

모두가 귀엽다고 한마디씩 할 때 혼자 엇나가는 말이 채팅방에 톡 던져졌다. 잔소리하는 예리의 카톡. 호야를 생각하는 예리의 방식이었다. 정민은 그 방식이 밉지 않았다. 오히려 다른 사람들보다 한 번 더 시선을 머물게 하는 사랑스러운 방식이었다.

호야는 원래부터 정민의 집에서 살아온 고양이처럼 잘 적응해 나갔다. 정민은 그 모습이 기특하기도 하고 고맙기도 했다. 예리가 데리러 올 때까지 호야를 세상에서 가장 행복하고 나른한 고양이로 만드는 것. 정민이 해야 할 일은 명확했다.

'미야옹—'

밥을 다 먹고 정민의 발목에 머리를 비비는 호야. 예리의 말처럼 오늘 저녁에는 호야의 발톱을 깎아줘야지. 정민은 호야 덕분에 일과가 하나씩 늘어갔고 몸을 더 움직이게 되었다. 그녀는 책임감만큼 무기력에 특효약인 것은 없다는 걸 깨달았다. 물에 젖은 듯 무거웠던 몸이 햇빛에 잘 마른 수건처럼 가벼워졌다. 줄곧 귓가를 맴돌던, 생명을 거둘 수 있는 자격에 대해 운운하던 허약한 목소리는 희미해졌다. 발버둥치거나 간절하게 바라지 않았는데도 자신을 꽉 묶어 옥죄던 밧줄이 알아서 하나씩 풀리는 것 같았다.

원데이 클래스의 부활

장대비가 내리던 계절이 지나고 공방에도 변화가 생겼다. 원데이 클래스를 다시 열기로 한 것이다. 토요일 수업을 시작하며 조희가 난데없이 "결심했어, 다시 시작할 거야"라고 말했다. 마치 정민이 올여름에 갑자기 소리를 지른 것처럼.

원데이 클래스를 잠정 중단한 지 일 년이 다 되어간다고 했다. 정민도 소요 공방 인스타그램 계정을 관리하면서 예전 게시물들을 정리할 때 '원데이 클래스 문의는 받지 않습니다'라는 글을 본 적이 있었다. 조희의 결심에 대해 기식과 지혜는 기립박수까지 보냈다. 정민도 눈치껏 일어나 손뼉을 쳤다.

"그러고 보니까 지혜는 소요 공방에서 원데이 클래스를 먼저 들었다고 했지?" 정민이 물었다.

"맞아요. 그때만 해도 원데이 클래스가 정말 활발했거든요. 많을 땐 하루에 예닐곱 명도 왔어요."

"그런데 왜 중단된 거야?"

"음, 선생님께 일이 좀 있었어요. 공방 운영 자체를 쉬었거든요. 다행히 문은 다시 열었지만, 원데이 클래스까지 할 여유는 안 되셨던 것 같아요."

"그렇구나."

조희의 들뜬 목소리와 가벼운 발걸음. 왠지 모르게 공방은 설렘으로 가득했다. 자신만 알고 싶은 작은 소요 공방에 많은 사람이 오고 가는 걸 상상하니, 정민은 약간 아쉽기도 했다. 그러나 조희가 저렇게까지 흥분한 모습은 처음 보기에, '원데이 클래스 부활 프로젝트'에 도움을 주고 싶었다.

"기식 씨, 우리가 도와줘야겠는데요? 원데이 클래스가 재오픈한다고 인스타그램에 홍보해요!"

"좋아요!"

"그런데 어떻게……?"

둘은 동시에 서로를 쳐다보았다.

그날 기식과 정민은 점심으로 딸기 생크림 샌드위치를 먹으면서 노트북으로 다른 공방의 원데이 클래스 수업 구성을 염탐

했다. 딸기가 냉동으로 바뀌었는지 이전의 달콤함은 덜했다. 조희는 그렇게 힘들일 필요는 없다고 했지만, 정민은 무언가 해주고 싶었다. 꼭 공방을 위해서만이 아니라 자기 자신을 위해서 해내고 싶었다.

"공방마다 특색이 있는 거 같아요. 페인팅하거나 아니면 형형색색 클레이(점토)를 붙여서 디자인하거나. 요즘은 또 대리석 무늬를 넣는 마블링이 유행인가 봐요. 만약 제가 고객의 입장에서 공방을 검색한다면 만들고 싶은 그릇의 디자인이나 느낌을 기준으로 찾을 것 같아요. 그러니 기법에 따라 커리큘럼의 아웃라인을 잡아둘 필요가 있어요."

"그렇다면 다른 공방과 구별되는 특색이 있어야 할 텐데……. 소요에서만 만들 수 있는 그릇이라는 느낌을 줄 수 있게요."

입 안에서 샌드위치를 우물거리며 기식이 말했다.

"맞아요. 바로 그거예요!"

정민은 공방에 전시해놓은 그릇들을 살펴보았다. 소요 공방에 처음 왔을 때와 비교해도 선반 상태가 별반 달라지지 않았을 정도로 팔리지 않는 그릇들. 요즘 유행하는 아기자기하고 알록달록한 그릇들과는 아무래도 거리가 멀었다.

"내가 워낙 정석으로 작업을 해서…… 요즘 젊은 친구들이 운영하는 공방과 진검 승부하기에는 상대도 되지 않을 거예요."

조희는 아침의 설렘이 다 날아가 버린 것 같았다.

"오히려 그걸 역이용해서 홍보해요. 전통 있고 기품 있는 도예 공방. 겉을 꾸미는 것에 치중해서 얼마 안 가 금이 가는 수명이 짧은 그릇 말고 정말 오래도록 옆에 둘 수 있는 세련된 그릇을 만드는 공방인 거죠."

조희의 자신감에 바람이 다 빠질세라 정민이 얼른 속사포처럼 말을 쏟아냈다.

그러자 기식이 그녀의 얼굴 앞에 큰 손을 내밀었다. 정민이 뚱하게 쳐다보자 그녀의 손을 잡아 위로 들고는 2% 부족한 하이파이브 자세를 만들었다. "나이스!"라고 외치면서.

모두가 의기투합해 만든 소요 공방의 원데이 클래스는 A코스와 B코스로 나뉘었다. A코스는 손 성형이었고, B코스는 물레 성형이었다. 고객이 하고 싶은 그릇 디자인에 따라 코스를 선택할 수 있었다. 오브제나 손자국이 남아 있는 투박한 그릇을 원하는 고객은 손 성형에서, 정형 디자인을 원하는 고객은 물레 성형에서. A코스는 그릇에 나뭇잎과 꽃무늬도 새길 수 있었다. 이건 원데이 클래스 경력자인 지혜의 아이디어였는데, 수업 전에 미리 주변에서 꽃과 나뭇잎을 가져와 기물을 건조시키기 전에 눌러 모양을 새기는 것이었다. 조희는 대학생 시절에 가을만 되면 단풍을 새기는 수업을 했던 교수님이 있었다며 그때의 기억을 떠올리는 모양인지 감상에 젖었다. 그녀의 추억여행을 방해하고 싶지 않아 누구도 조희의 말을 끊지 않았다.

'그날의 계절을 그릇에 담다.'

정민은 대화를 하면서도 떠오르는 문장들을 노트북에 계속 적었다. 이제 클래스 홍보 게시물에 쓸 기물 사진이 필요했다. 기존에 만들어둔 그릇 중에서 고르려고 했지만, 원데이 클래스에서 '이런 걸 만들 수 있다'라고 보여주기에는 전부 고난도의 작품이었다. 5백만 원짜리 작품까지 있었으니 말이다. 원데이 클래스 예시 용도로 보여줄 단순한 기물이 필요하다고 하자, 조희는 흔쾌히 다음 주까지 만들어두겠다고 했다. 생각해보니 정민은 한 번도 조희가 작업하는 것을 본 적이 없었다. 본 거라곤 회원들의 작업을 도와주거나 시범을 보이는 것이 전부였다. 선생님이 아닌 도예가로서 조희의 모습이 곧바로 상상되진 않았지만 분명 카리스마 넘치게 멋있을 터였다.

기식은 원데이 클래스를 수강하는 사람들의 사진과 그들의 작품 사진이 같이 있으면 더 좋을 것 같다고 했다. 조희가 다 만드는 것보다는 수강생의 작품을 곁들여야 더 설득력이 있다는 주장이었다. 그리고 젊은 사람이 직접 수강하는 모습을 보여줘 부정할 수 없는 올드한 느낌을 희석시키면 좋겠다고 정민에게 귓속말했다. 갑자기 다가온 기식에게 놀라 귀가 뜨거워졌지만 기식의 다음 말에 온도가 다시 팍 식어버렸다.

"제 여자친구를 데려올까요? 평소에 궁금해하기도 했고요. 다음 주 토요일이면 시간도 될 것 같은데."

"효석이도 하면 좋을 것 같은데요? 맨날 퇴근하고 오면 수업이 다 끝나 있어서 아쉽다고, 자기도 도자기 만들어보고 싶다고 했거든요." 지혜도 신이 나 거들었다.

'마음을 굽는 공방, 소요.' 흙에 유약을 섞은 끈끈한 슬립을 손가락에 묻혀 정민이 책상에 글씨를 썼다.

"본격적인 클래스 가오픈인 거네요."

정민의 말에 모두가 고개를 끄덕였다. 설렘은 전염성이 가장 짙은 감정 중 하나였다.

"이렇게 으쌰으쌰 하는 거 보니까, 정민 씨는 원래 되게 밝은 사람인 것 같아요. 초반에는 조금 낯을 가린 건가?"

다시 아침의 기운을 되찾은 조희가 물었다.

"옛날에 하던 프로그램 기획 업무랑 비슷해서……. 저도 모르게 들떴나 봐요."

"즐거워 보여요. 고마워요."

정민은 자신이 어두침침한 정서를 타고났다고 생각했다. 다른 친구들보다 웃음이 적었고 나이답지 않은 차분한 구석이 있었다. 가족에게 잔뜩 사랑받고 자란 친구들과는 물과 기름처럼 섞일 수 없었다. 사랑스러움의 농도가 있다면, 자신은 평균 이하라고 생각했다. 그렇기에 꾸준히 '사랑스러움 링거 주사'를 맞아야만 했다. 별 관심 없는 남자의 고백을 흔쾌히 받아주거나 보고 싶지 않은 친구들에게 한껏 그리움을 담아 안부 문자를 보냈다. 때로는 불편한 원피스를 입고 반짝이는 액세서리까지 해야 했다. 그러면 사랑스러움의 농도가 살짝 차오르는 것 같았다.

그러다 대학교 내내 같이 다닌 친구에게서 '너랑 있으면 나도 어두워지는 것 같아'라는 말을 들었다. 이 한마디는 정민을 안주하게 했다. 더는 '사랑스러움 링거 주사'를 맞는 노력을 하지 않아도 된다고. 아무리 애를 써도 너는 불 꺼진 조명의 그늘을 벗어나지 못한다고. 정민은 타고난 성정을 받아들이고 어두운 사람인 채로 가만히 남게 되었다.

그런 정민을 '원래 밝다'라고 말해준 사람은 조희가 처음이었다. 정박해 있던 배가 천천히 물을 가르며 앞으로 나아갈 때처럼 정민의 마음에 잔물결이 일었다.

*

쇄골까지 오는 중단발, 하얀 원피스에 레몬색 플랫슈즈. 기식의 연인 아라는 파주의 주민 센터에서 일한다고 했다. 한 번쯤 마주쳤던 동사무소의 직원처럼 특유의 바른 인사성, 그리고 산뜻함이 있었다. 정민은 평소 화장도 하지 않는 자신과 더욱 대비되는 아라의 밝은 분위기에 위축되었다. 물론 오늘은 정민도 립스틱을 옅게 바르긴 했지만.

효석은 평소의 깔끔한 모습은 어디 가고 후줄근한 추리닝 차림으로 공방의 문을 열었다.

"드디어! 제가 공방에 흙을 만지러 오는 날이 왔군요. 그리고 오늘 제가 한 분을 더 모셔왔는데, 괜찮을까요?"

"누구든 환영이에요. 많으면 많을수록 좋죠!"

손님이 한 명 더 있다는 말에 조희는 박수를 치며 서둘러 두 번째 커피포트에 물을 올렸다.

효석의 뒤로 단정한 반팔 블레이저를 입은 주란이 고개를 빼꼼 내밀었다.

"안녕하세요. 저도 원데이 클래스 한번 해보고 싶었어요. 마침 효석이가 같이 하자고 말해줘서요. 미리 말씀 못 드려서 미안해요." 주란이 머쓱하게 공방 회원들에게 인사를 보냈다.

"서프라이즈죠, 서프라이즈. 원래 생각지도 못한 선물을 받았을 때 더 기쁜 법 아니겠어요?"

정민의 눈치를 보며 분위기를 띄우려는 효석. 그는 주란에게 정민이 보이지 않도록 은근슬쩍 가로막고 섰다. 그러나 효석의 노력에도 이미 주란은 태연하게 웃으며 정민에게 다가오고 있었다. 능청을 떠는 주란의 속내를 정민은 짐작조차 할 수 없었다.

"오늘 클래스에 정민이도 있는 줄 몰랐네. 또 만나니까 좋다. 아, 정민이랑 제가 같은 고등학교를 나왔어요. 그런데 저번에 아버지 수업 끝나고 모시러 왔다가 우연히 만나게 됐거든요. 진짜 데스티니죠?"

"나도 깜짝 놀랐잖아. 둘이 친구였을 줄이야. 역시 공방엔 사람이 많을수록 좋네요."

얼굴에 핏기가 가신 정민을 대신해 조희가 주란의 오두방정을 받아주었다.

회원들은 정민과 주란의 인연에 신기해하며 탁구 시합의 탁구공을 좇듯 둘을 번갈아 쳐다보았다. 정민은 원데이 클래스를 재개하는 기분 좋은 날에 분위기를 망치고 싶지 않았기에, 간신히 웃어 보이며 탁구대 밖으로 먼저 튀어 나갔다.

조희는 여섯 개의 커피 잔을 한 명 한 명에게 나눠주며 수업 시작을 알렸다. 효석, 아라, 주란 셋 모두 물레 성형인 B코스를 선택했다. 미리 들꽃을 따온 지혜가 A코스를 영업해보려 했지만, 수강생들은 하나같이 물레를 차는 것이 로망이었다며 에둘러 거절했다. 지혜는 '미디어가 낳은 도예에 대한 환상'이라며 시무룩해했다.

지혜는 할 수 없이 기식을 따라 도우미로 나섰다. 아라에게 앞치마를 매주는 기식을 보며 조희가 말했다.

"우리 공방에서는 볼 수 없는 예쁜 옷이네요. 하지만 하얀 옷에 흙이 다 묻어도 전 몰라요."

"수업 끝나고 기식이랑 데이트하기로 했거든요. 인스타그램용 사진도 찍는다고 해서 저도 모르게 조금 꾸몄네요."

회색 또는 검은색 옷을 입은 다른 회원들과 대비되어 하얀색의 아라가 손님이라는 사실이 더욱 두드러져 보였다.

아라는 물레를 차며 형태를 잡아가는 것을 무척 재미있어했다. 손끝 모양을 조금만 달리해도 그릇은 형태를 휙휙 바꾸었다. 연신 "이건 어때?" "나 잘하고 있지?" "자기처럼 해볼래." 이런 말들을 애교 섞인 말투로 내뱉었다. 기식은 그런 아라를 보며 한 마디씩 조언했다. 이럴 땐 이렇게, 저럴 땐 저렇게.

지혜는 효석 옆에 붙어 중심 잡기를 도와주었다. 정민이 열 걸음 떨어진 곳에서 본 그들은 영락없는 연인이었다. 물론 가까이에서 대화를 들어보면 90%의 장난과 10%의 갈굼이 오갔다. 저러다 미운 정 드는 거 아닌가 몰라. 효석의 손 위에 자연스럽게 겹쳐진 지혜의 손. 저거야말로 남녀 역할만 바뀐 21세기 버전의 〈사랑과 영혼〉, 자기들만 모르는 로맨스구먼……. 정민은 양 엄지와 검지를 90도로 펴서 손가락 프레임을 만들었다. 오디오가 없는 네모난 프레임 안에서 지혜와 효석은 다정해 보였다. 정민은 지혜와 효석이 머지않아 사귄다에 아이스크림이라도 걸고 싶었다. 그런데 내기를 하고 싶은 기식은 아라를 보조하느라 정신이 없었다. 회원들이 옹기종기 모여 물레를 차는 장면을 보면서 정민은 자신도 모르게 계속 한숨이 나왔다. 그들과 떨어져 혼자 판 성형 작업을 하자니 왠지 외로웠다. 손에서 흙이 말라가고 있는 걸 느꼈지만 다시 물을 묻히지는 않았다. 흙이 쩍쩍 갈라져 손에 닿는 감촉이 까슬까슬했다.

정민의 한숨이 깊었는지 어느새 다가온 조희.

"아니, 지혜는 도자기와 커피의 케미컬이 아니라 효석이랑 자기의 케미컬을 연구해보면 참 좋을 텐데."

조희는 흠칫 놀란 정민을 대신해 물 묻은 스펀지로 그녀의 기물을 닦아주었다.

"그러게요. 보기 좋~네요."

"질투 나죠?"

가볍게 나온 조희의 말. 아까부터 기식과 아라를 힐끔힐끔 훔쳐본 정민이었다. 조희에게 자신의 마음을 들킨 걸까 봐 조마조마했다.

"네?"

"에이, 아닌 척하긴! 정민 씨도 물레 차고 싶잖아요. 그렇죠?"

그쪽이 아니었구나. 정민은 안심했다.

"질투는 무슨…… 아니에요."

"표현이 그렇다는 거죠. 원데이 클래스의 특권이에요. 회원들은 3개월 넘도록 손도 못 대보는 물레를 저렇게 하루 만에 해보니까요. 이제 정민 씨도 온 지 두 달이 넘어가니까 슬슬 찰 수 있을 거예요."

"네, 저도 얼른 물레 차고 싶나 봐요."

정민은 조희의 말에 순순히 수긍해버렸다. 무엇을 위해서 이렇게 한 단계 한 단계 어렵게 밟아가며 도예를 배우고 있는 걸까. 그냥 하고 싶을 때마다 한두 번 즐기면 되는 거 아닌가. 정민은 기식처럼 창업을 꿈꾸지도 않았다. 지혜처럼 평생의 취미로 생각해본 적도 없었다. 이 나이에 도예과로 대학을 다시 가지도 않을 것이다. 그렇다면 이렇게 몰입해서 흙을 만지는 이유가 무엇일까. 생각에 잠긴 정민의 어깨를 조희가 가볍게 두들겼다.

"혹시 어디 아파요? 영 안색이 안 좋아 보여요."

"아니에요. 잠깐 딴 생각 좀 했어요."

사실 정민은 아까부터 머리가 지끈거렸다. 기식과 아라가 함께 있는 모습을 볼 때마다 바늘에 쿡쿡 찔리는 것처럼 가슴이 아팠다. 그리고 도우미가 있는 다른 사람들과 달리 혼자 앉아 있는 주란도 계속 눈에 밟혔다. 그때의 일은 다 잊은 듯한 저 백지 같은 표정은 도대체 뭐람? 한편에 묻어두고 모른 척하고 싶었던 도예에 대한 고민은 또 어쩌지……? 정민은 고개를 양옆으로 털었다. 이렇게 하면 고민이 털어지기라도 한다는 듯이.

"그렇다면 다행이고요. 정민 씨, 오늘 물레 체험 같이 해볼래요? 주란 씨 옆자리가 비어 있어요. 그래도 도예 선배니까 주란 씨 물레 끝나면 기물 다듬는 것도 조금 봐주고요."

주란은 혼자 속도가 느렸다. 그녀가 옛날부터 손재주가 없었다는 것이 떠올라 정민은 정말 변한 것이 하나도 없다는 것을 또 한 번 느꼈다. 역시 사람은 안 변한다. 그것을 알기에 주란과는 가까이하고 싶지 않았다.

"아니에요, 괜찮아요. 저는 제 작업이나 마저 하려고요. 원데이 클래스는 나중에 해볼게요."

정민은 두 손을 절레절레 저으며 말했다. 불편하기도 했거니와 정민의 실력으로는 아직 누구를 도와줄 처지가 못 되었다.

"그래요. 그럼 다음에 언제든. 정민 씨는 확실히 도예를 재미만으로 하는 것 같진 않아요. 다른 욕심이 있는 건가?"

그러면서 조희는 "나중에 지혜처럼 리빙 페어나 공모전에도 나가봐요"라고 덧붙였다.

"……아직 잘 모르겠어요. 사실 저는 단지 흙을 만지고 싶을 뿐이에요. 거창한 목표 없이 그냥 '그래도 내가 뭔가를 하고 있구나'라는 사실을 증명해주는 정도로 생각하고 싶어요."

"매번 같은 시간에 가야 할 곳이 있다는 것, 날씨와 계절에 따라 돌봐야 할 기물이 있다는 것, 이것만으로도 배우는 이유는 충분하다고 생각해요. 아까 말은 못 들은 걸로 해요. 정민 씨 같이 성실한 회원은 오랜만이라 나도 모르게 앞서갔나 봐요."

"괜찮아요. 그럼 저는 가벼운 마음으로 조금 더 도예를 해도 될까요? 겨울까지만."

"좋아요. 겨울은 춥잖아요."

아라가 완성한 작은 화병은 완벽한 대칭을 이룬다는 점을 제외하고는 기식의 작품과 분위기가 닮아 있었다. 효석의 작품은 아기자기한 지혜의 찻잔과 닮아 있었다. 물론 지혜가 도와주면서 작업의 반 이상은 해버린 것 같았지만. 주란의 도자기는 잔물결 문양이 들어간 원기둥 모양의 물컵이었다. 뭘 만들어야 할지 갈피를 못 잡는 사람들을 위해 미리 만들어놓은 조희의 예시 작품에 충실한 기물이었다.

정민과 기식은 머리를 맞대고 인스타그램에 업로드를 했다. 기식이 클래스 사이사이에 찍은 작업 사진과 셋의 작품 사진 밑에 정민이 준비한 문구를 적었다. 마치 큰 프로젝트 하나를 끝낸 듯 정민은 오랜만에 뿌듯함과 성취감을 느꼈다.

열의가 오른 정민은 기식과 앞으로의 홍보 계획에 대해 이야기를 나누고 싶었다. 그런 그녀의 마음도 모르고 기식은 아라와 데이트를 위해 일찍 나갈 채비를 했다.

“기식 씨, 여자친구가 여기까지 왔는데 샌드위치 가게 데려가지 말고요.”

앞치마를 정리하고 나온 기식에게 정민이 한마디 했다.

“뭔 샌드위치?”라고 되묻는 아라의 어깨에 손을 올리고 기식은 웃음으로 무마했다. 아라가 딸기 생크림 샌드위치를 모른다는 것이 정민을 기분 좋게 만들었다.

지혜와 효석까지 둘이서 밥을 먹겠다며 나가자 정민이 자리를 정리하며 조희에게 점심으로 무엇을 먹을지 물었다.

“나는 오늘 혼자 먹을 건데요?”

“네? 그러면 저는…….”

"어여쁜 커플도 보고, 곧 커플이 될 것만 같은 귀여운 남녀도 보고…… 괜스레 외로운 날에는 더 확실히 외롭고 싶거든요. 그리고 둘이 오랜만에 만나서 할 얘기도 많을 것 같은데, 정리는 나한테 맡기고 점심 먹으러 가봐요."

조희가 고갯짓으로 가리킨 곳에는 주란이 서 있었다. 계속 기다리고 있었다는 듯 콧날을 찡그리며 정민에게 이리 오라고 손짓했다. 정민이 얼버무리자 조희는 "어서, 어서!"라고 소리치며 마치 소를 몰듯이 팔을 휘저었다.

*

"네 성격에 나랑 밥은 안 넘어갈 테고 아는 카페 있어?"

주란의 말에 정민은 말없이 방향을 틀었다. 냉담한 정민의 반응을 예상한 듯 주란이 별말 없이 정민을 따라붙었다. 아직 정민이 밤가시마을에서 아는 카페라고는 전에 기식과 함께 간 아이스크림 카페뿐이었다. 2층 창가 자리에 마주 앉은 둘. 정민은 시선을 어디에 둬야 할지 몰라 주란의 귀밑 언저리만 응시했다. 반면에 주란은 정민의 눈을 똑바로 쳐다보았다.

둘은 서로의 연락처를 가지고 있었다. 지난 십 년 동안 연락을 하려면 언제든 할 수 있었지만, 어느 누구도 먼저 연락하지 않았다. 주란의 카톡 프로필은 언제나 남자친구로 보이는 사람과 함께 찍은 사진이었다. 관계를 드러내는 것에 주저함이 없는 태도가 참 주란답다고 정민은 생각했다. 대화가 시작되지 않은 빈 채팅방에 몇 번 들어가 봤지만 문자는 보내지 않았다. 껄끄러운 관계란 이런 것이구나. 친구 리스트에 있지만 막상 메시지를 보내려면 아무 말도 적을 수 없게 되는.

그래도 정민은 주란과 언제까지나 거친 사포 면 같은 관계로 남아 있어도 상관없었다.

"이제야 제대로 인사하네. 잘 지냈어? 그동안 네가 연락 안 해서 내가 뭐 잘못한 게 있나 싶었잖아."

능글맞게 말하는 주란에게 정민이 은근히 비꼬는 말투로 대꾸했다.

"연락 안 한 건 너도 마찬가지지. 그리고 네가 나한테 잘못한 게 뭐가 있어. 가해자 역할은 나잖아."

주란이 정민의 말을 애써 무시했다.

"그…… 난 서울시청 근처에서 일해. 금융 회사 비서로. 넌 방송 작가라며? 효석이한테 들었어."

늘 놀기를 좋아하던 고등학생 주란은 어디 가고 어엿한 사회인이 되어 있었다. 2년 전 치과 의사와 결혼하며 고향 동네를 떠났지만, 그래봤자 서울 안이라고 했다.

"벌써 결혼을 했구나."

"너도 알잖아. 나 어렸을 때부터 남자 엄청 좋아하고, 장래희망은 시대에 역행하는 현모양처에, 맨날 결혼 일찍 할 거라고 노래 부른 거."

어렸을 때 주란은 옆자리 남자친구가 쉼 없이 바뀌었다. 그랬던 그녀가 이렇게 일찍 한 사람에게 정착한 것이 낯설었다. 정민이 딱히 할 말을 찾지 못해 입을 꾹 다물고 있자 주란이 알아서 말을 이었다.

"나 결혼하고 아빠는 서울 집 정리하고 일산에 살고 계시거든. 일도 안 하고 혼자 사시니까 좀 심심하시겠어? 그래서 효석이 통해서 도예 수업 등록해드린 거야. 그런데 네가 있을 줄이야……. 우리 살던 동네도 아니고 일산에서 널 만나니까 느낌이 이상하긴 하다. 여기는 낯선 동네잖아."

아저씨 이야기를 하는데도 시종일관 아무것도 모른다는 얼굴을 하고 있는 주란이 슬슬 가증스럽게 느껴졌다.

"오늘 공방에는 왜 온 거야?"

"다른 게 아니라 우리 이야기를 하려고. 생각할수록 왠지 너한테 미안하더라. 그때 깊고 어두운 어딘가에 널 혼자 두고 온 기분이었거든."

"그런데 주란아, 너잖아. 나를 거기로 몰아간 건."

예민한 아이와 예민한 아이는 친구가 되기 쉬웠지만, 그만큼 멀어지기도 쉬웠다. 그 나이의 민감한 아이에게는 친구의 눈빛, 망설임, 옆구리가 맞닿는 면적의 변화, 웃음소리의 고저와 단어 하나하나도 해석의 여지를 주는 자극이 되었다.

정민이 주란에게 방과 후에 같이 엄마의 식당에 가자고 했을 때, 주란은 미적지근하게 구는 일이 잦아졌다. 얼마 전 아빠가 술을 마시고 엄마의 식당에서 행패 부리는 걸 주란이 봤기 때문일까. 그럴 때마다 주란의 동공은 선명하게 흔들렸고, 가끔은 불안한 듯 손톱을 뜯기도 했다. 정민은 자신에게 시간의 양 끝을 잡고 죽 늘려서 느리게 만드는 쓸데없는 초능력이 있는 걸지도 모르겠다고 생각했다. 그 아이의 머뭇거림이 정민의 눈에는 슬로모션을 건 것처럼 초 단위로 잘 보였다. 답을 기다리는 그 몇 초가 영원 같았다. 이런 작은 순간들이 회색빛 먼지처럼 쌓여 정민을 점점 초라하게 만들었다. 둘 사이에 미묘한 무중력 같은 공간이 생겼지만 둘 중 누구도 그 빈틈을 무엇이라 표현해야 하는지 몰라서 '친구'라는 정의에서 벗어나지 못했다.

그러나 사고가 나기 불과 일주일 전, 결국 정민과 주란은 건잡을 수 없게 틀어졌다. 겨울 방학을 며칠 앞두고 수행평가 점수가 나오는 날이었다. 주란의 무리 중 한 명이 정민의 조원 평가 점수를 터무니없이 낮게 주었다. 정민은 기가 차서 그 아이에게 가서 따져 물었지만, 돌아오는 건 코웃음이었다. 정민의 주먹이 떨려왔다. 그때 주란이 정민의 손을 낚아챘다. "너, 뭐 하는 거야?" 정민은 말리는 주란을 뿌리치고 황망하게 교실을 나갔다. 주란이 자신의 편을 서주지 않아서가 아니었다. 주란의 말에 옅은 경멸이 묻어 있었기 때문이었다. 가만뒀으면 정민이 친구를 때릴 수도 있었겠다는 두려움도. 이 아이가 나를 꺼리고 있다는 느낌. 내가 온전히 받아들여지고 있지 않다는 느낌. 정민은 쉬는 시간에 주란을 찾지 않았다. 혹시라도 주란이 먼저 찾아올까 봐 화장실 빈칸에 들어가 오도카니 서 있었다. 그 작은 사각형 안에서 정민은 길게 펼쳐진 활주로를 상상했다. 가슴이 참을 수 없을 정도로 갑갑해 어딘가로 숨 가쁘게 달려가고 싶었다. 쉬는 시간 십 분이 기나긴 시간이 될 수도 있다는 걸 정민은 열일곱 살 때 처음 알았다.

그날 영화 동아리방의 청소 당번은 정민이었다. 한쪽의 자재 창고를 정리하는데 문이 급박하게 열리면서 주란과 친구들이 들이닥쳤다. 그들도 동아리 부원이었다. 정민은 서둘러 쭈그려 앉으며 몸을 숨겼다. 엿들으려고 한 건 아니었지만, 동아리방은 좁았고 그들의 목소리는 컸다. 듣기 거북한 뒷담화가 몇 차례 오가더니, 한 애가 문득 주란에게 점심시간에 험악한 얼굴로 찾아와서 대수롭지도 않은 점수 몇 점 갖고 따지던 정민에 관해 비난을 퍼부었다. 주란은 정민이 나쁜 애가 아니라고 옹호하는 척했다. 친구들이 정민의 교복 재킷에서 풍기던 족발 냄새에 대해 물었을 때 주란은 목소리를 낮추었다. 마지막으로 정민의 종아리에 든 멍에 대해 물었을 때 주란은 주위를 한 번 둘러본 뒤 소곤거렸다. "사실, 정민이 아빠가……."

"그즈음 너도 아닌 척하면서 날 밀어냈잖아."

주란이 턱밑에도 오지 않는 머리카락을 손가락으로 빙빙 돌리며 꼬집듯이 반박했다.

주란이 네 살 때 주란의 엄마는 가족을 떠났다. 엄마는 더 이상 아버지를 사랑하지 않는다면서 딸도 두고 다른 남자에게 가버렸다. 주란은 자신이 버려졌다고 생각했다. 주란은 그 상처로 관계에 목을 맸다. 아빠가 재혼해서 엄마를 만들어줬으면 했고, 친구에 대한 소유욕도 강했다. 초경이 늦어진 주란에게 상냥히 생리대 사용법을 알려준 정민의 엄마에게 처음으로 따뜻한 모성애를 느꼈다. 주란이 족발집 메뉴를 다 외워 능숙하게 서빙을 했을 때쯤 주란은 윤재를 '아줌마'가 아니라 '엄마'라고 부르기 시작했다. 윤재를 사근사근하게 엄마라고 부르는 주란을 보고 있으면 정민은 속이 울렁거렸다. 맨살이 맞닿을 정도로 다가오는 것 같아 주란이 부담스러웠다. 주란도 정민의 그런 시선을 어렴풋이 느끼고 있었던 것이다.

"그 나이에 친구 사이 멀어지는 이유가 한 가진가. 한 번 싫어지면 별의별 이유를 다 갖다 붙여서 미워하게 만드는 거지."

"넌 늘 솔직하지 못해." 주란이 차갑게 말했다.

자꾸만 말꼬리를 잡고 늘어지는 주란 때문에 정민은 속이 뒤틀렸다. '이제 와서 끄집어낸들 아무 의미 없겠지만, 기왕 터진 봇물이니 어디 한번 다 흘려보내 보자. 넌 정말 내게 당당하냐?

내게 단 한순간도 거부감을 느낀 적이 없다고 말할 수 있냐?'

"……나, 그때 거기 있었어. 동아리방에."

주란은 생각이 막혀버린 듯 당혹스러운 표정을 고스란히 드러냈다. 살짝 벌어진 입술 사이로 슬그머니 혼이 빠져나간 것 같았다. 주란의 표정은 예나 지금이나 읽기 쉬웠다.

"다른 건 얘기해도 됐어. 그래도 멍이 왜 들었는지는 말하지 말았어야지. 거짓말을 했어야지. 내가 모르게 했어야지……."

"그래서 미안해서 왔다니까. 네가 거기 있는 줄도 몰랐고. 애들한테 사고에 대해서 말하고 다닌 것도 모두 미안해. 정말 널 동굴 속으로 몰아넣은 건 나였는지도 모르겠다."

주란의 목소리가 메말랐다.

"그만하자."

정민은 자리에서 일어났다. 더는 주란을 마주 보고 있는 게 힘들었다. 주란과는 만나면 괴롭고 침잠해지기만 하는 것이 꼭 마시면 속을 버리는 상한 우유 같았다. 차라리 매몰차게 하수구에 쏟아 버리는 것이 나을지 몰랐다.

혼자 남은 주란은 정민이 간 뒤에도 오래도록 그 자리에 앉아 있었다. 한 입도 먹지 않은 아이스크림이 이미 미지근하게 녹아버린 뒤였다.

중심 잡기

10월에 접어들며 낙엽이 하나둘 지기 시작했다. 떨어져 뭉개진 감과 밤송이를 길거리에서 심심찮게 볼 수 있게 됐을 즈음 정민은 물레 앞에 앉게 되었다. 조희가 이제 물레를 차도 되겠다고 허락해주었을 때 정민은 자신이 그 말을 기다리지도, 기대하지도 않았다는 사실에 약간 놀랐다. 정민은 도예를 제대로 해내거나 온전한 취미로 삼을 수 있게 되는 데 걸리는 시간이 길어지자 약간 지치기도 했다. 애초에 아무 의미를 두지 않고 시작한 도예였지만, 이제 와서는 계속할 이유가 필요했다. 어찌 됐건 애정이 식어가는 참에 새로운 기술을 배우는 것은 환기가 될 터였다.

정민은 물레 옆에 앉아 조희의 시범을 보고 또 보았다. 지금껏 정민의 흙은 영혼이 없었다. 만져주지 않으면 형태가 변하지 않았고, 손으로 정성껏 다듬어줘야 간신히 어설프나마 그릇이라는 새 이름을 얻었다. 수동적인 흙만 봐온 정민에게 물레 위에서 혼자 움직이는 축축한 흙이란, 어색하고 낯설었다.

"지금부터 왼손과 오른손은 함께 움직이는 한 팀이 되는 거예요. 왼손을 바깥에 대고 오른손으로 안쪽의 형태를 다듬을 때, 두 손의 높이는 같아야 해요. 이렇게 모양을 만들다가 겉 중심을 잡기 위해 왼손과 오른손 모두 바깥에 댔을 때는 두 손의 모양이 같아야 해요. 힘을 위쪽으로만 주면서 흙의 살을 빼주는 거예요."

잔뜩 굳어 있는 정민에게 조희는 물레 위 흙의 질감과 수분감이 어떠한지 만져보라고 했다. 계속해서 빙빙 돌아가며 혼자 춤을 추는 흙덩이를 만지는 것은 정민에게 두려움으로 다가왔다. 마치 초등학교 때 친구 집에서 처음 하얗고 작은 몰티즈를 만졌을 때와 같은 두려움이었다. 힘차게 움직이는 생명력 있는 것들은 왠지 모르게 정민을 주눅 들게 했다.

정민은 용기를 내 두 손으로 가볍게 원기둥 모양으로 흙을 움켜쥐었다. 손작업을 할 때와는 전혀 다른 흙의 수분감에 불안이 요동쳤다. 축축한 흙은 아주 쉽게 모양이 일그러졌기 때문이었다. 손에 살짝만 힘이 들어갔을 뿐인데도 원기둥 흙은 아래는 넓고 위는 좁아지는 형태로 순식간에 변했다. 마치 합을 맞춰 탱

고를 추는 남자의 발을 여자가 하이힐로 찍어버린 것 같았다. 타이밍과 힘 조절과 속도, 이 세 박자가 조금이라도 맞지 않으면 흙과 함께 춤을 출 수 없었다.

"자, 모양 잡는 건 나중 일이에요. 이건 연습이었어요. 오늘 우리가 해야 할 건 중심 잡기. 다른 회원들이 작업하는 걸 어깨 너머로 봐서 알겠지만, 흙을 물레 위에 올리면 가장 먼저 흙이 물레 위에서 안정적으로 돌아갈 수 있도록 중심을 잡는 작업을 해야 해요. 흙기둥을 높였다가 다시 뭉개고 높였다가 다시 뭉개는 작업을 반복해서 꼬인 흙의 결을 풀어주는 거죠. 중심을 못 잡으면 물레는 시작도 못 하는 거예요."

"흙이 중심이 잡혔다는 건 어떻게 알 수 있어요?"

"그건 감각."

간단명료한 조희의 설명에 정민은 다시 한 번 '역시'라고 생각했다. 도예는 퀘스트 하나를 깨면 스킬 하나를 얻는 그런 등가 교환의 단순한 방식이 아니었다. 정민은 묽은 흙으로 범벅이 된 자신의 손바닥을 물끄러미 바라보았다. 앞으로 이 둔한 손으로 깨야 할 퀘스트가 산더미였다.

흙은 정민의 마음도 몰라주고 자꾸만 툴툴거리듯 비틀거렸다. 그러더니 한순간에 폭삭 무너져 내렸다. 다시 흙기둥을 길게 뽑아봤지만, 이리저리 흔들리더니 가운데만 숨이 죽은 베개 같은 모양으로 뭉개졌다. 이 과정을 반복하는 것이 중심 잡기가 맞는지 의문이 들었다. 단순히 흙을 길게 만들었다가 다시 뭉개버린다고 해서 꼬여 있는 흙을 풀어줄 수 있는 것인가. 흙의 결은 눈에 보이지 않았지만, 정민은 자신의 흙이 단단히 꼬여 있는 게 분명하다고 생각했다. 몇 번을 다시 해봐도 흙은 정민의 손을 벗어나 찢어진 결 사이로 거친 숨을 내쉬었다.

이번에도 지뢰가 터져 울퉁불퉁해진 땅의 모양새로 처참히 뭉개진 흙. 참다못한 정민은 자신의 실력에 낙담하며 소심하게 주먹을 날렸다. 느리게 흘러가는 '도자기를 만드는 시간'에 견딜 수 없는 지루함을 느끼고 만 것이다. 그녀는 아직 두 계절도 다 채우지 못했는데 벌써 싫증이 난 자신을 힐난하고 싶었다. 그러면서도 자신은 원래 우유부단하며 한 가지 일을 진득이 하는 법이 없고 연애를 할 때도 한 사람을 오래 만나는 게 어려웠다는 사실을 떠올렸다. 그러자 이 상황도 너무 쉽게 납득해버리고 말았다.

정민은 흙과 함께 춤은 무슨, 손을 마주 잡는 것조차 실패하고서 완전히 지쳐버리고 말았다. 게다가 두 시간째 고개와 허리를 숙이고 물레 앞에 쭈그리고 앉아 있는 자세는 사무실에서 컴퓨터를 하는 자세보다 훨씬 더 어깨에 무리가 갔다. 허리를 펴고 팔을 돌리는 정민. 어느새 옆에 자리를 잡고 물레를 차던 기식이 그녀의 뭉개진 흙을 보더니 살포시 웃었다.

"쉽지 않죠? 처음에 물레를 찰 때는 인내심이 필요해요. 뻔한 소리지만 연습만이 답."

그가 자신의 주먹질을 봤을 거라 생각하니 정민은 마음의 소리가 새어 나간 것 같은 부끄러움을 느꼈다. 일전에 기식의 여자 친구 아라를 만난 뒤로 묘하게 기식이 불편해졌다. 기식을 볼 때마다 그 산뜻하던 여자가 떠올랐다.

"저는 제가 인내심이 있는 사람인 줄 알았어요. 어떤 상황에서도 꾹 참는 걸 잘했는데, 아니었나 봐요. 답답해요."

"저도 흙이 내 마음대로 안 될 때 가끔 마구 내리쳤어요. 얼마나 답답했던지. 그래도 흙은 부드러워서 주먹으로 쳐도 안 아프잖아요. 기분 안 좋을 때마다 마음껏 쳐요."

정민은 흙에 남겨진 선명한 주먹 자국을 보았다. 체구보다 유달리 큰 손. 어른들은 정민의 손을 보고 하나같이 말했다. '피아노 치기 딱 좋은 손이네.' 혹은 '손이 야무지게 생긴 게 손재주가 좋을 거야.' 하지만 애석하게도 정민은 그쪽 분야에 아무런 재능이 없었다. 그 긴 손가락으로 남들보다 빠르게 자판을 치며 빠르게 친 만큼 빠르게 사라지는 글을 쓸 뿐이었다. 일을 사랑한다는 건 어떤 마음이었더라……. 다큐멘터리 팀에서 있었던 사건 후로 정민은 일에 애정을 쏟는 소모적인 행동은 자신에게 독이 된다며 진정성에 선을 그은 지 오래였다.

"기식 씨는 도예가 그렇게 좋아요? 도예 기술을 익히는 건 시간도 오래 걸리고, 자기가 잘한다고 해서 결과가 정직하게 나오는 것도 아니잖아요. 게다가 기식 씨는 회사 일도 바쁘고……. 그런데 창업을 준비한다고 했을 때 솔직히 놀랐거든요."

"원래 예술 같은 추상적인 단어는 저에게 아무런 감흥도 주지 못했어요. 그런데 차가운 흙을 처음 만진 날, 저는 바로 알 수 있었어요. 내가 오래도록 도예를 할 거라는 걸. 이거라면 내가 평생을 해도 질리지 않고 할 수 있겠다는 걸. 이건 '재미있다'라는 감정과는 달라요. 짜릿하고 자극적인 재미보다는 평온하다는 느낌이었어요. 나를 차분하게 만드는 일은 오래 할 수 있기 마련이잖아요."

"나를 차분하게 만드는 일……."

정민에게 그런 일은 무엇이 될 수 있을까. 정민이 가진 수많은 카드 중 대다수는 그녀의 마음을 헤집는 자극적인 것이었고 그것이 아니라면 담담함을 넘어서 따분함에 가까운 것이었다.

"사실 요즘 도예가 저에게 어떤 의미인지 잘 모르겠어요. 그저 취미로 한다는 가벼운 생각이면 충분한데 자꾸 기대를 걸게 되는 건지 나를 바꿀 수단으로 여기게 돼요."

"중심 잡기가 안 되는 원인을 찾았네요. 어쩌면 정민 씨는 조급한 건지도 몰라요. 빨리 뭐라도 하면서 삶의 활력을 되찾아야 하는데, 흙은 너무나 느린 재료잖아요. 그 속도의 괴리에서 길을 잃은 건지도 몰라요."

기식이 의사처럼 정민의 상태를 진단했다.

"길을 잃었다면 어떻게 해야 해요? 흙의 속도에 맞추고 싶은데, 오늘은 심지어 지루하기까지 했어요. 그 사실을 인정해버리니까 집중이 안 되는 거 있죠. 정말 엉망이에요."

"그러면 정민 씨 자신을 위해서 도예를 한다고 생각하지 말고 다른 사람을 위해서라고 한번 생각해봐요. 주변 사람을 생각하며 도자기를 만드는 건 또 다른 묘미거든요. 저는 슬럼프가 올 때마다 그렇게 극복했어요. 도자기에 많은 정성과 시간이 들어가는 걸 아니까 모양이 조금 어그러졌든 가마 안에서 견고함을 잃었든 받는 사람들은 하나같이 기뻐하더라고요."

"보아하니 선물 주고서 생색 좀 내셨겠군요."

"그럼요. 솔직히 제 도자기는 소장 가치가 있잖아요?"

기식이 장난스럽게 웃어 보였다.

중심 잡기라는 건, 어쩌면 가장자리부터 살펴야 하는 것일지도 몰랐다. 그동안 정민은 자신의 주변을 돌아보지 않았다. 쉽게 손을 놓았고, 쉽게 손을 내밀지도 않았다. 말 한마디에도 토라졌으며 깊은 굴속에서 나오지 않았고 다가오는 사람을 경계했다. 타인에게 내어줄 주먹만 한 공간도 허락하지 않았으며 오로지 자신의 마음을 촘촘히 걸어놓은 외딴 전시실에 홀로 앉아 있었다. 시선을 받지도 못하고 팔리지도 않는 마음들은 정민의 전시실에서 썩어가고 있었다.

"누구에게 주면 좋을지 모르겠어요."

"저는 미리 생각해두지 않아요. 만들다 보면 자꾸 생각나는 말이 있어요. 그 말을 따라가면 하나의 온전한 이름이 보여요. 그때 알게 되는 거예요. 이 도자기의 주인은 너였구나. 그러면 먼저 연락해서 오랜만에 안부 인사를 주고받고 그다음 직접 얼굴을 보면서 이 도자기를 주는 거죠. 처음에는 민망할 수 있어요. 이렇게 정성이 들어간 선물은 낯간지럽잖아요. 그래도 한번 해봐요."

"하긴 이제 제 부엌에 식기는 충분하고, 호야 그릇도 넉넉하게 있어요."

"정민 씨한테 선물 받는 사람은 좋겠네요."

"제 도자기는 찌그러진 게 대부분인데요?"

"더 잘 만들고 싶어서 계속 손으로 다듬느라 찌그러진 거잖아요. 그 정성이 다 보여요."

기식의 목소리가 정민에게 따스하게 스몄다. 그의 음성에 홀린 듯 기식을 바라보다가 정민은 황급히 얼굴을 돌렸다. 흙의 중심도, 마음의 중심도 혼란스러웠다. 그녀는 열이 난 마음을 식히며, 기식과 대화하느라 물기를 잃어가는 흙 위에 물을 뿌렸다. 흙이 물을 머금어 색이 조금 밝아지며 부드러워졌다. 물레 위에서 춤을 추는 흙은 사실 아무것도 아니었다. 결국 가마 안에서 1,250도의 온도를 견디고 그릇으로 보기 좋게 구워져 누군가의 부엌이나 탁자 위에 놓일 때에야 흙은 이름이 생긴다. 사람에게 닿아 무언가 담길 때 도자기는 비로소 단단한 땅을 뚫고 나오는 새싹 같은 반짝이는 생명력을 갖게 되는 것이다. 그러니 아직 중심도 잡히지 않은 흙에 두려움을 느끼는 시답잖은 태도는 버리자. 주변을 천천히 둘러보다 보면, 어느새 흙의 중심은 잡혀 있을 것이고 도자기의 주인이 떠오를 것이다.

정민은 다시 흙을 잡았다. 두 손으로 흙을 움켜쥐며, 그녀 마음의 전시실에 걸려 있던 자화상을 하나씩 버려 나갔다. 힘을 줘 흙기둥을 길게 뽑으며, 마음의 전시실을 청소했다. 이번에는 흙기둥을 뭉개며, 마음의 전시실의 문을 열었다. 이제 자화상이 아닌 소중한 주변 사람들의 초상화를 들일 차례였다.

"이 정도면 중심이 잘 잡힌 거 같은데요?"

슬며시 귀를 감싸는 기식의 한마디에, 정민은 다시금 무엇인가가 시작됐음을 알 수 있었다. 새로운 것을 배운다고 해서 일상이 '수리수리 마수리' 마법처럼 변할 수 없었다. 취미로 그녀의 삶을 바꾸겠다는 거창한 다짐은 없었다. 지금 그녀에게 주어진 임무는 이 도자기의 주인을 찾는 것뿐이었다. 그 무엇도 위로가 되지 않는 순간이 있다. 정민에겐 오늘이 그 순간 같았지만, 기식이 그녀에게 예외를 선물했다. 어떤 약으로도 나아질 것 같지 않던 두통이 기대하지 않고 먹은 상비약 한 알로 싹 가시는 것 같았다. 머리가 한층 말개졌다.

서른 개. 정민이 2주 동안 물레로 만든 기물의 개수였다. 꼭 자신의 나이만큼 기물을 만들어 연습하겠다는 다짐의 결과물이었다. 나이라는 숫자로 여러 가지 목표를 세우는 기식의 버릇을 흉내 낸 것이었다. 물론 기물은 다시 흙덩이로 돌아갔다가 기물이 되기를 반복했다. 그렇게 서른 개의 흙덩이가 섞이고 섞여 두 개의 기물만이 살아남았다. 하나는 조희의 도움을 받아 기물의 끝을 오므려서 비로소 제 모습을 갖춘 화병이었다. 다른 하나는 낮고 넓적한 그릇이었다. 완벽한 조형을 가진 준의 작품이나 독창적인 디자인을 가진 기식의 화병과는 비교도 되지 않았지만, 정민은 만족스러웠다. 그녀는 중심을 잡아가기 시작했다.

"화병, 누구에게 줄지 생각해봤어요?"

"엄마 드리려고요."

생각지도 못하게 정민의 입에서 바로 대답이 나왔다. 명확하게 '엄마'라고 마음에 담아둔 것도 아니었는데, 툭 튀어나온 것이다.

"무척 좋아하실 거예요."

사실 물레를 차는 것이 너무나 고단하여 정민은 누구에게 줄까 하는 고민조차 제대로 하지 못했다. 그런데 기식의 물음에 마치 기다렸다는 듯이 답을 주었다. 그녀도 알지 못하는 사이에 마음속에서 한 사람의 얼굴이 자꾸만 떠올랐던 것이다.

"다른 한 개는요?" 기식이 넓적한 그릇을 가리켰다.

"아직 주인을 찾지 못했어요. 눈치 없는 지각생처럼 뒤늦게 떠오르는 얼굴이 있을까 봐 남겨두려고요."

"지각생한테도 배려가 넘치네요, 정민 씨는."

기식은 부동산에 들러야 한다며 먼저 자리를 정리했다. 창업을 앞두고 그는 주말 시간을 쪼개서 쓰고 있었다. 기식은 온갖 바쁜 척을 다 하며 나갈 준비를 하더니 정작 문 앞에서 뭉그적거렸다. 그러더니 대뜸 정민에게 다가와 나중에 같이 저녁을 먹자고 했다.

"금방 다녀올게요. 오래 기다리지 않게 할게요."

그런 말 한마디 한마디가 그녀에게 어떤 의미와 가능성을 선사하는지도 모른 채 휘적휘적 걸어 나가는 그. 정민은 그 이후로 작업에 집중이 되지 않았다. 오매불망 주인을 기다리는 강아지가 된 것 같았다. 공방 앞에 도착했다는 기식의 문자에 정민은 답장을 보내는 타이밍을 잴 필요 없이 바로 흙으로 범벅된 손으로 자판을 쳤다. 덕분에 휴대폰 액정에도 흙이 잔뜩 묻었다.

*

"샌드위치는 안 돼요. 저 오늘 작업하고 와서 엄청나게 배고프거든요."

정민은 조수석에 앉으며 그에게 단단히 일러두었다. 오늘은 정말 많이 먹을 자신이 있었다. 기식도 오늘은 샌드위치만으로는 절대 배가 차지 않을 거라고 받아쳤다. 운전대를 잡은 기식의 왼손 네 번째 손가락에는 반지가 없었다. 대신 피부에 하얗게 띠가 생겨 있었다. 그의 왼손을 확인하는 것은 정민의 버릇이 되었다. 공방에 들어올 때 반지를 끼고 있는지, 공방을 나갈 때 다시 반지를 꼈는지……. 그의 손가락을 의식하게 된 것은 아마도 그녀가 공방에서 기식을 처음 만났던 때부터일 것이다.

"반지 끼는 거 자주 까먹나 봐요?"

"아이참, 또 두고 왔네요. 보면 혼날 짓을 골라서 한다니까."

기식은 왼손으로 핸들을 감아 쥐며 네 번째 손가락을 슬쩍 가렸다.

정민은 생방송을 마친 후 종종 혼자 찾곤 했던 수육국밥 집으로 기식을 이끌었다. 이곳은 기식이 지쳐 기운 빠진 날, 꼭 함께 오고 싶었다. 방송 일을 그만두고는 와본 적이 없으니 거의 일 년 만의 방문이었다. 여전히 낡은 간판과 문. 평일 직장에서 느낀 불합리와 자괴감 따위를 잊기 위해 얼큰하게 취한 사람들의 아지트 같았다. 그 속에 자리한 젊은 남녀. 정민과 기식은 가장 젊은 사람이었다.

"여기가 찐 맛집이에요. 일산 사람들만 아는 곳인데 특별히 소개해줄게요. 24시간 영업하고, 수육국밥이 대표 메뉴. 수육국밥 못지않게 곱창전골도 맛있는데, 양이 많아서 서너 명은 와야 시킬 수 있어요. 오늘은 아쉽게도 수육국밥만 시켜야겠네요."

"수육국밥이면 훌륭한걸요. 곱창전골은 다음에 또 와서 먹죠, 뭐."

주류에 속하지 못한 부속 고기들을 국물에 담뿍 넣어서 뚝배기는 묵직했다. 거기에 진하게 우려낸 육수까지. 정민은 처음에는 담백한 국물을 먹다가 중간부터 양념장을 넣어 매콤하게 먹는 것을 선호했다. 반면 기식은 처음부터 국물이 빨개질 정도로 양념장을 팍팍 넣어 먹었다. 고단한 하루를 보낸 둘은 식사에만 열중했다. 짧은 감탄사만 한두 번 주고받을 뿐이었다. 정민이 국물에 양념장을 넣을 때쯤 그제야 기식은 자기 이야기를 시작했다.

"저 사실 오늘 부동산에 간 거 새로 차릴 공방 때문이 아니었어요. 지금 사는 집을 내놨는데 집을 보러 오겠다고 해서 문 열어주러 갔다 온 거예요. 공방을 고성에서 차리게 됐거든요. 그래서 집도 고성에 새로 마련하려고 준비 중이에요."

"고성이요?"

양념장 때문에 매콤해진 국물이 목에 걸려 캑캑대는 정민에게 기식이 물을 건네며 말을 이었다.

"제 고향이에요. 부모님이 바쁘셔서 초등학교 마칠 때까지 친할아버지랑 동생 녀석이랑 고성에서 살았거든요. 어린 시절 질리도록 봤던 바다를 바라보면서 좋아하는 일을 하는 거, 항상 꿈꿔온 로망이었어요. 저는 아무래도 사람도 많고 사정없이 불빛이 번쩍이는 활기 넘치는 도시보다는 잔잔한 시골에 조금 더 어울리는 사람 같아요. 아, 그리고 공방을 하면서 조그맣게 카페도 하려고 해요. 디저트에 에스프레소를 페어링 해주는 것이 아니라 잔에 따라 에스프레소를 페어링 해주는 거예요. 이건 조희 선생님이 준 아이디어. 근데 이렇게 사업 계획을 유출해도 되려나?"

기식은 마지막 말을 혼잣말하듯 중얼거리며 잠시 숨을 골랐다.

"계획에 없던 카페까지 준비하느라 일정이 더 늦어졌는데 못해도 12월에는 다 정리가 될 것 같아요. 오픈은 3월에 할 예정인데, 그전에 먼저 내려가서 조금 쉬려고요. 진짜 문제는 여자친구예요."

기식은 허전해 보이는 왼손을 펴 보였다. 정민은 기식에게서 아라에 관한 이야기는 듣고 싶지 않았지만 애써 담담한 척하며 그의 이야기에 귀를 기울였다.

"아라한테 고성에 같이 가자고 했어요. 카페 일을 도맡아주면 좋을 것 같다고요. 이기적인 말이란 걸 저도 알아요. 아라는 공무원이고, 공무원이 되기까지 얼마나 힘든 시간을 거쳤는지 제가 옆에서 다 봐왔으니까요. 예상대로 바로 거절하더라고요. 사실 제가 잘 다니던 직장을 때려치우고 창업을 한다고 했을 때부터 아라는 제 결정을 마음에 들어 하지 않았어요. 2년간 도예를 배운 저의 진심도 최근 원데이 클래스에 참여한 후에야 인정해줬을 정도니까요."

"장거리 연애도…… 가능하지 않을까요?"

좋아해야 할지 안타까워해야 할지 갈피를 못 잡는 마음을 누르며 정민이 간신히 말을 뗐다.

"그렇잖아도 선택지가 그것뿐이니 힘들어도 결혼 전까지 잘 버텨보자고 했어요. 그런데 장거리 연애는 절대 못 한다고 하더라고요. 서울에서 경기도 정도가 아니라 강원도니까요. 두 사람 중 한 명은 포기해야 하는데, 서로 포기하려 하지 않는 팽팽한 상태……. 아니, 그건 이미 넘어섰고 이제는 느슨하게 풀어진 상태랄까요."

기식이 고개를 떨구었다.

"원데이 클래스에서는 기식 씨를 진심으로 응원하는 것처럼 보였는데……."

"그래도 이해할 수 없는 것은 어떻게 해도 이해할 수 없는 거더라고요."

친구로서는 6년이었고, 연인으로서는 자그마치 4년이라고 했다. 기식이 제대 후 학교에 복학하고 처음 사귄 친구가 아라였다. 기식은 서로를 좋은 친구로 생각하면서도 연인으로 발전할 가능성을 티 나지 않게 열어두고 있었다. 하지만 아라는 달랐다. 친구면 친구, 연인이면 연인이었다. 그리고 아라가 드디어 '이놈이 그놈이고, 그놈이 그놈이다'라며 울음을 터뜨렸을 때 기식은

'속는 셈 치고 나랑 사귀어보자'고 그녀를 설득했다. 아라는 친구를 잃을까 봐 걱정하면서도 고백에 대한 답을 보류하지는 않았다. 시원스럽게 '그러지 뭐'라면서 기식의 손을 잡았다. 그렇기에 기식은 언제나 노력해야 했다. 아라가 공무원이 되겠다며 갑자기 고시생 생활을 시작했을 때도 기식은 그녀를 믿어 의심치 않았다. 왜 갑자기 그런 선택을 했는지는 중요하지 않았다.

3년 만에 아라가 시험에 붙어 둘이 처음으로 같이 간 해외여행. 눈이 많이 와 온 세상이 하얗던 삿포로였다. 그런데 여행 첫날, 그렇게 완벽할 수 없던 료칸에서 아라는 권태로움을 고백했다. 기식은 그다음 날, 근처 드럭 스토어에서 일회용 필름 카메라를 샀고 여행 내내 아라를 계속 사진에 담았다. 그렇게 모은 사진 뒤에 마치 처음 사랑을 고백하는 사람처럼 편지를 썼다. '사귀자. 다시 사귀자. 처음인 것처럼.' 기식은 여자친구의 마음을 얻기 위해 매번 새로운 방식으로 자신의 노력을 보여주었다.

4년 중 3년 동안은 아라의 수험 생활로, 나머지 일 년은 권태로움으로, 함께한 시간에 비해 내용물이 부실했다. 그 때문인지 마음이 멀어지는 건 며칠 걸리지 않았다. 기식이 아라에게 처음 고성이라는 단어를 꺼낸 그 순간 이별이라는 차에 가속이 붙었다. 애초에 이별이라는 차가 기식과 아라의 관계에 주차되어 있었던 것 같았다. 단어 하나에 훅 급발진 돼버렸고 누구의 탓도 할 수 없는 자연스러운 이별의 과정이 시작되었다.

“지금 마음은 어때요?”

정민이 조심스럽게 물었다.

“생각보다 아무렇지 않아요. 일 년 전 아라가 정식 발령이 나고부터 관계가 계속 삐거덕거렸으니까요. 그래도 서로의 마음이 빠르게 식고 있다는 것을 알아차리고 난 후의 허무함은 어쩔 수 없나 봐요.”

오래된 연인은 수학 공식처럼 딱 떨어지게 이별할 수 없는 법이다. 둘의 선이 완전한 평행선이 될 때까지 천천히 걸어가는 모든 순간이 이별이었다.

“오늘 메뉴로 수육국밥, 탁월했죠?”

“최고였어요! 식도부터 장, 발가락까지 온몸이 따듯해지고 채워진 기분이에요. 이런 맛집 알려줘서 고마워요.”

“저는 대식가나 미식가는 아니지만 맛집 데이터는 누구 못지않아요. 이래 봬도 맛집 탐방 프로그램 작가 출신이거든요. 제 노트북의 엑셀 파일에는 전국 팔도 맛집 리스트와 대표 메뉴, 위치 그리고 연락처까지 다 있답니다. 든든하죠?”

정민은 기식에게 공허함을 느낄 틈을 주고 싶지 않아 화제를 바꿨다. 그리고 백수인 자신의 처지를 구구절절 꺼내놓으며 기식이 얼마나 진취적이고 멋진 사람인지 설명하려고 애썼다. 자멸하는 유머를 통해서라도 지금의 기식이 그 자체로 괜찮은 사람임을 알려주고 싶었다. 기식은 밝아 보였지만, 그 웃음 뒤에 감춰진 깊고 어두운 감정이 비쳐 보였다.

정민은 계속해서 기식에게 틈을 주지 않았다. 지혜 말대로 맛있는 음식을 먹는 것은 일차원적이지만 가장 빠르게 마음을 꽉 채울 수 있는 방법이었다. 식사를 마치고 정민은 곧장 그를 생크림 와플 집으로 이끌었다. 바나나 누텔라 생크림 와플과 블루베리 젤라토 와플. 정민의 추천대로 고분고분 메뉴를 선택하는 기식. 디저트에 일가견이 있는 기식도 와플을 한 입 먹자 앞으로 정민이 추천하는 맛집에 대해서는 손톱만큼도 의심하지 않겠다고 약속했다.

천진한 어린아이처럼 와플을 먹는 기식을 보자 정민은 비로소 안심이 되었다. 어느새 기식을 따라 그녀의 입매 끝에도 웃음이 맺혔다. 추억거리를 나눈 두 사람의 웃는 방식이, 오늘만큼은 많이 닮아 있었다. 닮은꼴의 웃음은 '하루'라는 시간제한이 있었다. 정민은 이 짧은 시간에 암담해하면서도, 천천히 또 계속해서 서로 닮은 웃음을 짓고 싶다고 생각했다. 기식이 떠나기 전까지 더 자주 만나고 싶다는, 그녀 자신도 모르는 욕심이 커지고 있었다.

*

기식은 차로 정민의 단지 앞까지 데려다주었다. 정민이 그에게 고맙다고 인사하며 나가려는데, 차 문이 열리지 않았다. 정민이 기식을 돌아보자 그가 배를 두들기며 물었다.

"소화도 안 되는데 산책이나 할까요?"

둘은 듬성듬성 불이 켜진 밤가시마을 곳곳을 걸었다. 사람들의 밤 서리가 벌써 시작된 건지 빈껍데기와 가시만 남은 밤송이들이 자꾸 발에 걸렸다. 밤을 찾겠다고 밤송이를 뒤적이는 기식을 정민이 말렸다. 가시에 찔리면 얼마나 아픈 줄 아냐면서. 밤가시에 찔려본 적이라도 있는 거냐는 기식의 질문에 정민은 작년 가을에 있었던 일을 들려주었다. 그걸 시작으로 둘은 길을 걸으며 마주하는 것들에 얽힌 각자의 과거를 풀어놓기 시작했다.

초등학교 앞을 지날 때 기식이 고성에서 보냈던 초등학교 시절 이야기를 했다. 다혈질의 꼬마였지만, 학교 근처에 있던 '국내에서 가장 아름다운 성당 3위' 안에 꼽히는 하얀 성당을 보면서 저런 곳에서 결혼하고 싶다고 생각한 로맨티시스트 꼬마이기도 했다고.

글쓰기 강좌를 여는 독립 서점 앞을 지나칠 때는 정민이 좋아하는 작가인 에쿠니 가오리의 작품에 대해 이야기했다. 사춘기 때 『냉정과 열정 사이』를 읽고 영어 과외 선생님에게 '슬픈 사랑 이야기가 참 좋아요'라고 수줍은 고백을 한 문학소녀였으며, 아직도 주인공의 심리가 전부 이해되지 않는 『낙하하는 저녁』에 관해서, 그리고 한국의 에쿠니 가오리가 되어 연애소설의 대가가 되려고 했다는 다소 쪽팔린 과거의 장래희망까지…….

기식이 숨 쉬듯 흘린 "정민 씨 글, 출판하면 좋을 텐데"라는 말에 정민은 그제야 오늘 기식과 함께한 저녁이 얼마나 설렜는지 알아챘다. 그녀는 추위를 탓하며 패딩 주머니에 떨리는 손을 욱여넣었다.

인테리어 숍을 지날 때 정민은 기식의 부모님이 작은 인테리어 숍을 운영한다는 사실을 알게 되었다. 그의 부모님은 남들에게 자식의 학벌과 직업을 떠벌려 자랑하는 무척 장식적인 사람들이었다. 그런 과시적인 언행은 낡은 아파트나 전원주택을 보기 좋게 고치고 광이 나도록 닦는 것과 비슷했다. 기식은 자신이 팸플릿에 그려진 각종 타일 중의 하나라고 생각했다고 속엣말을 꺼냈다. 이 타일에는 서울 어느 대학 출신이고, 모 대기업에 다니며, 어떤 차를 모는지 틈틈이 새겨져야 했다. 부모님이 자랑스럽게 사람들 앞에 내보일 수 있는 매력적이고 비싼 타일이 되기 위해서 자신이 얼마나 노력했는지 모른다고 기식은 고개를 내저었다.

잠시 말이 없던 그가 불쑥 "바다 하면 떠오르는 색은?"이라고 물었다.

"하나, 둘, 셋."

"초록."

둘이 동시에 초록이라고 답했다. 그러곤 익숙하게 하이파이브를 했다. 이제 어느 위치에서 어느 쪽 손으로 어느 모양으로 해야 하는지 잘 알았다. 정민은 휴양지의 바다를 떠올려서 초록색이라 답했지만, 푸른 동해에 익숙한 기식의 답은 의외였다.

"저한테 바다는 그렇게 차갑지 않거든요. 많은 추억을 갖고 있는 따듯한 공간이에요. 그래서 저는 왠지 에메랄드빛 초록색이 생각나요."

기식의 설명은 단출했다. 정민은 그의 설명을 이해하려고 하기보다 그냥 받아들였다.

배달을 전문으로 하는 작은 족발집을 지날 때 기식은 정민의 엄마가 족발집 사장이라는 사실을 알게 되었다. 그리고 정민은 기식이 족발과 막국수를 소울 푸드라고 칭할 정도로 좋아했다가 한 번 크게 체한 뒤로 먹지 못하게 됐다는 사실을 알게 되었다. 정민은 자신도 족발에 물렸다며 싱겁게 맞장구를 쳤다.

서로 몰랐던 조각을 하나씩 맞추다 보니 어느새 공방 앞이었다. 간판에는 아직도 '&'가 지워지지 않은 채 남아 있었다.

"신선한 꽃향기가 나던 예전의 공방도 좋았지만, 저는 지금도 좋아요."

"꽃향기……? 소요 공방에서 꽃도 팔았었나요?"

"꽃도 팔고 화병에 꽃꽂이도 했었죠. 다시는 못 보는 풍경이 됐지만요."

기식이 말하며 너무나 슬픈 표정을 지었는데, 마치 처음 본 사람의 얼굴처럼 낯설었다. 떠오르는 질문이 많았지만 정민은 더는 아무것도 묻지 않았다.

"기식 씨의 공방은 어떤 모습일지 궁금해요."

"저도 아직 그려지지 않아요."

기식은 아직 자신의 공방에 대해 자신이 없었다. 그가 계속 즐겁게 도예를 할 수 있었던 이유는 공방의 회원들 덕분인 것 같았다. 그들이 없는 공간에서 혼자서 잘할 수 있을까. 남모를 걱정이 노인의 주름 위 검버섯처럼 퍼졌다.

밤은 길었고 끝도 없이 걸을 수 있을 것 같았지만 둘의 이야기가 계속 이어질 정도로 밤가시마을은 넓지 않았다. 결국 둘은 골목 구석구석을 남김없이 걸은 다음 오르막길을 올라 다시 정민의 집 앞으로 돌아왔다.

기식은 오늘 이상하게 누구에게든 자기 이야기를 하고 싶었다고, 자신이 너무 수다쟁이 같았다고 민망해했다. '누구에게든'에서 정민의 오른쪽 눈썹이 묘하게 올라갔다. 그녀는 수많은 '누구에게든' 중에서 왜 하필 자신이었는지 따져 묻고 싶었다. 하지만 애매한 태도의 기식보다도 최악인 건 자신이었다. 아라와 이별의 길을 걷고 있다는 말에 자신도 모르게 자꾸 가능성을 점쳐보는 유치하고 이기적인 마음이 들었다. 정민은 복잡한 마음에 그만 육성으로 끙 소리를 내고 말았다.

"무슨 일 있어요?"

기식의 다정한 눈빛에 정민은 하루 종일 참아왔던 감정이 터져버리는 것 같았다. 급기야 에라 모르겠다는 심보가 되었다.

"저 처음 공방 왔을 때, 반지 사건 기억나요?"

"그럼요. 그때 정민 씨가 나한테 엄청 미안해했잖아요."

"처음에 그 반지 보고 이런 생각을 했어요. 나라면 이런 디자인의 반지를 선택하진 않았을 거라고요. 나라면 서로에게 더 어울리는 걸로 했을 거예요."

기식은 무슨 말을 하는지 모르겠다는 표정이었다. 정민은 뒤늦게 자신이 무슨 말을 했는지 깨달았는데, 술에 취했다가 찬바람을 맞고 갑자기 확 깬 기분이었다. 급하게 차 문을 열고 빌라로 뛰어 들어갔다. 귀가 뜨거웠다. 이왕 이렇게 된 거, 기식이 집에 돌아가 조금이라도 자신에 대해 생각해주길 바랐다. 오늘 밤 늦게까지 소화되지 않을 배 속의 음식처럼 내내 신경 쓰이게 하고 싶었다.

코발트유의 푸른 화병

코발트유의 서늘하고도 신비로운 푸른빛을 입고 가마에서 나온 화병은 기대한 것보다 훨씬 아름다웠다. 꽃병에 세로 줄무늬를 넣어 무게를 덜어내자는 기식의 아이디어는, 조희의 말을 빌리자면 정말 '훌륭'했다. 음각으로 무늬를 넣으니 정민이 원한 빈티지한 느낌도 들었고 손으로 잡았을 때 안정감도 있었다.

정민은 집에 돌아와 조희가 깨지지 않도록 꼼꼼하게 감싸준 신문지를 풀었다. 그리고 집에 남아도는 쇼핑백 하나를 골라 다시 포장했다. 제대로 된 포장지와 상자를 살까도 고민했지만 그녀는 그렇게 애교 있는 딸이 아니었다. 낯간지러운 짓은 그만두자고 마음을 접으며 정민은 호야 옆에 벌러덩 누웠다. 호야는 아무것도 모르면서 모든 것을 안다는 듯이 행동했다. 온종일 흙을 만지느라 건조해진 정민의 손을 핥아주었다. 정민은 체온이 높은 호야를 부드럽게 쓰다듬다가 스르륵 낮잠이 들었다. 그사이 호야가 핥아준 곳은 곧 다시 말라서 건조해졌다.

단잠에서 깨어난 정민은 주섬주섬 옷을 주워 입었다. 윤재가 운영하는 족발집은 토요일이 가장 바쁘다는 것을 알면서도 곧장 서울을 향해 집을 나섰다. 빌라 단지를 벗어나 얼마 뒤에 쇼핑백을 들고 오지 않은 것을 알아채고 다시 집으로 돌아갔을 때 정민은 선물을 주는 것이 이토록 익숙하지 않은 일인지 자신의 바닥난 온정을 돌아보았다.

엄마의 족발집은 지하철과 버스를 환승해 한 시간이 좀 넘게 걸려 닿는 곳에 있었다. 그렇게 멀지도 않지만 정민이 윤재를 찾아가는 일은 드물었다. 맛집으로 소문이 자자해 언제나 손님들로 북적이는 시장 속 커다란 식당. 날이 갈수록 장사가 잘 돼서 몇 번이고 확장 공사와 리모델링을 했다.

정민은 시장통과는 어울리지 않는 깔끔한 이 식당을 싫어했다. 게다가 인기의 이유가 정민이 초등학생일 때부터 운영한 오래된 집이라는 것도 있지만, 수년 전 정민이 제작한 맛집 소개 프로그램에 나왔다는 것이 더 컸다. 딸의 방송에 나왔다며 손님에게 자랑스럽게 말하는 윤재가 마냥 좋게만 보이지 않았다. 정민은 그저 섭외에 쫓기고 있었고 그것 또한 일이었으며 그녀가 할 수 있는 효도 중 하나였을 뿐이었다.

가게 정면에는 정민이 한때 몸담았던 프로그램의 로고와 함께 촌스러운 폰트로 'NBC 〈행복한 저녁〉 출연 맛집!'이라고 대문짝만 하게 적혀 있었다. 그 아래에는 특급 비밀이라는 족발의 약재 물을 만드는 윤재의 모습을 캡처한 방송 화면이 걸려 있었다. 정민은 사진 속에서 활짝 웃고 있는 엄마를 애써 무시하며 출입문을 열었다.

"정민이 왔니? 오랜만이네."

윤재의 남자친구가 먼저 걸걸한 쇳소리로 그녀를 반겼다.

"네. 깜빡하고 연락도 못 하고 왔네요. 잠깐 들른 거예요. 곧 가봐야 해요."

다행히 일 년 전에 봤던 그 사람 그대로였다. 정민이 가게에 일이 년에 한 번씩 들를 때마다 윤재의 남자친구가 바뀌곤 했다. 그는 빨간 얼굴색에 짧은 머리카락 그리고 항상 마른 몸을 강조하듯 검정 벨트를 꽉 매고 있었다. 윤재가 좋아하는 남자들은 대개 이런 모습을 했다. 이름과 얼굴만 바꿔가며 윤재 곁에는 못해도 열 명의 남자가 스쳐간 것 같았다.

정민은 아빠와 헤어진 후 연애를 쉬지 않고 하는 엄마가 처음에는 이해되지 않았다. 그런 윤재의 연애관은 정민에게 상처가 되었지만 대놓고 내색하지는 못했다. 어쩌다 한소리를 하려고 하면 윤재가 딸마저 자신을 이해하지 못한다며 서운한 표정으로 가슴을 쳤기 때문이었다. 아빠와의 끔찍했던 결혼 생활이 엄마를 고독하게 만들었고, 하나뿐인 딸도 곁에 없는 상황에서 의지할 누군가가 필요했으리라. 아르바이트를 시작한 20대 초반에 엄마에게서 도망치듯 집을 나온 자신도 엄마의 외로움을 키우는 데 한몫했을 것이다. 정민은 더 이상 엄마의 연애 방식에 대해 탓하지 않기로 했다.

막 브레이크 타임이 끝나 밀려드는 손님을 맞이하느라 정신없어 보이는 아저씨를 뒤로하고 정민은 말없이 예약 룸 뒤에 있는 직원 휴게방으로 들어갔다. 대량 주문한 박하사탕과 녹색 이쑤시개 상자가 있었고 좌식 테이블과 여분의 방석이 두 줄로 쌓여 있었다. 이 좁은 방에서 어릴 적에 정민은 공부방 숙제를 했다. 직원들은 일일 선생님을 자처하며 틈틈이 숙제를 봐주곤 했다. 그들은 길면 한두 달, 짧으면 매주 바뀌었다. 손맛이 좋은 예순 살의 주방 아줌마부터 지나치게 손님의 눈치를 보던 고등학교를 갓 졸업한 스무 살 언니까지, 쉴 틈 없이 정민을 스쳐 지나갔다. 그들은 정민의 숙제를 봐주면서 자신의 고단한 삶을 한탄했고 때로는 젊은 사장인 윤재를 욕하기도 했다.

엄마를 욕하는 말에도 정민은 딱히 화가 나지 않았다. 그들이 불쌍했기 때문이었다. 그들의 이야기를 가만히 듣고 있자면, 모두가 하루하루 자신을 불쌍하게 만드는 데 애를 쓰고 있는 것처럼 느껴졌다. 그들은 자신의 삶이 가장 가엽다고 여겼고 누가 누가 더 불쌍한지 배틀을 하는 것 같았다. 결국 모든 사람은 불쌍해지기 위해서 사는 것이 아닐까. 확실히 '불행'보다는 '불쌍'에 가까웠다. 그래도 가게 문을 닫고 손님 테이블에 모여 앉아 함께 먹던, 한참 늦은 저녁 식사 때만큼은 모두가 웃었다. 미역줄기와 멸치볶음, 술 먹을 땐 탄수화물을 줄여야 한다며 아줌마들이 간장 종지에 담은 밥 세 숟가락, 그리고 시원한 맥주, 이런 것들로 그들은 하루의 피로를 웃어넘겨 버리곤 했다. 그 어처구니없는 웃음이 지독히도 보기 싫었지만 정민은 아무 말 없이 가만히 앉아 있을 수밖에 없었다. 규칙도 일관성도 없는 그들의 말에서 정민은 맥락 찾기를 포기했고 눈치껏 행동했다. 밥을 다 먹어도 끝날 줄 모르는 수다에 다리가 저려 안절부절못하는 정민의 손을 윤재는 탁자 아래에서 꼭 잡아주곤 했다.

윤재는 바쁜 식당을 두고 어디라도 간 것인지 보이지 않았다. 엄마를 기다리면서, 지하철에서 꼭 쥐고 오느라 구겨진 재생 용지 쇼핑백을 정민이 손으로 문질러 펴보려 했지만 아무 소용이 없었다.

경쾌하게 열리는 휴게방 문과 함께 윤재가 얼굴을 내밀었다. 오랜만에 보는 거면서도 마치 매일 보는 사이에서나 할 법한 인사를 건네며.

"밥은 먹었어?"

"먹고 왔지. 어디 갔다 왔어?"

"응, 약재가 떨어져서 시장에 잠깐. 가게 쉬는 월요일에 왔으면 같이 밥이라도 먹었을 텐데."

"아니야, 됐어. 줄 게 있어서 온 거야. 바로 가봐야 해."

오랜만에 만나서 서론도 없이 바로 본론만 잘라 꺼내놓는 정민에게 윤재는 서운한 기색 한 번 보이지 않았다.

"무슨 일이야. 딸이 나한테 줄 것도 있고?"

"요즘 도예 공방 다니거든. 거기서 만들었어."

정민이 쭈뼛거리며 쇼핑백을 내밀었다. 영 민망해서 윤재의 눈을 마주칠 자신이 없었다.

"네가 직접 만든 거야?"

"응."

윤재는 지그시 도자기를 바라보기만 했다. 바깥에서는 접시 부딪히는 소리, 텔레비전 소리, 의자 끄는 소리와 말소리가 뒤섞여 소란스러웠지만, 이 쪽방은 그곳과 완전히 단절된 공간인 양 타임캡슐 안에 있는 것처럼 느껴졌다.

"엄마한테 꽃꽂이 자격증 있는 거 알고 있어? 결혼하기 전 잡지사 다녔을 때 꽃이 너무 좋아서 주말마다 수업 받으러 다녔거든. 나중에 늙어서는 꼭 꽃을 만지며 살아야지, 다짐했었다? 그런데 꽃줄기는커녕 이렇게 매일매일 뜨거운 돼지발이나 자르고 있지만 말이야. 참 알 수 없어, 인생이란."

"엄마한테 그런 취미도 있었어?"

윤재가 꽃을 좋아한다는 사실을 정민은 처음 알았다. 게다가 꽃꽂이 자격증이라니. 그건 엄마도 여자라는 너무나 뻔한 사실을 상기시켰고, 그 뻔한 말이 정민의 마음을 후벼 팠다. 그동안 너무 많은 대화를 그냥 생략해버린 것은 아니었을까. 상자를 뚫고 나오는 박하사탕 향에 공기가 알싸했다. 그것 때문인지는 몰라도 눈이 매웠다.

"그럼. 오만 곳에 진물이 터지고 빳빳해져서 이제 꽃하고는 어울리지 않는 손이지? 그래도 가끔 플로리스트가 된 내가 옛날에 일했던 잡지에 섭외돼서 인터뷰하는 상상을 해. 실제로 이뤘다면 어땠을까. 물론 족발팔이도 좋아. 이걸로 딸도 잘 키웠으니까."

"잘 키우긴, 내가 잘 큰 거지."

정민은 무신경하게 말을 뱉으면서도 시선을 아래로 떨어뜨렸다. 그리고 뒤늦은 후회를 담아 나지막이 말했다.

"꽃을 사 올 걸 그랬나 보다. 당장 담을 게 없네."

"다음에 사다 줘. 그렇게라도 이유를 만들어서 자주자주 들러줘라, 좀!"

윤재가 능글맞게 웃었다.

그때 똑똑 하고 누군가 문을 두드렸다. 정민은 처음 보는 중년의 직원이 쪽방 문을 살짝 열어 믹스커피 두 잔을 건넸다.

"따님 오셨다면서요! 으매, 사장님 닮아 예쁘네요."

윤재는 웃으면서 정민의 자랑을 늘어놓기 시작했다. '방송 작가 딸'…… 이미 옛날 일이 돼버렸지만 정민은 정정해줄 타이밍을 놓친 채 어색하게 눈웃음을 지을 뿐이었다. 정민이 윤재의 자식 자랑에 지쳤을 때쯤 직원이 다시 저녁 장사 준비를 하러 쪽방을 나갔다. 딸의 자랑을 손님과 직원들에게 반찬처럼 내놓는 엄마 덕에 부끄러움은 정민의 몫이었다.

"요즘 장사는 괜찮아?"

민망함을 삭이려고 커피를 마시며 정민이 물었다. 믹스커피의 단맛에 턱밑이 당겼다.

"똑같지, 뭐. 네 일은?"

"그만뒀어. 일 년 전에."

정민이 담담하게 말했다.

"안 그래도 그만두라고 말하려 했어. 보니까 방송 작가들은 밤을 너무 자주 새우더라."

윤재가 정민이 프로그램에서 하차했다는 사실을 모를 리 없었다. 정민이 마지막으로 제작한 프로그램은 주 시청자가 중장년층인 이름 있는 다큐멘터리였다. 프로그램의 끝을 알리는 엔딩 크레딧이 오르기 시작해 모두가 채널을 돌리는 시간에도 손님들이 리모컨을 건들지 못하게 하던 윤재였다. '저기, 내 딸 이름이 나온단 말이야.' 그런 사람이 크레딧에 정민의 이름이 사라지고 다른 작가의 이름 석 자가 대신 오르는 걸 놓쳤을 리가 없었다.

"엄마 가게나 물려받을까?"

"얘는! 그건 안 돼. 너만큼은 절대 식당 일 못하게 할 거야!"

정민이 초코바를 까먹듯 툭 던진 말임에도 윤재는 격하게 반응했다. '식당 일 하겠다.' 엄마가 제일 싫어하는 말이었다. 정민은 얼른 꼬리를 내렸다.

"생각해보니까 족발은 진즉에 물려서 나도 하기 싫다."

"너는 책상에 앉아 글 쓰는 일을 해야지."

"그것도 이제 다리 저려서 못해 먹겠어."

시원찮은 정민의 대답에 윤재는 씁쓸하게 웃었다. 그 웃음은 정민이 대학생 시절 신춘문예 투고를 그만두었을 때와 같은 미소였다.

정민은 원래 소설가를 꿈꿨다. 초등학교 때부터 소설은 그녀의 도피처였고 소설가가 되고 싶다는 소망을 남몰래 품어왔다. 성적에 맞춰 일본어과에 진학했지만, 몇 학기 다니지 않고 휴학계를 던졌다. 일 년 동안 지치지도 않고 매일같이 무엇인가를 써댔다. 그것은 하나의 글이기도 했고, 때로는 온전치 않은 문단과 문장, 혹은 토막 난 단어들이기도 했다. 결과는 뻔하게도 모든 공모전에서 낙방했다. 낙방의 이유를 대자면 끝도 없었다. 가장 큰 문제는 소설에 등장인물이 한 명뿐이라는 것이었다. 여름에도 긴팔과 긴바지만 입고 계절이 어떻게 가는지도 모르는 주인공 A의 생각과 독백으로만 채워진 형편없는 소설이었다. 그때의 소설은 서툴고 어리숙한 자신과의 대화 기록일 뿐이었다.

소설가로서 가망이 보이지 않자 정민은 현실과 타협했다. 글은 계속 쓸 수 있지만, 자신의 이야기는 쓰지 않아도 되는 방송작가가 되기로 한 것이다. 남의 이야기를 남의 입을 통해 전하기만 하면 됐다. 어렸을 때 만난 족발집 직원들처럼 스스로 불쌍해지기 위해 자신이 선택한 일이었다는 것을 나중에서야 깨닫게 되었지만 개의치 않았다. 부족한 재능에 매달리며 스스로를 희망고문 하는 것보다 일에 지친 불쌍한 사람이 되는 것이 더 마음이 편했으니까.

화병은 정민이 엄마를 만나러 온 표면상의 이유일 뿐이었다. 정민은 엄마에게 주란과 아저씨를 만났다는 사실을 말해줘야 할 것 같았다.

"엄마, 사실 나 얼마 전에 주란이랑 아저씨 만났어."

"어쩌다가?" 윤재가 흠칫 놀랐다.

"공방에서 만났어. 아저씨가 장애인 공예 프로그램에 참여 중이시더라고. 서울 집 정리하고 일산에 내려와 사신대."

"잘 지내고 계시려나……." 착잡한 듯 말끝을 흐리는 윤재.

"좋아 보였어. 나도 아저씨를 못 알아봤는데, 아저씨도 날 못 알아보시더라."

"정말 시간이 많이 지났나 보네."

앞에 정민이 있다는 걸 까먹은 것처럼 윤재가 아득한 표정을 지었다. 딸의 말에 잠시 과거를 돌아보는 듯했다. 그 표정을 보는데 마치 거울을 보는 것 같아 정민은 소름이 돋았다. 정민의 얼굴은 아빠를 많이 닮았지만, 표정은 함께 살아온 윤재를 더 닮았다.

한참 기억을 헤집다가 다시 현재로 돌아온 윤재가 물었다.

"참, 너 주란이 결혼한 건 아니?"

정민의 미간이 찌푸려졌다.

"엄마는 어떻게 알았어?"

"결혼 앞두고 2년 전에 딱 한 번 왔었어. 치과 의사에 인물도 좋고 선한 사람이더라. 네가 주란이 이야기에는 예민하게 구는 걸 아니까 말 안 한 거야."

정민은 기분이 상했다. 둘이 만났다는 걸 숨기고 있었구나. 주란의 이야기만 나오면 모녀의 대화는 항상 험악해졌다.

"우리가 무슨 낯짝으로 주란이를 봐?"

"내가 찾아간 게 아니라 주란이가 찾아온 거라니까 그러네. 너한테 사과하고 싶어 하더라. 너한테 못할 짓을 했다던데? 무슨 일인지 나는 잘 모르지만, 이렇게 만난 김에 너도 그 케케묵은 미안함까지 다 박박 긁어서 털어내 버려."

"자기 죄책감 덜려고, 자기 마음 편해지려고 하는 사과 따위는 하고 싶지도, 받고 싶지도 않아."

정민이 단호하게 말했다.

"그러면 너는 평생 그렇게 죄책감 전부 이고 살 거야?"

윤재가 답답하다는 듯 몸을 떨었다.

"어떻게 잊어? 어떻게 아무렇지 않게 살아? 아빠 대신해서 우리라도 기억해야 할 거 아니야. 그게 맞는 거야, 엄마."

"그 누구도 우리한테 잘못했다고 안 했어. 정민아, 그만해도 돼. 아무도 다가오지 못하게 고슴도치처럼 가시를 달고 사는 거, 결국 너만 괴로운 일이야."

"알아……. 내가 죄책감 부여잡고 놓지 못하는 거."

가슴 한 기둥에 그날의 기억을 동여매고 매일매일 마주하며 스스로에게 벌을 내렸다. 그렇게 스스로를 채찍질해야 죄책감이 조금은 무뎌지는 것 같았다. 고통의 크기를 줄이기 위해서 더 큰 고통을 덮어씌우는 수밖에 없었다.

"용서받고 싶은 것도, 용서하고 싶은 것도 있을 텐데 다음에 주란이 만나면 네가 진짜 하고 싶은 말을 해. 엄마는 그때 주란이 만나고 나서 한결 가벼워졌거든."

윤재의 목소리가 먹먹하게 잠겼다.

가슴을 짓누르는 이 고통이 한결 가벼워진다는 건 어떤 느낌일까. 갓난아이처럼 아침에 눈뜰 때 아무런 걱정이 없는 기분일까. 아니, 더 보탤 것 없이 가장할 필요가 없는 해사한 웃음을 되찾는 것이지 않을까. 정민은 13년 동안 감히 생각해보지 못했던 해방을 조심스럽게 상상해보았다.

"……이제 가볼게."

정민은 저린 다리를 손으로 매만져 풀고 나가려다가 뒤돌아 윤재에게 말했다.

"아, 나 오래전부터 가족한테 바라는 거라곤 없었는데 요즘 하나 생겼어."

"뭔데?"

"엄마를 진짜 사랑해주는 남자 만나서 한 사람이랑 행복하게 살아."

윤재가 졌다는 듯 픽 웃었다.

"노력해볼게. 대신, 나도 부탁이 있어. 네가 좋은 것만 먹고 컸다는 걸 잊지 마. 사골같이 푹 우려야 하거나 손이 많이 가는 음식들, 가끔은 날것으로 먹어야 영양소가 풍부하다는 귀한 음식들 말이야. 넌 가끔 그걸 잊고 사는 거 같아."

자식이 끼니를 거르지 않도록 잘 챙겨 먹이면 엄마의 역할은 그것으로 되었다고 윤재는 생각했다. 공든 음식을 잘 먹으면, 알아서 잘 크는 줄 알았다. 그런데 그것이 전부가 아니었다는 것을 뒤늦게 알게 되었지만.

"당연히 안 잊었지. 덕분에 엄마 안 닮고 키도 훌쩍 컸잖아."

정민은 엄마의 부탁에 대수롭지 않게 답했지만, 곰곰이 경중을 비교해보니 어쩌면 자신의 부탁보다 엄마의 부탁이 더 어려울지도 모르겠다고 생각했다. 자신은 삶이 고달파지면 가장 먼저 가족에 대한 기억을 버리며 삶의 무게를 가벼이 하려고 했으니까.

윤재의 남자친구는 가게를 나서는 정민을 붙잡으며 저녁이라도 먹고 가라고 했지만, 정민은 일요일인 내일도 출근해야 한다고 거짓말하며 그 손을 뿌리쳤다. 윤재는 딸의 거짓말을 다 알면서도 막지 않았다. 대신 남자친구를 시켜 옆의 과일 가게에서 한 아름 과일을 사다가 정민에게 안겨주었다. 푸른 감과 새빨간 사과로 두 봉지가 가득 채워져 있었다.

"다음에 올 땐 같이 밥 먹자."

팔짱을 낀 윤재가 정민의 뒤통수에 대고 시원스럽게 외쳤다. 정민은 뒤돌아보지 않고 고개를 끄덕였다. 정민은 엄마와 자신이 가족보다 전우에 가깝다고 생각했다. 그 시절을 같이 버텨낸 전쟁터의 전우. 그러니 딱 이 정도의 거리가 좋았다.

집으로 가는 지하철 안에서 정민은 옆에 앉은 할머니에게 대뜸 빨간 사과 하나를 건네주었다. 까닭을 몰라 의아해하는 할머니에게 새빨간 사과를 가리키며 "지금이 딱 먹기 좋아서요"라고 말했다. 할머니는 천으로 된 작은 손가방에 소중히 사과를 넣고는 고맙다며 웃어 보였다. 푸른 감은 조금 더 익은 다음에야 먹을 수 있을 것 같아 아껴두었다.

지하철이 지하에서 지상으로 고개를 내밀었을 때, 정민은 기식이 미리 찍어준 화병 사진과 함께 짧은 글을 써서 공방 인스타그램에 올렸다. '도자기를 선물하는 마음'에 관한 소설이었다. 창문 밖으로 한강이 보였고 정민의 트렌치코트에 뱄던 족발 냄새는 어느새 사라져 달콤한 과일 향만 남아 있었다. 화병은 아직 비어 있었다. 그 푸른 화병에 어떤 꽃이 어울릴지 생각에 잠기며 정민은 가을 한강 위로 내린 밤빛에 반짝이는 윤슬을 한참이나 바라보았다.

도예가 아내와 플로리스트 남편

공방 근처에 새로 생긴 카페에서 커피를 포장해서 걸어가는 길이었다. 평일 낮에는 보통 조희와 지혜뿐이니, 정민 것까지 석 잔이었다. 시그니처 메뉴라는 아인슈페너와 기본 블랙커피, 그리고 해외에서 커피를 공부했다는 카페 사장이 자부한 드립 커피. 가볍게 찰랑이는 커피가 혹여나 식을까 정민은 걸음을 바삐 했다. 조희에게는 새로 생긴 카페가 있으니 오늘은 커피를 내리지 말고 기다리라고 미리 당부해두었다. 공방의 커피도 좋지만, 밤가시마을 곳곳의 맛있는 카페를 알아가는 것은 정민의 또 다른 취미가 되었다.

그런데 멀리서 봐도 공방에서 시끌시끌한 인기척이 느껴졌다. 공방 밖에 놔둔 수많은 화분은 차가운 공기에도 생기가 넘쳐 보였다. 이미 활짝 열려 있는 문으로 손님들이 와 있는 것이 보였다. 정민은 처음 보는 남자 두 명이 있었다.

"정민 씨, 딱 좋은 타이밍에 왔네요!" 조희가 싱글벙글 웃으며 반겼다.

"공방에 사람이 많네요. 오늘 무슨 행사라도 있어요?"

"아뇨. 골목에 새로 생긴 일식집 사장님이 그릇을 사러 오셨어요."

"정말요?"

자기도 모르게 큰 소리로 말한 것에 살짝 당황하며 정민은 얼른 입을 다물었다.

"사장님, 이 회원님이 SNS를 관리하세요."

상자에 담긴 그릇의 개수를 확인하던 일식집 사장 승호는 조희의 말에 흥미로워하며 정민에게 깍듯이 인사했다.

"저 공방 인스타그램 팔로우하고 있어요! 어디서 그릇을 살지 고민하다가 공방 인스타그램을 보고 온 거거든요. 특히 최근에 올린 마음 시리즈를 잘 봤어요."

"좋게 봐주셔서 감사해요."

정민은 어떻게 반응해야 할지 몰라 난감했다. 그도 그럴 것이 회원 외에 자신의 글을 읽은 독자를 처음 만난 것이다. 정민은 쑥스러우면서도 뿌듯했다.

"홍보 글이 매력적이던데요? 그릇에 마음을 담는다는 말이 저를 이렇게 공방으로 달려오게 만들었어요. 한 소비자의 마음을 움직였으니 성공한 거죠."

"조희 선생님의 작품이 원체 좋아서 그런 아이디어가 떠오를 수 있었는걸요." 정민이 상자 안에 담긴 그릇들을 곁눈질했다. 황토색 그을음이 가미된 국그릇과 사각형의 회 접시 그리고 접시와 같은 바탕색에 파랗게 조약돌 무늬가 들어간 나눔 접시가 담겨 있었다.

"선생님의 그릇 중에서도 이 라인은 일식에 잘 어울리죠. 안목이 좋으시네요."

"다 예뻐서 뭘 골라야 할지 모를 지경이었다니까요."

승호는 이달 중순에 가게가 정식으로 오픈하니 한번 초대하겠다는 말을 남기고 공방을 나섰다. 조희는 진열대 한쪽이 텅 비어버린 것을 가리키며 연신 정민에게 고마워했다. '도자기를 선물하는 마음'부터 시작해 꾸준히 올린 '마음 시리즈'의 홍보 효과가 빛을 발했다는 사실이 정민도 잘 믿기지 않았다.

정민이 사 온 음료는 이미 식어 있었다. 하지만 모두가 들뜬 마음을 진정시키기 위해 벌컥벌컥 마셨으므로 결과적으로는 적당히 식은 것이었다. 커피는 석 잔인데 사람은 넷이었다. 정민과 인사를 나누지 못한 남자가 다른 사람들이 커피를 마시는 것을 저쪽에서 뚱하니 지켜보고 있었다.

"아 참, 내 정신 좀 봐! 이쪽은 내 대학원 동기 소타예요. 일본에서 한국으로 유학 왔었는데 지금은 리빙 브랜드 한국 지사에서 디자이너로 일해요. 아, 한국말을 나보다 잘하니까 걱정 말아요. 내가 일본어를 전혀 못해서 이 친구가 나한테 맞춰주다 보니까 한국말을 엄청 잘하게 됐거든요."

조희의 설명에 드디어 어색하게 앉아 있던 남자의 정체가 밝혀졌다.

"조희, 나를 언제 소개해주나 했어."

"미안, 미안! 이쪽은 정민 씨. 네가 그렇게 궁금해한 인스타그램 관리해주시는 분이야."

지혜와는 이미 인사를 나눈 듯 소타는 정민에게 다가와 인사를 했다.

"드디어 만나 뵙네요! 요즘 공방 인스타그램이 확 달라졌다 싶었는데, 제가 아는 조희는 이렇게 게시글을 관리하고 따듯한 글을 쓸 수 있는 인물이 못 되거든요. 그래서 물어봤더니, 한 회원이 도와주고 있다고 하더군요. 늘 어떤 분인지 궁금했어요. 반가워요."

아까 승호부터 해서 계속 자신을 비행기 태우는 사람들. 칭찬을 민망해하는 정민은 몸을 배배 꼬며 앵무새처럼 감사 인사를 반복했다.

"감사해요. 저도 반가워요."

소타에게는 특유의 분위기가 있었다. 조희 또래였지만 웃을 때는 맑은 소년미가 엿보였다. 자연 곱슬인 듯 머리가 사방으로 뻗쳐 있었지만 전혀 지저분해 보이지 않았다. 그가 일한다는 리빙 브랜드는 전 세계 어느 도시에나 하나쯤 있을 만큼 유명해서 정민도 잘 알고 있었다. 그 때문인지 소타에게 범상치 않은 감각의 소유자라는 후광이 씌워졌다. 실제로 소타가 입은 밤색 치노팬츠는 핏이며 핀턱의 디테일이 센스 있었다.

"그동안 회사 일이 바빠서 못 왔어. 그런데 인스타그램에서 다시 원데이 클래스를 시작한다는 글을 보고는 부리나케 달려왔지."

"내게 무슨 심경의 변화가 있나 싶었던 거야?"

조희가 뒤늦게 소타에게 커피를 내밀었다. 목이 말랐는지 벌컥벌컥 마시는 그.

"걱정은 안 됐는데? 조희는 강한 사람이란 걸 아니까. 그냥 축하해주러 온 거야."

계속 이어진 둘의 대화를 통해 정민은 자신이 보지 못했던 예전 공방의 풍경과 앞으로도 보지 못할 풍경에 대해 알게 되었다.

이곳 소요 공방은 원래 부부가 운영하는 공간이었다. 한편에는 도예가 아내가, 또 지금은 비어 있는 테이블에는 플로리스트 남편, 호수가 있었다. 소요 공방의 간판에 씌어 있던 'ceramic &' 뒤에는 원래 'flower'가 있었다. 공방 앞에 놓여 있는 수많은 화분은 호수의 꽃을 심기 위해 조희가 만든 것이었다. 꽃과 화병의 순서에 대해 지치지 않고 말을 쏟아낼 수 있는 부부였다. 호수는 조희에게 자유롭게 화병을 만들어달라고 했다. 조희는 반대로 먼저 어떤 화병이 필요한지 말하라고 했다. 호수는 조희의 화병을 보고 영감을 얻어 꽃꽂이하는 것을 즐겼다. 조희는 그의 꽃꽂이에 어울리는 화병을 만드는 걸 좋아했다. 그러나 도자기를 만드는 데에는 오랜 시간이 걸렸고, 꽃은 하루아침에도 시들곤 했다. 그 속도의 차이는 옥신각신하는 둘의 승자로 언제나 호수의 손을 들어주었다.

그러나 일 년 전 가을, 정민이 딱 방송 작가 일을 그만뒀을 즈음에 남편 호수가 음주 운전 차에 치이는 사고로 갑작스레 세상을 떠났다.

음주 운전. 죄책감을 자극하는 단어가 다시 들리자, 정민은 그 네 글자를 입 안에서 씹고 또 씹었다. 정민은 밤가시마을이 왜 밤'가시'마을인지 다시금 깨달았다. 이곳 밤가시마을이 캐릭터 얼굴만 바뀌었을 뿐 대사는 그대로인 순정만화의 컷 안에 있는 것 같았다. 모든 등장인물과 상황이 동굴 속 자신의 어두운 과거를 땅 위로 끄집어내려고 온 힘으로 애를 쓰고 있는 건 아닐까 하는 의심마저 들었다. 땅 위로 올라온 과거의 그림자가 현재에 짙게 드리워져 아무리 애써도 다음 컷으로 넘어갈 수 없을 것 같았다. 언제까지 되풀이될 셈인지 해볼 때까지 해보라고 소리를 지르고 싶지만, 그런 대사조차 허용되지 않는 것 같았다.

그 사건 이후 조희는 공방 문을 닫았다. 언제나 호수와 함께 출근했기에 혼자서만 공방에 가는 것에 적응이 되지 않았다. 공방에 있으면 언제라도 호수가 옆 테이블에서 말을 걸어올 것 같았다. 새벽 꽃시장에서 무엇을 샀는지, 이번에는 어떤 분위기로 꽃꽂이를 할 것인지……. 조희는 집 밖으로 나오지 않았다. 은둔형 외톨이를 자처하며 세상에 나가기를 두려워했다. 슬픔을 한아름 끌어안고 동굴에 들어간 조희를 건드릴 수 있는 사람은 소타뿐이었다.

조희의 똥개 두 마리도 소타가 준 것이라고 했다. 회사에서 키우던 유기견 포메라니안과 믹스견을 입양할 주인을 찾던 중, 조희에게 '너와 닮았으니 네가 책임져'라는 얼토당토않은 이유를 대면서 그녀의 품에 안겨주었다. 이런 일이 가능한 이유는, 소타가 조희와 호수의 소개팅을 주선한 사람이자, 결혼식에 이어 장례식까지 모든 대소사를 함께한 친구였기 때문이다. 소타는 사랑스러운 도예가 아내와 플로리스트 남편 부부의 사랑을 증명해주는 산증인이었다. 결국 소타의 끈질긴 노력으로 조희는 천천히 일어설 수 있었고 다시 공방 문도 열 수 있었다.

다시 조희가 공방으로 돌아왔을 때 회원들이 그녀를 기다리고 있었다. 기식은 조희가 언제 오더라도 바로 작업할 수 있도록 주말마다 청소를 했다. 흙과 가마를 관리하고, 선반에 진열된 도자기의 먼지를 털었다. 지혜는 평일에 한 번씩 들러 공방 밖에 있는 화분에 꼬박꼬박 물을 주었다. 언제 얼마큼 줘야 하는지 몰라 결국 꽃이 다 시들어 선인장만 남게 되었지만. 예리는 조희를 대신해 호야에게 밥을 챙겨주고 이름표를 만들어 걸어주었다. 그리고 준은 공방 문을 다시 연 첫날, 가장 먼저 와서 기다렸다.

아름다움, 슬픔, 약간의 신비로움. 소요는 이렇듯 어울리지 않는 것들이 모여 만들어낸 공간이었다. 정민은 덤덤하게 말을 이어가는 조희와 소타의 모습에 더욱 코끝이 찡했다. 가장 사랑하는 사람을 잃고 홀로 남겨진 슬픔을 어떻게 다 표현할 수 있을까. 정민은 수치로 표현되지도 않고 눈으로 보이지도 않는 그 공허함의 무게를 재는 행위를 그만두었다. 다만 집 밖이 두려운 마음만큼은 알 수 있었다. 차라리 세상과 단절되어 존재하지 않는 사람으로 지내면서 사람들의 기억 속에서 서서히 잊혀져 가길 간절히 바라는 대책 없는 마음을. 조희의 사연을 듣고 나니 그녀와 한층 더 가까워진 기분이었다.

"원데이 클래스 신청자가 점점 많아지고 있어서 이제 저 테이블도 써야 할 것 같아. 안 그러면 자리가 부족해."

공방이 처음 문을 열었을 때 소타가 축하의 의미로 선물한 진갈색의 원목 테이블이었다. 일 년 전까지만 해도 호수는 그 테이블에 앉아 사람들에게 꽃꽂이를 알려주었다. 이제 그 테이블은 조희가 공방에서 호수를 기억할 수 있는 유일한 공간이었다. 테이블 아래 붙여진 소타의 회사 로고는 빛이 바랜 지 오래였다.

"네가 괜찮다면야. 아니면 새로 나온 디자인의 원목 테이블이 있는데, 그걸 줄까? 이것보다 사이즈도 더 클 텐데."

"아니, 저것만큼 마음에 드는 원목 테이블이 없어. 기억나? 그이랑 동시에 '이거야!'라고 외쳤잖아."

"하긴 호수가 특히 좋아했지."

소타는 커피를 남김없이 마시며 어떠한 동정이나 슬픈 내색도 없이 깔끔하게 말했다. 추억을 자유자재로 다루는 그들의 쿨한 태도와 단단한 관계에 정민은 감탄하며 테이블을 다시금 바라보았다. 일전에 '쓰면 안 되는 테이블'을 건드렸던 게 기억나 얼굴이 조금 붉어졌다.

넷이 힘을 합쳐 무거운 원목 테이블을 옮기자 클래스 공간이 훨씬 근사해졌다. 다 같이 숨을 고르며 테이블에 둘러앉았다. 이 테이블에 앉는 것이 처음인 정민은 낯설면서도 익숙함이 공존하는 묘한 기분을 느꼈다. 옆에 앉은 소타가 정민에게 말을 걸어왔다.

"그런데 정민 씨는 마케팅 쪽 일을 해온 거예요? 공방 인스타그램을 보니까 실력이 예사롭지 않던데요. 단편소설이라고 해야 하나요, 손바닥 글이라고 해야 하나요? 게시글마다 등장하는 유정이라는 인물이 도자기를 만들면서 마음을 치유하는 과정을 직접 옆에서 지켜보는 기분이었어요. 그리고 소설을 통해서 도자기에 얼마나 많은 정성이 들어가는지 알게 되니까 구매욕이 막 일더라고요. 포인트도 잘 아시는 것 같고."

"사실 마케팅 일은 해본 적이 없어요. 저는 방송 작가였어요. 전공도 마케팅과 무관한 일본어였고요. 사람들이 한 번 더 들여다보고 관심을 갖도록 글 쓰는 것이 제 업이어서 그런지 SNS 관리가 그렇게 어렵진 않더라고요."

"역시! 우리 회사 마케팅 부서에도 방송 작가 출신이 있어요. 그분도 실력이 출중하시죠. 일전에 다른 브랜드랑 콜라보를 하는 프로젝트 일정이 꼬여서 엄청 급박하게 스케줄이 진행된 적이 있었어요. 저희는 당황해서 어떡하지, 어떡하지만 외치고 있는데 그분은 시종일관 침착함을 유지하시더라고요. 다른 사람이 덧보탤 것도 없이 신속하게 일을 다 해결하시기에, 제가 비결이 뭐냐고 물었죠. 그랬더니, 이런 상황이 생기면 옛날에 생방송 한 시간 전 새벽 6시에 원고가 다 날아가 버린 날을 떠올린대요. 인생에서 그날보다 무서운 날은 없었다고 하더라고요."

정민은 웃음을 터뜨렸다. 확실히 방송 작가는 그런 일을 한두 번쯤 겪곤 했다. 그리고 선배들 중에는 기업의 마케팅 부서나 홍보팀으로 이직한 사람이 많았다. 그들은 '방송 돌아가는 속도에 비하면 이쯤이야'라는 말을 자주 했다. 정민이 방송 작가는 무척 피곤한 직업이라며 한숨짓자 소타는 호탕하게 웃음을 터뜨렸다.

지혜와 정민은 나란히 물레 앞에 앉았고 소타는 조희의 작품을 구경했다. 손님으로 어수선했던 공방은 다시 원래의 고요한 궤도를 되찾았다. 도자기에 대한 소타의 질문에 하나하나 답하는 조희. 둘의 뒷모습에서 정민은 십수 년 전 그들이 어떤 얼굴을 했을지 상상할 수 있었다. 흙이 잔뜩 묻은 작업복을 입고 교정을 거닐면서 오늘처럼 같이 커피를 마셨을 조희와 소타. 그때 소타는 조금 어눌한 한국어로 말하며 조희에게도 존댓말을 했을지 모른다. 그리고 그 옆에 언제나 함께였을 호수까지.

소타는 이제 회사로 복귀해야 한다고 아쉬운 소리를 했다. 나가면서도 테이블에 어울리는 의자 두어 개를 택배로 보내주겠다며 조희를 챙기는 마음을 내비쳤다. 다른 사람의 친절을 절대 그냥 받지 않는 조희가 소타의 말에는 편하게 고개를 끄덕였다.

*

정민이 눈을 뜬 건 짙게 어둠이 내린 자정 너머였다. 거리는 가을의 청량한 귀뚜라미 소리를 뒤덮는 둔탁한 공사 소리로 시끄러웠다. 그러나 까만 밤과 공사 소음이 이상하리만치 잘 어울려서 정민은 욕을 퍼붓고 싶은 마음을 참을 수 있었다. 어느새 정민뿐만 아니라 밤가시마을의 골목도 조금씩 변하고 있었다. 임대 문의가 크게 나붙었던 상가들은 하나둘 새 단장을 시작했다. 저마다 특색을 가진 카페와 젊은 셰프들이 의기투합해 문을 연 레스토랑, 앤티크 가구 판매점과 국내 유명 디자이너 브랜드의 쇼룸이 하나둘 생기기 시작한 것이다. SNS에서는 조금씩 '주말 근교 데이트 코스'로 입소문이 났고, 고양이로 넘쳐났던 길거리에는 이른바 '힙'하게 입은 사람들이나 뾰족구두를 신은 앳된 여성들이 더 많아졌다. 거리가 활기를 띠는 건 좋았지만 한편으론 걱정도 되었다. 작은 과일샌드위치 가게와 아이스크림 카페 그리고 소요 공방이 사라질까 봐.

정민은 다리 사이에 자리를 잡고 고르릉고르릉 코를 고는 호야의 머리를 어루만졌다. 그녀는 호야를 더 늦지 않게 집으로 데리고 온 것이 올해에 한 일 중 가장 잘한 일이라고 확신했다. 안 그랬다면 호야는 공사장이나 오가는 사람들의 다리 틈새에서 길을 잃고 굶주렸을지도 몰랐다. 가을 모기가 기승이었고 둥근 대접 같은 만월이 밤을 밝혔다. 갈 곳을 잃고 숨어버린 마음과 언제나 그 마음을 기다려주는 마음을 멀리서 찬란하게 비추고 있었다.

슬픈 전설 이야기

정민은 공방을 한 주 쉬겠다고 조희에게 연락했다. 건강한 사람도 쓸쓸하게 만드는 계절 때문인지 정민에게 불쑥 무기력이 다시 찾아온 것이다. 심각하지는 않았지만, 찬바람과 함께 다시 난독증과 주의력 결핍 증세가 스멀스멀 나타났다. 정민은 공방 인스타그램에 업로드를 할 수 없었다. 책장을 무릎담요로 덮어 버렸다. 일 년 전에 텔레비전을 버린 건 아주 잘한 일이었다. 안 그랬다면 물건들을 집어던져 텔레비전을 부숴버릴지도 몰랐다. 정민은 혼자 있으면 다혈질로 변했다. 밖에서 참았던 것을 한꺼번에 터뜨리듯이 허공에 대고 믿지도 않는 신에게 화를 냈다.

공방을 한 주 쉬겠다는 카톡에 조희가 답을 해왔다.

–그래요. 날이 추우니까 보일러 틀어놓고요.

네모난 강화유리 안에 디지털로 딱딱하게 쓰인 글자에도 감정을 싣는 힘이 있는 걸까. 조희는 타인의 영역에 함부로 가까이 들어오려고 하지 않았다. 상대방의 기분에 이유를 묻기보다는 상대방이 먼저 이유를 말할 수 있도록 따뜻한 커피와 달콤한 빵을 내주었다. 커피에는 특별한 약이라도 탄 듯했다. 커피가 위 속으로 들어가는 순간 사람들은 이야기를 이미 시작했거나 끝냈거나 둘 중 하나였다. 커피를 마신 사람은 독기가 다섯 숨 정도 빠져나가서 공방에 들어왔을 때와는 전혀 다른 표정으로 공방을 나가곤 했다.

정민이 휴대폰의 화면을 끄려고 할 때 조희에게서 한 번 더 문장이 왔다.

–작업은 하지 않아도 되니 공방 한번 들러줘요. 줄 게 있어요.

정민은 침대에서 일어날 수밖에 없었다.

알록달록한 복주머니 안에 엄지만 한 낙관. 이것 역시 흙을 구워 만든 것인데, 도자기를 누가 만들었는지 알려주는 로고를 새겨놓은 도장이었다. 조희는 밤새도록 손톱만 한 매끈한 정사각형 흙 면을 파서 정민의 '珉'(옥돌 민)을 새겼다고 했다. 정민은 그제야 조희가 몇 주 전에 한자로 이름을 어떻게 쓰는지 물어봤던 것이 기억났다. 정민에게 낙관을 선물하자는 것은 소타의 아이디어라고 했다. 인스타그램을 관리해주는 정민에게 고마움을 표현하는 방법으로 몇몇 후보가 있었는데, 첫 번째는 공방 등록비 할인, 두 번째는 정식으로 아르바이트비 지급, 세 번째가 낙관이었다. 정민은 낙관이 선택되어 다행이라고 생각했다. 이미 가마소성비를 면제받았기 때문에 감사 표시는 충분하다고 여러 번 말한 터였다. 애초에 뭘 바라고 인스타그램 운영을 맡은 것이 아니었다.

이 짧은 방문에도 따듯한 음료를 마시겠느냐고 묻는 조희의 부드러운 마음씨에 정민은 황홀함을 느낄 정도였다. 입을 열면 눈물이 맺힐 것만 같아 잠시 대답을 보류했다. 두어 박자 공백을 두고 괜찮다고 말했다.

정민은 흙을 동그랗고 얇게 펴서 낙관을 찍어보았다. 한 번, 두 번……. 흙판에는 어느새 글자가 가득해졌다. 글자를 따라 돌출된 흙은 작지만 뚜렷했다. 이 작은 글자가 1,250도를 견뎠다는 것이 믿기지 않았다.

그녀의 이름 세 글자 중에서도 가장 마음에 드는 것은 단연 '민'이었다. 정민은 '옥돌'을 생각하면, 잘 다듬어진 옥보다는 연못 근처에 버려져 있는 돌을 상상하곤 했다. 모양은 제멋대로에 도대체 출처를 알 수 없는 돌. 눈썰미 있는 사람이 주워 뒤집으면 뒷면에 초록빛 옥이 듬성듬성 박혀 있는 돌. 그렇게 숨겨져 있는 옥돌이 더 가슴 뛰지 않는가. 그리고 그 단어를 발음할 때 느껴지는 목구멍의 떨림은 마치 옥구슬이 유리 위를 굴러가는 것 같았다.

"왜 '민'으로 하셨어요?"

"옥돌이라는 단어가 정민 씨를 잘 설명하는 것 같아서요."

정민은 작은 복주머니에 세상에 하나뿐인 낙관을 소중히 넣었다. 방송 작가로 글을 쓸 때 그녀는 단 한 번도 '나를 표현한다'라는 느낌을 받지 못했다. 그건 아마도 철저히 타인을 위한, 시청자가 원하는 글만 써야 했기 때문이었다. 실체 없이 하얀 종이에 씌어진 검은 글씨는 정민을 표현하기에 충분치 않았다. 하지만 도자기는 오롯이 그녀 자신을 표현할 수 있었다. 생각과 고민, 손길과 마음이 모두 실체를 가진 그릇으로 존재했다. 그리고 정민의 정체성을 세상에 찍어줄 낙관까지.

작은 복주머니를 카디건 주머니에 넣고 손으로 계속 낙관의 울퉁불퉁한 면을 매만졌다. 문득 다시 글과 마주해야겠다는 마음이 들었다. 난독증에 걸린 정민을 크게 좌절시켰던 전시관이 떠올랐다. 그때 정민은 바닥에 주저앉아 엉엉 울음을 터뜨릴 수밖에 없었다. 그녀 앞에는 천경자가 그린 많고 많은 여인 중 한 명이 인자하게 웃고 있었다. 그림을 보고 작품 설명을 읽으면, 그림이 기억나지 않았다. 작품 설명을 읽고 그림을 보면, 작품 설명이 기억나지 않았다. 그 짧은 작품 설명 몇 문장조차 이해할 수 없었다. 그림의 구성을 파악하고, 작품과 작가의 생애를 연결 짓는 소소한 재미를 더 이상 즐길 수 없다는 사실이 정민을 주저앉혔다. 그런데 그곳에 다시 가고 싶어졌다. 맥락 없는 사건의 연장선과 같았다. 마치 점묘법으로 전혀 다른 색들을 마구잡이로 찍어냈지만, 작업을 다 마치고 열 발짝 뒤로 물러서 작품을 봤을 때 하나의 고즈넉한 풍경이 나오는 것과 같았다. 때로는 서로 관계가 없어 보이는 두 가지 사건이 불가항력적인 순간의 감정으로 인해 쉽게 연결될 수 있었다. 그리고 서로 원인과 결과로 사이좋게 짝을 이뤄 그다음 걸음을 가능하게 할 수 있었다. '낙관'과 '글'처럼.

*

공방까지 빠지고 어디라도 가냐고 기식에게서 먼저 연락이 왔다. 정민은 '서울 나들이'라고 짧게 답했다. 기식은 기다렸다는 듯이 같이 가자고 손을 번쩍 드는 고양이 이모티콘을 보내왔다. 지독한 고양이 알레르기가 있는 사람이 말이다.

얼마 전 퇴사를 한 기식은 평일에도 가끔 공방에 나오기 시작했다. 공방에서 오전 작업을 마친 기식이 정민의 집 앞으로 왔다. 정민은 창문을 통해 서성이는 기식을 보고 계단을 두 칸씩 뛰어 내려갔다. 1층에 이르러서는 급하게 나오지 않은 척을 하느라 숨을 골라야 했다. 반갑게 손을 흔들어 보이는 기식. 기식의 왼손 네 번째 손가락의 하얀 띠는 어느새 본래의 피부색으로 돌아와 있었다. 정민은 기식의 긴 연애가 완전히 종료되었음을 알았다. 그런데 오른쪽 엄지와 검지에 반창고가 크게 붙어 있었다.

"다쳤어요?"

"작업하다가 칼을 잘못 잡았거든요. 반창고가 요란스럽게 커서 그렇지 별로 안 아파요."

"또 졸면서 한 거 아니에요?"

정민은 기식의 눈 감는 버릇에 대해 한마디 하고 싶었다.

"손의 감각을 키우는 거예요."

"그게 뭐야. 그러다 진짜 크게 다쳐요."

"사포 기계 쓸 때는 안 감잖아요."

얄밉게 말하는 기식 때문에 별수 없이 웃음이 새어 나왔다.

"지하철 타고 갈 건데 괜찮아요?"

"좋아요. 오늘은 차도 안 가져왔고 마침 걷고 싶었거든요."

정민과 기식은 3호선에 몸을 맡기고 경복궁역까지 하염없이 달렸다. 평일 낮의 지하철이라는 행운을 누리며, 빈자리로 남아 있는 양옆에 둘은 편하게 코트를 늘어뜨릴 수 있었다.

정민은 스무 살 이후로 가을마다 덕수궁 돌담길과 그 옆에 자리한 서울시립미술관을 갔다. 중요한 연례행사였으며 계절의 변화를 상기시키는 하나의 의식이었다. 물론 그동안 혼자 가기도 했고, 때로는 둘 혹은 셋이기도 했다. 그러다 혼자 걸을 때면 그리도 익숙하고 푸근하던 덕수궁의 풍경이 누군가와 함께 걸을 때면 어색하고 불편해진다는 것을 알게 되었다. 20대 후반에 가까워졌을 때였다. 그녀는 자기 연민에 빠지지도 않은 채, 그런 자신을 받아들였다. 혼자가 어울리는 사람도 있는 법이니까. 그런데 계획에도 없이 기식과 함께하게 되었다. 즉흥적인 행동을 좋아하지 않는데도 기식의 말이면 어쩐지 거절하기가 힘들었다. 정민은 이 감정이 무엇인지, 어떤 이름으로 불리는지도 잘 알았지만 애써 외면했다.

왕복 세 시간에 관람과 산책 세 시간, 총 여섯 시간 남짓 소요되는 이 짧은 여행은 재작년에서 바로 올해로 건너뛰었다. 정민에게 작년은 '삭제된 시간'이었다. 딱히 바깥세상이 궁금하지도 않았고, 스스로와의 약속을 지킬 필요도 없었다. 그래서 올해 다시 그녀만의 의식을 치르러 가는 길은 왠지 모르게 비장해 보이기까지 했다. 예상치 못한 동행이 끼긴 했지만.

"오늘 맑은데 웬 우산이에요?"

바다의 색을 훔쳐 온 듯 유독 청명한 하늘에도 기식은 접이식 우산을 챙겨 왔다.

"저녁에 비가 온다고 해서요. 가을비는 갑자기 찾아와도 이상하지 않잖아요. 그러니까 우산을 들고 있는 것도 이상한 일은 아니죠."

그런 예보가 있었나, 갸웃거리는 정민.

사실 강수 확률은 20%라고 했다. 그럼에도 기식이 우산을 챙겨 온 이유는 정민과의 하루가 완벽하기만을 바라는 마음에서일 것이다. 거리의 사람들을 우롱하듯 때 아닌 가을비가 내려도 둘은 묵묵히 거리를 걸으며 우산을 펼치면 될 터였다.

"천경자의 그림은 처음 보는데, 오묘하네요." 첫 번째 그림부터 유심히 보던 기식이 턱을 매만지며 말했다.

"어렵죠? 젠체하고 싶지만 저도 잘 몰라요. 그냥 좋아하는 거예요."

"정민 씨는 천경자 그림을 처음에 왜 좋아하게 됐어요?"

정민은 전시회의 첫 번째 섹션을 안내하는 벽에 크게 적힌 문장을 가리켰다.

"이 말 때문에요."

> 내 온몸 구석구석엔 거부할 수 없는 숙명적인 여인의 한이 서려 있나 봐요.
>
> 아무리 발버둥 쳐도 내 슬픈 전설의 이야기는 지워지지 않아요.
>
> — 천경자, 자화상 〈내 슬픈 전설의 22페이지〉(1977년)

"슬픈 전설의 이야기……."

"누구에게나 슬픈 전설이 있기 마련이잖아요. 이 말을 읽고 작품을 보니까 그림 속 여자들이 짓는 모든 표정에 다 공감이 가는 거 있죠. 너는 그런 전설을 끌어안고 있구나…… 하면서 찬찬히 들여다보게 되더라고요."

평일 낮의 상설전시관 안에는 관람객이 채 열 명도 되지 않았다. 정민은 전시를 보며 기식에게 자신의 슬픈 전설을 이야기해 주었다. 스스로를 가해자로 몰아가 벌주며 버텨야 했던 날들을, 소곤소곤 기식에게만 들리게.

기식은 자기가 가진 비슷한 무게의 이야기가 무엇인지 골똘히 생각했다. 상실 세 스푼과 죄책감 두 스푼, 막막함 한 꼬집 그리고 어쩔 수 없는 지긋지긋함 반 컵도. 이런 것들이 잘 버무려져 씹을수록 텁텁한 이야기가 기식에게도 있었다.

기식의 할아버지는 선천성 백내장을 앓다가 결국 손주의 얼굴을 보지 못하고 시력을 잃었다. 어린 기식이 동생과 함께 친할아버지와 고성에 살던 시절, 할아버지의 생신날에 부모님은 선물로 조명을 바꿔드렸다. 기식은 앞을 보지 못하는 할아버지에게 조명을 선물하는 부모님의 뜻을 이해하지 못했다. 죽은 벌레가 잔뜩 끼어 있던 형광등을 대신해 새 LED 조명이 거실을 밝혔다. 하나씩 할아버지를 위한 선물을 내놓았지만 분위기가 싸해지는 건 한순간이었다. 친척들이 모인 자리에서 다툼은 피할 수 없었다. 요양보호사와 요양병원의 비용이 얼마인지, 누가 돈을 얼마큼 부담해야 하는지, 누가 더 자식 된 도리를 하고 있는

지…… 언성이 높아졌고, 좁은 거실에 옹기종기 누워 있던 어린 형제의 머리 위로 어른들의 다리가 왔다 갔다 했다.

"싸우더라도 애들은 밟지 마라." 할아버지가 안절부절못하며 자식들을 말리려 했으나 그가 바라보는 곳은 허공이었다.

기식은 할아버지가 허수아비 취급을 당하고 있는 것 같아서 차라리 밖으로 나가자고 했다. 산 입구의 오솔길에 들어섰을 때 할아버지가 기식의 손을 놓았다. 할아버지는 혼자 갈 곳이 있다고 했다. 누구의 도움 없이는 집 앞에도 못 나가던 당신이 먼저 어딘가를 가고 싶다고 말한 적은 처음이었다. 어린 기식은 자신의 손을 한사코 뿌리치는 할아버지를 붙잡지 못했다. 그날 할아버지의 보폭은 무척 넓었고 걸음걸이는 빨랐다. 그렇게 할아버지가 사라졌고 몇 년 후 실종 선고되었다.

할아버지의 얼굴도 가물가물해졌을 때쯤 아버지가 인테리어 시공을 하다가 사고로 오른쪽 눈을 실명했다. 우연 같지 않았다. 운명 같았다. 아버지의 왼쪽 눈마저 빛을 잃으면 그다음은 자기 차례일까. 할아버지의 손을 놔버린 벌을 곧 받게 될 것 같았다.

삼켰다 뱉기를 너무 자주 해서 끈적하게 뭉쳐진 음식물 같은 이야기였다. 하지만 한 번 뱉으면 어디서 끝을 내야 할지 모르겠는……. 기식에게 그 전설은 아직 진행형이었다.

"언제든 시력을 잃을 수 있고 언제든 세상이 한순간에 까만 밤하늘로 변할 수 있다고 매일 되뇌어요. 물론 정기 검진을 받고 있는데 아직까진 문제 없대요. 그런데 전 겁쟁이라 대놓고 불안에 떨면서 살아요. 그게 오히려 맘이 편해요. 덮어두고 모른 척하는 게 더 불안하기도 하고, 태연한 척하는 것도 싫증나더라고요."

그래서 기식은 촉감을 예민하게 해주는 도예를 시작하게 됐다고 했다. 나중에 시력을 잃게 되면 눈을 대신해 앞을 더듬어 줄 손을 미리 단련시키려는 것이었다. 언제든 손이 눈의 역할을 할 수 있도록.

정민은 기식의 유독 밝은 갈색 눈동자를 들여다보았다. 저렇게 밝은 눈동자로 까만 것밖에 보지 못하게 되다니, 가슴이 먹먹해졌다.

"그래서 도예 할 때 종종 눈을 감고 느꼈구나."

"어라? 종종 나를 훔쳐봤나 봐요?" 기식이 눈을 흘기며 짓궂게 말했다.

"……잘하는 사람은 어떻게 만드나 관찰한 거죠. 훔쳐보긴."

기식은 정민과 이야기를 나누는 사이에 자신이 고성에 돌아가려고 하는 또 다른 이유를 마침내 찾아낸 것 같았다. 정민과 함께 있으면 자신도 몰랐던 감정과 생각을 알아차리게 되곤 했다. 강압적이거나 부담스럽지 않게, 추운 겨울날에 할아버지가 덮어주던 두꺼운 이불처럼 무척 부드럽게.

*

미술관을 나온 둘은 덕수궁 안에서 걷고 멈추기를 반복했다. 궁 안을 크게 한 번 돌고 나서 정원의 내부로 들어가 걸음마다 보폭이 달라지는 어슬렁거림을 즐겼다. 덕수궁은 넓은 듯 좁아서 한눈에 모든 것이 보이다가도 노을이 질 때면 한눈에 다 담을 수 없는 광활한 풍경이 됐다. 눈앞의 풍경이 시시각각 변하는 순간마다 정민은 멈춰 서서 우두커니 먼 곳을 응시했다. 벤치에 앉아 해가 완전히 사라지길 기다릴 때, 정민이 갑자기 눈물을 터뜨렸다. 동파된 수도관에서 물이 쏟아져 나오듯이 눈물이 멈추지 않고 흘러내렸다. 일 년 전부터 줄곧 참고 또 참아 온 눈물이었다.

기식은 정민의 작은 등을 토닥였다.

정민은 소리 내어 울기 시작했다. 오랜만에 흘리는 눈물은 나쁘지 않았다. 고인 물이 빠져나가고 신선한 물이 들어온 듯 오히려 개운했다.

"오늘 그림하고 글을 보는데 아무렇지도 않았어요."

"뭐야, 기뻐서 우는 거였어요?"

정민이 대답 대신 눈물범벅이 된 채 맑게 웃었다.

"기뻐서 우는데 이렇게 애처로운 법이 어딨어요? 이거 좀 억울한데."

정민은 오늘 아무렇지 않게 그림을 보고 글을 읽었다. 그녀는 그저 두려웠던 것이다. 난독증이 나으면, 다시 그 사무실로 돌아가 일을 해야 할 것 같았다. 정민은 자신의 정신이 온전치 않다는 것도 두려웠지만, 지극히 정상이 되는 것도 두려웠다. 병을 붙들고 있는 것은 아직 조금 더 쉬어도 된다는 허가증 같은 것이었다. 그러나 이제 정민은 '쉼'에 대해 어떠한 허락도 필요치 않았다. 언제까지 쉬고 언제부터 일어설지는 자신이 정할 일이었다. 자신의 속도를 헤아려 스스로 휴식을 선택할 수 있게 되었을 때야말로 사람은 진정 성숙해지는 걸지도 몰랐다.

"배고파요."

"네?"

"실컷 울고 나니까 이제야 배가 고파요."

"오늘은 제가 맛집으로 데려갈게요. 이래 봬도 서울살이 십 년이 훌쩍 넘거든요."

어깨를 쫙 펴고 말했지만 아무리 봐도 기식은 시골 청년처럼 수수하게 생겼다. 정민은 기식을 잔뜩 놀려주고 싶었지만 꾹 참았다.

"이보세요, 저는 서울 토박이예요. 그래도 우선 메뉴가 뭔지 들어나 봅시다."

"일 년 내내 뜨거운 태양이 떠 있는 나라의 이국적인 맛."

"믿어보죠, 뭐."

둘은 광화문을 벗어나 소격동을 향해 걷기 시작했다. 저녁까지 날씨는 기가 막히게 좋았다. 비가 올 기미는 보이지도 않았다. 아직 여름을 잊지 못한 것처럼 유독 해가 느리게 져서 그런지 밤이 영원히 찾아오지 않을 것만 같은 날이었다.

동남아 요리 전문점에서 기식은 이곳이 얼마나 인기가 많은지 설명하며 기세등등했다. 정민은 코웃음 치며 "옛날에 우리 방송에 출연했던 집인데"라고 말했다. 정민이 모르는 새로운 맛집을 알려주고 싶었던 기식은 아쉬움을 떨치지 못했다.

"그런데 먹어보진 못했어요. 방송만 한 거지."

"먹어보지도 않았는데 그렇게 멋진 맛 표현을 쓴다고요?"

"대개 그래요. 바빠 죽겠는데 언제 가서 미식회 열고 평가하고 원고를 써요?"

정민이 대수롭지 않게 말했다.

"내가 피디였다면 유 작가한테 음식을 배달시켜줬을 거예요. 먹어보고 나서 더 좋은 글을 쓰라고."

정민은 빨개진 얼굴을 숨기려고 코를 박고 먹기 시작했다. 정말 기식 같은 피디가 있었다면 정민은 일을 그만두지 않았을지도 몰랐다. 기식은 정민의 속도 모른 채 잘 먹어서 보기 좋다며 뿌듯해했다.

기식과 헤어지고 혼자 일산으로 돌아가는 길. 다급히 역으로 뛰어 들어가 '막 당역에 도착한' 지하철을 탔을 때 일산까지 가지 않는 구파발행으로 잘못 탔다는 사실조차 정민의 기분을 훼손할 순 없었다. 정민이 급하게 앉느라 옆자리 남자의 옷자락을 실수로 깔고 앉았을 때, 그 남자는 그저 너그럽게 웃어 보였다. 그날은 모든 것이 그녀에게 너그러웠다. 정민은 잠시 숨을 고르고 노래도 듣지 않으며 오늘만 존재하는 지하철의 소음을 귀에 담았다.

방향

수능이 끝나고 본격적인 한파가 시작되었다. 추위 때문에 공방의 문은 이제 항상 닫아두어야 했다. 사람들은 하얀 안개 같은 입김을 길거리에 흘리며 걸었고, 빨개진 손으로 공방의 문을 밀고 들어왔다.

준은 얇은 재킷 위에 아무것도 걸치지 않은 채 목도리만 매고 있었다. 조희부터 시작해 지혜와 기식, 정민까지 준의 옷차림에 대해 한마디씩 애정 어린 잔소리를 했다. 준은 시험이 끝나고 약간 긴장이 풀렸는지 늦잠을 잤다며 멋쩍어했다.

미대의 정시 실기시험은 1월에 본격적으로 시작된다. 준이 지원하는 도예과나 공예과는 점토 조형이 아닌, 다른 미대 학과와 똑같이 그림으로 평가를 한다. 사실 준은 대입을 위해 따로 미술학원에 다니고 있었기 때문에 당장 도예를 배우러 공방에 나올 이유는 없었다. 그러나 부모님의 성화에 못 이겨 공방에 다니고 있었다. 준의 부모님은 고급 도자기 브랜드의 디자이너이자 활발하게 작품 활동을 이어가고 있는 저명한 도예가 부부였다. 도공으로서 자부심이 강한 만큼 첫째 아들이 당연히 자신들의 뒤를 따르길 바랐다. 그래서 준이 고등학교에 입학하고 나서부터 미대 입시와 별개로 직접 도예를 가르치기 시작했다. 후에 대학에 갔을 때 다른 애들보다 앞서가기 위해서는 도예를 미리 익혀둬야 한다는 것이었다. 그러나 부모가 자식을 가르치는 건 서로에게 못할 짓이었다. 부모님은 준을 소요 공방에 보내 조희에게 맡겼다.

아직 입시가 먼 이야기처럼 들리던 시절에는 준도 도예가 좋았다. 자신에게 타고난 재능도 있는 것 같았다. 부모님이 자랑스러웠고 자신도 당연히 그 뒤를 따라야 한다고 생각했다. 준의 생각이 전복된 것은 사춘기를 지나며 미술학원에 다니게 됐을 무렵이었다. 소묘를 배우고 채색을 익히는데 그림이 도예보다 훨씬 자유롭게 느껴졌다. 도화지에 새로운 세계를 그릴 수 있다는 것이 준을 흥분시켰다. 특히 예민한 묵의 선과 번짐에 매료되어 동양화에 눈뜨게 되었다. 하지만 부모님에게 그림을 그리고 싶다는 말은 감히 입 밖에 꺼내지도 못했다. 부모님이 잘 닦아놓은 길에서 벗어나는 건 준의 선택지에 있지도 않았다.

조희에게 동양화를 배우고 싶다고 갑갑한 마음을 털어놓았을 때, 조희는 그릇 위에 그림을 그려도 된다고 안료를 내주었다. 그러나 준은 조희의 배려를 단번에 거절했다. 무엇보다 그림은 도화지에 그리는 것이 가장 좋았다. 도자기에 그림을 그리는 건 받아들일 수 없는 타협이었다. 준의 마음속에서 그림은 그림 자체로 존재할 때 가장 빛났다.

준은 목도리만 풀어놓고 곧바로 분청토 흙기둥을 숭덩 잘랐다. 미술학원에 가기 전까지 또 어떻게 시간을 채워야 하나. 하기 싫은 것을 마지못해 하는 건 단물이 다 빠진 고무 같은 껌을 계속 씹는 것과 같았다. 준은 애꿎은 흙을 손가락으로 찌르며 구멍만 냈다. 어렸을 때부터 맡아온 흙냄새가 지겹기만 했다.

조희가 올라가는 광대를 주체 못 하며 모두 주목해보라고 했다. 준으로서는 난생처음 보는 디자인의 그릇이 조희의 손에 올려져 있었다.

"오늘 정민 씨가 손작업으로 만든 나초 그릇이에요. 정말 못 말리는 디자인이죠?"

크기는 밥그릇보다 약간 컸고 뚱뚱한 본체에 어울리지 않게 손잡이가 달려 있었다. 접시 옆에는 하현달 모양의 작은 간장 종지 같은 것도 달려 있었다. 주방에 두면 자리만 차지할 모양새였다. 무엇보다 가마에서 구울 때 자칫하면 두 이음새 부분에 금이 가기 쉬웠다. 게다가 나초 그릇이라니, 무거운 도자기는 과자를 담을 용도로 쓰기에 적합하지 않았다.

"본체에는 나초를 담고 옆의 작은 그릇에는 치즈 소스를 담을 수 있어요. 치즈 소스를 탁자에 따로 두지 않아도 되니 침대에서도 먹을 수 있고요. 소스를 찍을 때 과자 가루도 흘리지 않을 수 있죠. 그리고 라면을 먹을 때도 쓸 수 있는데, 작은 그릇에 김치를 담을 수 있어요. 뭐든 하나로 해결되는 그릇! 어때요?"

정민이 야심차게 만든 그릇이었건만 그녀의 열띤 설명에도 회원들의 반응은 뜨뜻미지근했다.

"그러면 이건 어때요?"

정민이 다시 내민 것은 낮은 와인 잔 모양이었다. 기식이 그녀를 도와주려는 듯 말을 거들었다.

"오, 달걀 그릇인가요? 여기에 삶은 달걀 올려두고 소금 찍어 먹……."

"아니, 트렌디한 공방을 창업하겠다는 분이 요거트볼도 모르면 어떡해요! 이거 요즘 완전 유행하는 디자인인데……."

정민이 울상을 짓자 기식은 그녀를 다독이려 애를 썼다. 지혜와 조희가 동시에 눈을 동그랗게 떴다. 정민이 잠깐 공방을 쉬었던 지난주 이후로 둘이 부쩍 친해진 듯했다. 붙어 있는데도 전혀 어색하지 않은 모습. 지혜와 조희는 미소를 머금으며 서로 고

개를 끄덕였다. 그러곤 한마음으로 생각했다. '둘이 제법 잘 어울리잖아?!'

기식의 노력에도 불구하고 자신감을 잃은 정민을 위해 모두가 장점만을 쏙쏙 골라 칭찬해주었다. 준만 혼자 요거트볼 기둥 안쪽의 흙을 파지 않아서 너무 무거울 것 같다고 타박했다.

준은 순수하게 흙을 만지는 것이 마냥 재미있어서 이곳을 찾아온 사람들을 볼 때면 마음 한구석이 불편했다. 자신이 흙을 어떤 시선으로 바라보고 있는지 들킬 것 같았다. 그래서 생각과 다르게 미운 말이 나가곤 했다.

준의 지적을 들은 정민은 도구 하나를 손에 쥐고 준의 옆에 가 앉았다. 그릇의 두께를 얇게 해 무게를 줄이기 위해서였다. 정민의 눈에 준은 예술적 감각을 타고난 아이였고, 그런 준이 조언을 해준다면 도움이 될 터였다.

"이 정도면 가볍지 않아?"

"저한테 일일이 물어보지 마세요. 본체를 그렇게 디자인한 것부터가 별로였어요."

"내가 필요로 하고 또 갖고 싶은 그릇을 만드는 거니까, 디자인이야 어떻든 상관없어. 그냥 재미있잖아. 그렇지 않아?"

"재미로만 하면 단가."

정민은 겁먹은 자라처럼 목을 움츠리고 다시 앞을 향해 앉았다. 고3 수험생의 예민함은 상상 이상이었다. 불협화음을 내는 둘의 대화를 지켜보던 지혜가 대화에 끼었다.

"준이도 얼른 입시 끝내고 공방에 편한 마음으로 와야 할 텐데."

"그럴 일은 없을 거예요. 오늘부로 그만 다닐 거거든요."

준이 곧 공방을 그만둘 거라는 건 모두가 짐작하고 있었다. 그러나 준의 입으로 직접 들으니 아쉬운 마음이 밀려오는 건 어쩔 수 없었다. 정민은 바로 예리가 생각났다. 예리가 알면 슬퍼할 것 같았다.

"좀 쉬려고?" 지혜가 부드러운 목소리로 물었다.

"아니요. 수능을 망쳐서 무조건 실기를 잘 봐야 하거든요. 이제 주말에도 풀로 미술학원에 가야 해요. 부모님 허락도 받았고요."

"그랬구나. 아쉽네. 입시 끝나고 한 번은 들러줘야 한다?"

준은 고개를 끄덕이긴 했지만 입시 후에 자신이 이 공방을 다시 찾는 일은 없을 거라고 확신했다. 소요 공방을 다니게 된 것은 자신의 의지가 아니라 부모님의 선택이었다. 준에게 이 공방은 입시 준비를 하는 동안 부모님과 원만하게 지내기 위한 완충지대일 뿐이었다. 평소의 그답지 않게 흙이 볼품없이 꼬여버리고 말았다. 솔직한 재료인 흙은 현재 준의 마음을 가장 잘 보여주었다.

*

준의 마지막 출석 날의 점심은 따뜻한 우동과 초밥이었다. 원래는 조희의 그릇을 사 갔던 승호의 식당에서 먹으려고 했으나 이미 홀은 손님으로 가득했고 웨이팅까지 있었다. 토요일이라 멀리 서울과 파주에서 이곳 밤가시마을을 찾아온 사람들도 있었다. 모두 한껏 꾸미고 둘 또는 셋, 넷씩 앉아서 연인 세트나 패밀리 세트를 먹고 있었다. 흙이 잔뜩 묻은 꾀죄죄한 검은색 티셔츠를 입은 다섯 명은 그 속에 어울리지 않았다. 불청객 같은 공방 회원들의 모습에 정민은 옅게 웃음이 나왔다.

결국 초밥을 포장해 언제나처럼 공방에서 먹게 되었다. 정민은 준을 응원할 겸 모처럼 다 같이 외식을 하고 싶었기에 아쉬움이 컸다. 하지만 공방에서 조용하고 편안하게 먹는 것도 그리 나쁘지 않았다. 승호가 사 간 것과 똑같은 그릇에 초밥을 담자 식당에서 먹는 것 같았다. 확실히 도자기 그릇은 식탁에 앉은 사람으로 하여금 '대접받고 있다'는 느낌을 갖게 했다. 승호가 선택한 그릇은 일식과 아주 잘 어울렸고 음식을 더 맛있어 보이게 했다. 그가 미안해하며 서비스로 챙겨준 우동도 생각보다 더 맛있었다. 쫄깃쫄깃한 면발과 깔끔한 해물 육수가 일품이었고, 새우완자와 어묵도 푸짐하게 들어 있었다. 배가 따듯해지면서 손끝에 남아 있던 찬 기운도 체온과 비슷하게 미지근해졌다. 정민은 우동 국물을 한 방울도 남기지 않고 다 들이켰다.

각자의 그릇에 담긴 초밥이 하나둘 없어졌을 때 지혜가 마른 기침을 몇 번 하더니, 중대 발표가 있다며 말문을 열었다.

"저…… 코이카(KOICA) 해외봉사단 합격했어요! 당장 다음 달에 방글라데시로 출국이라, 공방은 오늘이 마지막이 될 것 같아요. 파견 기간은 일 년이고요, 가능하다면 연장 신청도 할 것 같아요."

아무도 예상하지 못한 발언이었다. 하지만 모두들 손뼉을 치며 진심으로 축하해주었다. 그리고 왜 더 일찍 말하지 않았느냐는 타박이 이어졌다. "케이크라도 사 올까요?"라며 기식이 당장 뛰쳐나갈 태세로 겉옷을 입을 채비를 하자 조희가 손을 내저었다. 그녀는 냉장고에서 파운드케이크를 꺼냈다. 하루 전에 지혜가 미리 귀띔했기 때문에 어제 케이크를 구워놓았다. 그렇지 않더라도 준의 실기 시험을 응원하려고 구워놓을 참이었다.

준은 내켜하지 않았지만 일어나 지혜와 함께 촛불을 불었다. 곧바로 자리에 앉는 준과 달리 말없이 소원을 비는 지혜. 소원하는 것이 많은지, 꼭 모은 두 손을 좀처럼 풀지 않았다. 케이크를 한 조각씩 잘라 나눠 담고 조희는 각자의 취향에 맞게 홍차와 커피를 내주었다. 파운드케이크는 냉장고에서 하루 숙성을 거쳐 빵 결이 살아나고 맛이 더 진해졌다. 바깥의 찬바람과 대비되어 공방 안이 더욱 아늑하게 느껴졌다. 달달한 디저트의 향이 색을 머금은 것 같았다. 노란색과 주황색 빛깔로 따뜻한 공기를 채워 회원들의 주위를 맴돌았다.

"나는 지혜가 봉사에 뜻이 있는 줄 정말 몰랐어." 지혜의 선택에 감명 받은 정민이 말했다.

"고마워요, 언니. 갑작스러운 결정으로 보일 수도 있겠지만 사실 봉사하면서 살아야겠다고 어렸을 때부터 생각했어요. 그런데 남들처럼 취업이 우선이었죠. 취업만 되면 진짜 주말마다 봉사한다, 봉사한다…… 말로만 했어요. 점점 이 순서에 의심이 가더라고요. 하고 싶은 게 있으면 그냥 하면 되는 거 아니야? 그렇게 생각하고 나니까 어느새 코이카 단원에 지원했더라고요. 맨날 공지만 들여다보다가 지원을 한 건 처음이었는데, 그냥 될 대로 되라지 하는 심정이었어요."

지혜는 취업을 준비하며 각종 어학 자격증을 따두었던 것이 도움이 됐다고 덧붙였다.

"좋은 기회도 준비된 사람이라야 잡을 수 있는 거잖아. 물론 일 년 넘게 못 본다는 것이 조금 아쉽지만, 진심으로 응원해."

조용히 케이크를 먹던 준은 지혜가 오전에 한 말을 떠올렸다. 입시 끝나고 공방에 한 번 들르라고 했었다. 준의 입시가 끝나면 지혜는 이미 한국에 없을 것이다. '치, 자기도 공방을 찾지 않을 거면서.'

아까부터 말이 없는 준의 기분을 살피던 지혜가 준의 어깨를 톡톡 건드렸다.

"준아, 내가 널 진짜 응원하는 거 알지? 입시 끝나고 다 같이 밥 먹고 싶었는데……."

"전 별생각 없어서, 상관없어요."

"시크하긴. 마지막은 못 보지만, 난 네가 잘할 거라고 믿어."

준은 이런 진심 어린 응원에 익숙하지 않았다. 대답을 얼버무리고 포크로 애꿎은 케이크만 조각냈다.

"그런데 누나는 화학과 아니었어요?"

"부모님이 이과가 취업 잘 된다고 해서 엉겁결에 선택한 거였어. 그런데 나는 옛날부터 한국어 교육 쪽에 관심이 많았거든."

"부모님이…… 실망하지 않으셨어요?"

"이번 선택으로 부모님뿐만 아니라 많은 사람을 실망시켰지. 그렇지만 반대로 지금껏 내가 해온 선택 중 유일하게 나 자신에게 실망하지 않은 선택이기도 해."

"저도 제가 선택하고 싶어요. 무엇이 됐든요."

준의 시선이 점점 땅으로 향했다.

"내가 남들보다 길게 공부하고 헤매면서 깨달은 게 뭔 줄 알아? 길은 절대 한 번의 선택으로 좁혀지지 않는다는 거야. 지금의 입시는 어린 나이에 벌써 길을 확정 지으라는 게 아니야. 오히려 길을 넓혀 주는 시작일 수 있어. 넌 앞으로 더 많은 선택을 하게 될 거야. 그러니까 지금의 선택을 섣불리 판단하지 마. 멈추지 않고 나아가기만 한다면 네가 원하는 샛길이 분명 나타날 거야. 대신 그땐 누구를 실망시키는 걸 두려워하지 말고 대범하게 방향을 틀어야 해. 그리고 내 경험상…… 부모님을 일찍 실망시킬수록 좋을지도 몰라."

준은 자신의 마음을 꿰뚫듯 말하는 지혜가 놀라웠다. 매일같이 공방에 나오던 지혜는 자신이 흙을 만질 때 어떤 표정을 짓는지 다 봐왔을 것이다.

준에게 용기를 주려는 듯 기식이 준의 빈 잔에 홍차를 더 채워주며 말했다.

"나도 도시공학과 나와서 홈쇼핑 회사에서 일하고 있어. 내년에는 아예 도예 공방을 창업할 거고. 정민 누나도 일본어학과인데 방송 작가 일 했어. 전공과 다른 일을 한다고 해서 내가 열아홉 살 때 했던 선택이 잘못된 거냐고? 그건 아니야. 오히려 그 선택을 했기에 지금의 내가 있을 수 있었어. 그러니까 누구의 선택이든 휩쓸려 봐. 그래야 노 젓는 법도 터득하는 법이야."

준은 인생 선배인 그들이 꼭 들어맞지 않은 선택을 해왔다는 이야기를 듣는 것만으로도 이상하리만치 위로가 되었다. 아직 가슴 깊이 와닿지는 않아도, 입시를 목전에 두고 성급하게 뛰어만 가느라 그동안 자신이 놓쳤던 실마리가 그들의 말 속에 있다는 걸 알아챌 수 있었다. 모래시계의 허리를 막고 있던 미운 모래알 하나가 쑤욱 내려가는 것 같았다.

학원을 가기 위해 먼저 공방을 나선 준은 설렁설렁 대충 옷을 챙겨 입고 온 아침을 떠올렸다. 바깥은 아직 눈이 오지 않았을 뿐 한겨울과 다름없었다. 바람을 막아줄 것은 목도리밖에 없었다. 조급한 마음을 훌훌 털어버리자 남은 건 겉옷을 챙겨오지 않은 자신에 대한 자책뿐이었다. 공방 문 앞에 있는 거울을 보며 몇 번이나 다시 목도리를 여미는 준을 본 기식이 갑자기 밖으로 뛰어나왔다.

"이거 입고 가. 차에 여벌이 있더라고."

기식은 준에게 하얀색 플리스를 건넸다. 왜소한 준에게는 사이즈가 컸지만 기식의 옷을 입으니 칼바람이 부는 거리로 나가도 더 이상 두렵지 않을 것 같았다.

"감사합니다." 겉옷을 걸치고 가슴께까지 대충 지퍼를 올리는 준.

기식이 다가와 플리스 지퍼를 목 끝까지 채워주며 준에게 말했다.

"내가 그 좋은 대학에 갈 수 있었던 비결 알려줘?"

"뭔데요?"

"건강, 건강, 또 건강!"

끝나지 않을 것 같은 입시도 결국은 끝이 보일 것이다. 회원들이 모두 밖으로 나와 준을 배웅했다. 하나같이 웃고 있었고 천진해 보이기까지 했다. 가장 걱정이 많을 준 앞에서 그들까지 심각한 모습을 보이지 말자는 배려였다.

다음에 보자는, 아마도 지켜지지 않을 인사말을 하고 준은 돌아섰다. 지혜만이 준에게 다시 보자는 말을 할 수 없었다. 준은 지혜에게 "조심히 출국하세요"라고 작별 인사를 했다. 평일이고 주말이고 매일같이 출석하던 지혜가 사라진 공방의 풍경이 어떨지 아직 잘 그려지지 않았다. 공방의 온도가 준의 몸을 감쌌고 걷는 동안 추위를 느끼지 않았다. 정류장까지 걷다가 한 번 뒤돌아본 공방은 계속 그곳에 존재했고 영원히 그곳에 존재할 것처럼 칼바람 속에서도 꿋꿋하게 자리를 지키고 있었다. 공방은 기꺼이 밤가시마을의 비슷비슷한 골목들 사이 한가운데서 사람들이 길을 잃지 않도록 세워둔 이정표가 되어줄 것이다.

*

지혜는 출국 전에 기물을 굽지 못할 걸 알면서도 끝까지 물레 작업을 했다. 조희는 지혜를 대신해 그 컵과 그릇들을 구워두겠다고 약속했다. 지혜는 조희와 새끼손가락을 걸며 일 년 뒤에, 이 년 뒤에 자신이 어떤 모습일지 상상했다. 여전히 요리를 즐길까, 살이 빠졌을까, 한국으로 돌아와 취업을 했을까, 그 친구와는 여전히 친구일까. 무엇이 됐든 앞자리 수가 바뀌면 지금보다는 조금 더 성숙해져 있길 바랐다. 지혜는 자신의 20대가 너무 길게만 느껴졌다.

지혜는 효석과 저녁 약속이 있었다. 이자카야에 먼저 도착해 앉아 있는데 마음이 뒤숭숭했다. 효석에게 자신이 떠난다는 말을 전하기가 쉽지 않았다. 친구의 눈에 자신이 취업에 실패하고 도망치는 것으로 보일까 봐 걱정되었다. 효석이라면 축하해 줄 게 당연한데도 스스로가 당당하지 못했다. 삶의 진리를 깨닫기라도 한 양, 준에게 조언을 늘어놓을 땐 언제고 지혜는 자신의 선택이 최선이었는지 자꾸 따져보게 되었다.

곧 효석이 요란스러운 발걸음으로 들어오며 옆자리에 앉았다. 지혜는 얼굴을 마주 보지 않아도 되는 바 테이블이라 다행이라고 생각했다.

애피타이저가 나오자마자 지혜는 자신이 한국을 떠나게 됐다는 사실을 알렸다.

"한지혜, 정말 축하해! 오랫동안 봐왔지만, 넌 정말……."

효석이 감동 받은 듯 말을 하다 말고 맥주잔을 내밀어 건배를 청했다.

"애들한테도 말했지?"

"아니, 아직. 그런데 애들한테는 말 안 하려고."

"왜? 송별회라도 해야지! 우리 중학교에서 널 안 좋아한 남자애는 한 명도 없었잖아. 첫사랑이 떠난다고 하면 엄청 아쉬워할 텐데……."

지혜의 마음을 알 길이 없는 효석이 장난스럽게 말했다.

"첫사랑은 무슨, 그 좋은 시절 다 가고 지금은 동창회에 가면 다른 의미로 화제성 1위지."

지혜는 살이 찐 후로 동창회에 갔다가 '요즘 행복하구나'라는 말을 들었다. 그 말을 들은 후로는 동창회에 가길 꺼리고 있었다. 행복해서 찐 살이 아니라고 구구절절 말하기가 귀찮기도 했고 무엇보다 '역변의 아이콘', '그 시절 우리가 좋아했었었던 소녀'라는 타이틀이 거북했다.

"그런데 너도 나한테 고백했다가 차였잖아. 영화 티켓 주면서 뭐라고 했더라?"

"윽, 그 기억은 잊어주라."

효석은 민망한지 큼큼 헛기침을 했다.

잠시 골똘히 생각하던 지혜가 맥주를 한 모금 마시고 말했다.

"하고 싶은 말이 있어. 그런데 이 말 하면 넌 날 친구로 안 볼지도 몰라."

"야, 우리 사이에 그런 게 어디 있냐. 어디 얼마나 정 떨어지는 이야긴지 들어나 보자."

"난 대학에 떨어지고 넌 붙었을 때부터였을 거야. 항상 같은 학교를 함께 등교했는데 처음으로 소속된 곳이 달라지고 일상이 달라졌잖아. 난 재수 종합 학원에서 짜준 대로 일과를 보냈고, 넌 대학교에서 직접 시간표를 짰지. 그때부터 내가 망가지기 시작한 것 같아."

스무 살이 되기 전까지 지혜는 부러움이라는 감정을 딱히 느껴본 적이 없었다. 부러워하더라도 그 순간으로 그만이었고 잘된 친구를 진정으로 응원할 줄도 알았다. 타인의 삶을 자신의 삶 옆에 일부러 나란히 붙여두고 비교하는 법이 없었다. 그런데 대학교에 떨어졌다. 자신보다 성적이 낮았던 효석이 그 대학교에 시원스럽게 붙었다. 게다가 두 번째 입시에서도 지망한 학교에 또 떨어지고, 2지망으로 쓴 학교에 붙었다. 이때부터 지혜는 사사건건 남과 자신을 비교하기 시작했고 열등감에 시달렸다. 늦게 들어간 만큼 꼬박꼬박 계절 학기를 들으며 졸업을 앞당기려 했고, 누구보다 학점을 잘 받아야 했다. 그런데 목표가 높은 탓인지 아니면 능력이 부족해서인지 취업에 번번이 미끄러졌다. 몇 개월씩 인턴만 전전했다. 재수부터 취업까지 한 번에 되는 법이 없자 혼자 자꾸만 뒤처지는 기분에 사로잡혔다.

어느새 지혜는 교내의 공기업 취업 스터디에서 가장 오래된 멤버가 되어 있었다. 정말 취업이 절박해졌을 때쯤, 같이 취업을 준비하던 후배와 나란히 마지막 3차 면접까지 붙게 되었다. 그런데 후배가 맹장이 터지며 시험장에 못 오게 됐다. 그 소식을 들었을 때 지혜는 자기 일처럼 아쉬워하며 위로의 문자를 적어 보냈다. 그런데 화면을 끄니 까만 액정에 비추어진 얼굴에 은은하게 미소가 걸려 있었다. 유리 너머로 보이는 교활한 사람이 진정 자신인지 의심스러웠다. 무엇보다 보잘것없는 마음 넓이를 가진 자신에게 실망스러웠다. 결과적으로 지혜는 그 채용에서도 떨어졌고, 취업을 관두고 도망치듯 대학원에 진학했다.

"남의 불행이 나의 행복이었어. 그런데 내 불행은 또 너무 끔찍하게 아프고. 그런 내가 혐오스러워서 참을 수 없었어."

"취업이 절박한 건 누구나 마찬가지야. 충분히 그런 감정 느낄 수 있어."

효석의 말에도 지혜는 여전히 과거의 자신을 경멸했다. 절박한 건 누구나 마찬가지이기에 더욱 그러면 안 되었다. 게다가 지혜는 효석에게도 치기 어린 질투를 느낀 적이 있었다.

"네가 대학 붙었을 때도, 취업했을 때도 난 진심으로 축하해주지 못했어."

지혜가 절망에 빠진 사이 효석은 군대를 제대하고 복학해 있었다. 그는 졸업도 전에 조기 취업을 했다. 지혜는 효석에게 축하의 말을 건넸지만, 그 속은 달랐다.

"그럴 수도 있지. 나는 취업했다고 자랑하는 동기 놈들의 뒤통수를 한 대씩 후려갈기고 싶기까지 했는데? 심지어 입으로 뱉었다가 싸울 뻔도 했고. 너 정도면 약과야."

"그뿐만이 아니야. 네가…… 취업을 잘 못했다고 속으로 은근히 무시했어. 넌 언제나 운이 좋았으니까 더 좋은 곳에 취업할 줄 알았거든."

효석이 대답을 미루며 꼬치구이를 주문했다.

"넌 수능 탐구나 공기업 직렬만 선택하는 줄 알지? 행복도 선택 영역이야. 넌 지금 당장이라도 행복해질 수 있어. 봐, 맛있는 걸 먹으면 바로 기분이 좋아질걸?"

효석이 먹음직스럽게 익은 닭날개 꼬치와 염통 꼬치를 지혜의 앞접시 위에 올려주었다.

"그건 루저들의 자기합리화 아닌가."

지혜가 자조했다.

"자기합리화라니! 내 경우만 봐도 그래. 나는 지금의 자리에서 행복하기 위해서 '적당히' 하기로 했어. 주변의 소중한 사람과 나 자신을 챙길 수 있을 만큼 적당히 바쁜 직장에서 일하고, 적당히 벌고, 적당히 즐기고……. 이런 날 보고 남들은 욕심이 없다고 해. 그런데 어쩌면 '적당히'라는 게 가장 큰 욕심이지 않을까? 나는 내가 행복하기 위해서, '적당히'라는 선을 지키기 위해서 힘껏 욕심을 부리고 있는 거거든. 이건 선택의 문제야."

"나에겐 행복이라는 선택지가 없어. 이미 바닥난 지 오래거든. 난 너처럼 제자리에서 행복할 수 없어."

그녀는 자기소개서와 입사지원서를 쓰기 싫어서 일부러 최대한 시간이 오래 걸리는 복잡한 요리를 만들던 많은 밤을 떠올렸다. 지혜는 행복하지 않았고 행복할 수 없었다. 행복이 다 도망간 것 같았다. 그녀가 가장 빨리 출국할 수 있는 국가를 택한 것도 그 때문이었다.

"왜 없어? 여기 넘치도록 있는데."

"진짜 내 자리에 행복이 있어?"

지혜가 고개를 돌려 효석을 집요하게 쳐다보았다.

"상태를 보니…… 지금은 내가 아무리 말해도 소용없겠네! 아마 한국에 돌아올 때쯤에야 알게 될 것 같네."

"그때도 내가 모르면 어떡해?"

"내가 말해줄게, 걱정 마. 그리고 네 자리에 있는 행복은 내가 지키고 있을 테니 편히 다녀와."

지혜는 효석을 빤히 쳐다보았다. 효석이 쑥스러운지 뒷덜미를 매만졌다.

"효석이 네가 내 친구라서 정말 다행이다."

친구끼리 이런 말을 하는 것이 서로에게 영 설되었다. 어색함에 지혜가 맥주를 벌컥벌컥 마셨다. 효석도 질세라 남은 맥주를 목구멍에 들이부었다. 누가 먼저랄 것도 없이 지혜와 효석은 얼굴을 일그러뜨리며 트림을 했다. 둘은 시간차를 두고 웃음을 터뜨리며 생맥주를 주문했다. 여기, 한 잔 더요!

동굴에서 나오는 법

12월이 되자 지혜는 곧바로 출국을 했다. 준은 그 후로 한 번도 공방에 오지 않았다. 예상한 일이었지만, 실제로 그렇게 되고 보니 회원 모두가 세상만사 관심 없어 보이는 준의 표정과 딱딱한 말투를 그리워했다. 준과 지혜의 물레 자리는 빌 틈 없이 새로운 회원들이 대신 채웠다.

그즈음 공방에는 조희보다 나이가 많은 중년의 여성 회원이 많이 등록했다. 회원들은 보통 두 부류였다. 첫 번째는 힘을 빼는 사람들. 남편이 출근하고 아이들까지 학교로 보낸 후 혼자 낮 시간을 보내는 주부들은 그동안 묵혀둔 에너지를 흙을 통해 표출했다. 어깨가 저릴 정도로 흙을 만지며 힘을 빼면, 아이의 친구 엄마들끼리 몰려다니며 여기저기 카페를 전전할 때보다 하루를 알차게 보냈다는 기분을 느낄 수 있었다. 그들은 자신에게 남아 있는 젊음을 만끽할 수 있는 이런 소모를 즐겼다. 무엇보다 흙을 만질 때만큼은 '누구 엄마'로 불리지 않았고, 'OO 씨'로 불릴 수 있었다.

두 번째는 힘을 얻어가는 사람들. 직장인들은 더없이 지친 표정으로 공방에 들어왔다가, 나갈 때는 내일 또 출근해야 한다는 사실도 잊은 채 힘차게 문을 열고 나갔다. 새로운 취미를 가졌다는 뿌듯함과 도전에 대한 열망이 그들의 목소리 톤을 높여 주었지만, 정민은 조희의 커피와 빵도 큰 역할을 한다고 믿었다.

그럼에도 주말 점심이 되면 그들은 가족이나 친구들과 시간을 보내기 위해 일찍 공방을 나섰다. 오늘도 토요일 점심 멤버는 약속이 없는 조희와 정민뿐이었다.

"우리 둘뿐이네요. 그래도 정민 씨가 있어서 다행이야. 아니면 토요일 점심이 외로울 뻔했어요."

"아니에요. 저도 선생님 아니었으면 주말에 집에만 있었을 거예요."

오늘의 메뉴는 라멘이었다. 점심 메뉴가 한정적이었던 지난 여름과 달리, 불과 몇 개월 만에 주변에 많은 식당이 생겼다. 매번 새로운 식당에 도전하는 건 조희와 회원들의 재미 중 하나였다. 물론 오늘같이 둘밖에 없는 날에는 머리 위에 하나둘 떠오르는 동그란 얼굴들에 마음이 적적하기도 했지만 동시에 단란함도 느껴졌다. 정민은 포장해 온 라멘을 뜯으며 자리에서 일어나다가 넘어질 뻔했다. 발에 감각이 없었다. 흙이 빨리 마를까 봐 히터를 멀찍이 틀어놓은 탓에 발이 시렸다.

"새삼 정민 씨는 우리 공방의 귀인 같아요. 처음 정민 씨가 우리 공방을 찾았던 날, 바로 그때가 내가 히키코모리 생활을 청산하고 바깥에 나온 첫 주였거든요."

정민도 그날을 선명히 기억했다. 자신도 집에서 죽은 듯이 사는 '없는 사람'에서 벗어나고자 몇 개월 만에 집을 나선 날이었다. 그 여름 햇빛이 무언가를 속삭인 걸까. 서로 다른 삶을 살던 두 사람이 비슷한 시기에 집 밖을 나섰다. 그리고 접점 없던 서로의 평행선을 향해 꺾어져 들어와 하나둘 점을 새겨 나갔다. 애초에 정해진 인연인지, 아니면 각자의 선택이 모여 발생한 사건에 불과한 것인지 알 수 없었지만, 아무래도 좋았다. 서로 접점을 만들어가며 선들이 이어지고 있다는 사실이 중요했다. 멈춰 있던 선이 인연 아니면 선택이라는 파도를 타고 계속 앞으로 움직였다. 조희는 크게 곡선을 그리는 파도의 흐름을 느끼고 있다는 듯 눈을 한 번 깊게 감았다가 다시 뜨고 말을 이어갔다.

"커피를 마시는 정민 씨를 보는데, 나랑 비슷한 사람일지도 모르겠다고 생각했어요. 그렇게 소중하게 커피 잔을 쥐고 있는 사람들은 대개 마음 깊숙한 곳에 사연을 숨겨놓고 있거든요. 그래서 도자기를 구워보면 어떻겠느냐고, 나도 모르게 말했죠. 죽음을 경험한 뒤로 사람이 무서워져서 당분간 회원을 늘리고 싶지 않다고 불과 5분 전에 지혜 씨한테 말한 참이었는데……. 정민 씨를 보고 바로 그런 말을 해서 스스로도 조금 웃겼어요. 아니, 재미있다고 생각했어요. 그런데 정민 씨가 SNS 운영을 맡아주고 난 뒤로 공방의 분위기가 변했어요. 새로 찾아오는 사람도 많고, 잊고 있던 공방의 추억을 꺼내 보려고 오랜만에 방문하는 사람도 많고요."

정민도 조희를 처음 봤을 때 알 수 없는 이끌림을 느꼈다. '도자기 구워볼래요?' 이렇게 물었던가. 그날 '굽는다'가 참 듣기 좋은 말이라고 느꼈었다.

"한 번도 생각해본 적 없는 도예를 배우면서 저도 많이 변했어요. 마음이 움직인 순간이 많았는데, 가장 기억에 남는 걸 뽑자면 물레로 들어가기 전에 선생님과 같이 손 물레를 할 때 나눈 대화일 거예요. 제가 물 조절을 잘못해서 도자기가 물로 흥건했죠. 그런데 선생님이 도자기 눈물을 닦아주라고 말씀하시는 거예요. 별거 아닌 한마디인데, 괜히 마음이 먹먹하더라고요. 보듬어주고 만져주고 눈물도 닦아주고…… 흙을 만지는데 저를 보듬는 기분이 들었어요."

정민은 그 상황을 곱씹으며 얼마 남지 않은 면발을 휘휘 저었다. 삶이 녹록지 않을 때는 과거의 기억에 의지해 산다고들 하는데 자신에게 그런 추억 한 장 없을까 봐 정민은 걱정해왔다. 그런데 소요 공방에서 도예를 배우며 비로소 생긴 것 같았다. 피로가 몰려온 어느 날, 펼쳐볼 수 있는 그 한 장이.

"도자기를 굽는 건 마음을 굽는 것과 같아요. 뭉툭하고 못생긴 흙을 손으로 다듬고 애정 어린 눈으로 바라볼수록 예뻐지고 소중해지죠. 꺼내 보기도 싫은 못난 마음도 계속 시선을 주면 그 안에 무엇이 있는지 제대로 보이잖아요. 미움만 있는 줄 알았던 마음 안에 애정과 연민…… 다양한 감정이 꾸깃꾸깃 숨어 있어요. 그러면 그 못난 마음도 소중해지는 순간이 와요."

정민은 따듯한 라멘의 국물 때문이 아니라 조희의 말 때문에 마음이 훈훈해지고 있음을 알 수 있었다. 빠르게 퍼져서, 좀 전까지만 해도 얼음장처럼 차갑던 발끝까지 데워지고 있었다.

"도자기를 굽는 건 마음을 굽는 것과 같다, 뭐라 설명할 수 없지만 좋은 말이네요."

"설명할 수 없는 것이 때로는 더 선명하게 울림을 주죠."

별똥별이나 오로라처럼 왜 아름다운지 굳이 따져보지 않아도 좋아하게 되는 것들이 있다. 누군가 알려주지 않아도 그것이 아름다운 말이라는 걸 알 수 있었다.

"선생님, 저 요즘 어제보다 덜 웃었을까 봐 스리슬쩍 조바심이 나는 거 있죠? 제가 욕심을 부리기 시작했나 봐요."

"더 욕심 부려도 괜찮아요. 행복도, 행복해본 사람이 누린다고요. 그러니 실컷 누리면서 '아, 이런 느낌이구나' 하고 체화되도록, 익혀 둬야 해요."

타고난 행복이 부족해도, 사랑스러움이 부족해도, 채워갈 수 있었다. 적어도 지금 좋아하는 사람과 함께 점심을 먹고 있는 정민은 그렇게 믿기로 했다.

*

토요일 저녁, 장애인 공예 수업이 시작되기 전에 효석이 공방 문을 열었다. 가방도 내려놓지 않고 회원들이 가장 궁금해할 지혜의 소식을 먼저 전했다.

"출국 배웅 잘 하고 왔답니다. 지혜가 공방 회원들께도 잘 말해달라고 하더라고요."

조희와 정민은 아련한 기분이 들었다.

"대견스럽기도 하면서 걱정도 되네요. 연락 잘 되겠죠?"

조희가 조심스레 물었다.

"그럼요. 요즘이 어떤 시대인데요! 영상 통화라는 최첨단 과학기술도 있는걸요."

효석이 일부러 어깨를 으쓱해 보였다.

"그런데 두 분뿐이네요. 아, 기식 형도 곧 떠난다고 했죠?"

효석이 정민을 보고 물었다. 사람들은 어느새 자연스럽게 기식에 관한 일을 정민에게 묻게 되었다.

"네? 아, 네, 기식 씨도 곧. 퇴사도 했고 서울 집도 정리가 거의 다 된 모양이에요."

"기식 씨? 누님하고 형 아직도 존댓말 써요?"

"음…… 네, 그렇죠."

"그래요……? 둘이 되게 친한 줄 알았는데. 어쨌든 형 떠나는 거 너무 아쉽죠?"

어쩐지 집요한 효석의 질문에 정민이 얼떨떨하게 고개를 끄덕였다. 효석은 정민의 대답이 시원치 않다는 듯 찜찜한 표정을 지었다.

"곧 회원님들 오시니까 준비해야죠?"

조희가 다시 텐션을 올리려고 박수를 치며 니트 소매를 걷었다. 덕분에 정민은 효석의 질문을 어물쩍 넘길 수 있었다.

"아, 정민 씨랑 효석 씨, 혹시 오늘 시간 괜찮으면 수업 도와줄래요? 크리스마스도 다가오고 해서 트리 오브제를 만들 건데, 주제가 정해져 있으면 어려워들 하시거든요. 알바비는 고기!"

'고기'라는 말에 기운차게 좋다고 대답하는 효석. 이어 정민도 저녁에 아무런 약속이 없다는 걸 상기하곤 선선히 고개를 끄덕였다.

프로그램에 참여한 여덟 명의 회원이 각자 자리에 앉자 수업이 시작되었다. 조희를 비롯한 세 사람이 미리 만들어둔 트리 모양의 오브제에 저마다의 무늬를 내는 것이 오늘의 과제였다.

"정민아, 아저씨도 도와줄 수 있겠니?"

이름을 부르는 규원의 목소리가 너무나 오랜만이라 그녀도 모르게 흠칫 놀라고 말았다.

"아, 네."

아저씨 옆자리에 앉아 기물을 살펴보니 도구를 잡은 손의 힘 조절이 미숙해 주변 흙까지 떨어져 나가 울퉁불퉁했다.

"우선 여기 덩어리째로 떨어져 나간 부분을 다시 편평하게 만들게요."

정민은 새 흙덩이에서 손가락 한 마디만큼을 떼어내어 물을 충분히 묻혔다.

"자, 이렇게 흙을 붙이면…… 감쪽같죠?"

"흉하다고 생각했는데 이렇게 다시 흙을 붙이니까 실수하기 전으로 돌아간 것 같네."

정민은 도구를 잡는 법을 다시 가르쳐주기 위해 규원의 손 위에 자신의 손을 올렸다가 멈칫했다.

"아저씨 손은 처음 잡아보는 것 같아요."

잠시간 둘은 아무 말도 하지 못했다. 이미 가물가물해진 과거를 돌아보고 있었으리라.

"……아저씨, 죄송해요."

정민이 힘겹게 입을 뗐다. 규원에게 용서를 구하는 건 처음이었다. 그 사건 이후로 규원을 만날 일도, 만날 낯짝도 없었기 때문이다.

"네 탓이 아니잖니. 그런 말은 하지 말아라."

규원은 자신의 손을 빼 다시 정민의 손 위에 살포시 올렸다.

"이 정도는 괜찮지?"

규원은 정민에게 마음을 편히 하라는 듯 웃음을 지어 보였다. 꽉 찬 포옹보다 더 근사한 용서였다. 정민은 당장이라도 눈물이 쏟아질 것 같아 고개를 푹 숙이고 끄덕였다.

"그간 고생 많았어."

손에 묻은 흙 때문인지 처음 닿는 아저씨의 손이 생경하지 않았다. 그는 두껍고 거친 손으로 정민의 손을 토닥거렸다.

수업이 끝나갈 무렵 규원을 데리러 온 주란은 그 옆에 앉아 있는 정민의 모습에 적지 않게 놀랐다. 하지만 이내 아무렇지 않게 다가가 너스레를 떨었다.

"아빠, 정민이가 잘 도와줬죠?"

"그럼. 얘 덕분에 크리스마스트리를 예쁘게 잘 만들었잖니."

주란의 아빠는 자랑하듯 오브제를 들어 올려 보여주었다.

"정민아, 고맙다."

"뭘…… 아, 트리 안에 조명을 넣을 수 있어."

정민은 무슨 말을 해야 할지 몰라 비어 있는 트리 안쪽을 보여주며 아무 말이나 내뱉기 시작했다. "조명을 넣으면 더 예쁠 거야. 어떤 색으로 시유할지 아직 못 정하셨다는데……."

"고맙다는 말에 어색해하는 건 여전하구나."

주란이 푸흡 하고 웃으며 정민의 말을 가로막았다. "이럴 땐 그냥 넘어가도 돼. 별 뜻 없이 진짜 고마워서 한 말이니까."

"……알겠어."

"여러분, 오늘 만든 오브제들은 제가 내일 가마에 넣어서 크리스마스 전에는 나올 수 있도록 할게요. 모두 늦게까지 고생하셨어요."

오늘 내내 타이밍이 좋은 조희 덕분에 둘의 어색한 대화가 끝났다. 정민은 혼자 뒷방에 가 앞치마를 벗고 앉았다. 손등에서 아저씨의 두껍고 거친 손바닥이 아직도 느껴지는 듯했다.

차에 휠체어를 싣는 것을 돕고 있는데 갑자기 주란이 정민의 팔을 붙잡았다.

"내가 꼴 보기 싫었겠다."

"뭐?"

"질투 나더라. 아빠랑 네가 나란히 앉아 있는데 당황스럽더라. 내가 모르는 사이에 둘이 각별해졌나 싶어서. 내가 '엄마, 엄마' 하면서 아줌마 옆에 붙어 있는 거 보기 싫었겠어."

"응, 꼴사나웠어."

자신도 모르게 못마땅한 투로 말이 나왔다.

"우린 참 어렸어."

한 차례 산책객 무리가 지나가며 떠드는 소리가 둘 사이의 적막을 적절하게 메웠다.

"어리기만 했을까. 예민하고 여리기까지 했지. 그런데 주란아, 나는 괜찮아. 괜찮아졌어."

정민은 그 시절의 일을 돌아보면 생생하다가도 아연했다. 이것이 그녀 자신의 이야기인지 헷갈리기도 했다. 하긴 시간이 많이 흘러버렸다.

"네가 괜찮아서, 다행이야."

둘이 남긴 발자국 위에 밤송이가 쌓인 줄 알았는데, 그 계절은 지나고 어느새 겨울을 맞이해 소복이 눈이 쌓여 있었다. 비틀거리며 엉킨 발자국은 이미 사라진 뒤였다.

"아저씨, 저는 이제 들어가 볼게요."

주란이 운전석 창문을 내려 인사를 나누는 둘의 대화에 끼어들었다.

"옛날에도 이렇게 싹싹하게 잘 좀 해보지 그랬어?"

"그러게나 말이다."

정민이 몇 초간 망설이다 다시 입을 뗐다.

"주란아, 나는 이미 동굴에서 나오는 법을 알아. 나오는 날을 미루고 싶었을 뿐이야. 내가 닳을까 봐, 나를 지키기 위해서 그랬어. 그러니 동굴에서는 내가 알아서 나올게. 혼자 나오는 건 아니니까 이제 내 걱정 하지 마."

정민은 공방의 모두를 떠올렸다. 치덕치덕 묻은 흙을 떼어내려고 두 손을 비벼보지만 더 찐득하게 흙이 달라붙을 때, 깨끗한 손으로 덥석 자신의 두 손을 감싸 쥐며 흙을 툴툴 털어내 주던 회원들을.

"치, 너를 생각해주는 사람이 나 말고도 많나 보네?"

주란은 얄미운 표정을 지었다.

"몰랐는데, 그런가 봐. 다음에는 내가 너한테 제대로 사과할 기회를 줘. 같이 밥이나 먹자."

주란이 망설임 없이 고개를 끄덕였다.

"그래. 춥다, 들어가."

정민은 주란의 차가 골목에서 사라질 때까지 한참을 바라보았다. 같이 밥을 먹는 그날에는 옛 친구에게 하지 못했던 마지막 말을 꼭 해야지 결심하면서.

*

고깃집에서 밥을 배불리 먹고 나오자 어느덧 늦은 밤이 되어 있었다. 정민은 조희의 만류에도 불구하고 뒷정리를 돕기 위해 공방으로 돌아왔다. 정리를 마치고 공방을 나서는데 오랜만에 공방의 간판이 눈에 들어왔다.

소요 SOYO

ceramic art &

배웅 나온 조희가 시간이 꽤 지난 지금 다시 간판을 꾸밀지 고민스럽다고 했다. 정민은 조희의 시선을 따라갔다. 전례 없는 추위에 잎사귀들이 땅의 양분으로 돌아간 지 오래였다. 간판이 전보다 훨씬 눈에 잘 띄었다. 그동안 소요의 존재를 알린 화분의 꽃들과 선인장 그리고 담쟁이덩굴을 대신해 이제는 간판이 그 역할을 하고 있었다.

"저는 '&' 옆이 비어 있는 게 좋은 거 같아요. 앞으로 더 많은 것을 공방에서 할 수 있을 것만 같거든요."

정민은 간판을 본 뒤 혼자 공방에 남아 있을 조희가 조금이라도 슬프지 않길 바랐다.

"나도 저대로가 좋다고 생각해요. 아마 오래도록 바꾸지 못할 거예요. 공방을 지키는 수호자 같거든요."

둘은 너 나 할 것 없이 머릿속으로 고작 세 계절 동안 자신들에게 일어난 변화들을 일렬로 나열했다. 그 변화들은 원인과 결과가 불분명해서 일렬로 나열하는 것만으로는 정리되지 않았다. 깊은 생각은 잠시 넣어두고, 이 변화를 어떻게 하면 더 즐길 수 있을지, 어떻게 하면 더 축복할 수 있을지를 고민하기로 했다. 이 변화를 누리기만 하기에도 시간은 부족했다. 한 해가 저물어가고 있었고 그들이 언제까지 함께할 수 있을지 아무도 답할 수 없었다. 남은 겨울 동안 안간힘을 다해 서로의 온도를 맞추고, 마음을 구워낼 것. 정민이 그리는 연말의 풍경이었다.

정민 자신이 이번 겨울을 마지막으로 공방에서 함께하는 미래를 그릴 수 없게 된 데에는 현실적인 이유도 있었다. 아침에 집을 나서며 우연히 마주친 집주인이 계약이 끝나는 내년 여름보다 더 일찍 방을 빼달라고 했기 때문이다. 정민은 지난 일 년 동안 돈을 벌기는커녕 모아둔 돈을 축내기만 해서 오른 전세금을 감당할 형편이 안 되었다. 내년 봄에는 집을 이사해야 했다. 게다가 한정된 생활비로 계속 공방에 다니는 것은 확실히 부담스러웠다. 슬슬 생활비의 압박이 시작되었다. 그리고 호야와 함께하며 책임감은 더욱 커졌다. 이제 정민은 변화에서 멈출 수 없었다. 자신의 미래를 직접 선택해야 했다.

힘없이 집으로 걸어가다가 그로밋 앞에 멈춰 섰다. 초콜릿칩 쿠키 도우 프로즌 요거트 맛이 메뉴판에 없었다.

"사장님, 초콜릿칩 도우…… 그릭 요거트 맛 혹시 단종됐나요?"

말하기도 힘든 긴 이름을 기억해내려 애쓰며 정민이 더듬더듬 물었다.

"아, 초콜릿칩 쿠키 도우 프로즌 요거트 맛이요? 메뉴판에는 없지만 아직 팔고 있답니다."

사장은 그 메뉴를 아는 손님이 반갑다는 듯 활기차게 답하며 설명을 덧붙였다.

"꾸준히 드시는 분이 계시거든요. 곧 멀리 간다고 하셔서 그 때까지만 하려고요. 워낙 단골이시라."

어느새 이곳에 와서 수다스럽게 자신의 창업 이야기를 했을 기식을 상상하니 귀여웠다.

"그 맛으로 한 통 포장해주세요."

정민은 안심하며 다디단 맛으로 가득 찬 아이스크림 통을 품에 안고 집에 왔다. 다른 맛과 섞이지 않은 바닐라 맛은 더 이상 먹고 싶지 않았다. 처음에 요거트와 초콜릿 쿠키는 아라와 기식이라고 생각했다. 아니, 그렇게 생각하고 싶었다. 둘은 어울리지 않는다고. 그런데 이제 보니 섞일 수 없는 두 맛이 자신과 기식 같았다. 정민은 곧 울고 싶은 기분이 되었다. 기식과의 관계도 자신이 선택해야 하는 것 중 하나였다.

첫눈

밤가시마을의 상권이 살아나고 거리는 살가워졌다. 어디를 가나 도란도란 말소리가 들렸고 사람들의 걸음에는 저마다 리듬감이 있었다. 골목골목 숨어 있는 작은 에스프레소 전문점과 1인 셰프의 레스토랑을 찾는 재미가 있었다. 이제 이 거리에서는 언제 새로운 이야기가 시작돼도 이상하지 않을 듯했다.

크리스마스가 가까워지자 상점들은 누가 더 밝은 조명을 켜는지 시합이라도 하듯 저마다 트리를 꾸몄다. 카페에서는 외국 팝송이, 술집에서는 국내 발라더의 팝송이 들렸다. 정민은 장을 보러 갈 때도, 러닝을 하러 갈 때도, 공방으로 가는 짧은 시간에도 캐럴을 들을 수 있었다. 덕분에 크리스마스가 성큼 다가오는 것을 느낄 수 있었다. 연인들은 등 뒤로 어떤 선물을 숨겨둘지 설레는 고민을 하나둘 품었고, 부부는 아이들만을 위한 산타가 되기 위해 장난감을 포장했으며, 아이들은 친구들에게 편지를 쓰기 위해 루돌프가 그려진 작은 카드를 샀다.

플리마켓 12. 24 (토)

2pm~7pm

공방도 크리스마스 준비로 분주했다. 크리스마스이브에 밤가시마을 중앙공원에서는 플리마켓이 열릴 예정이었다. 소요 공방도 참여하기 위해 조희는 매일 정신없이 작업에 몰두했다. 정민은 그녀가 도자기를 만드는 것을 처음으로 보았다. 그 모습은 상상한 것보다 훨씬 더 멋있었다. 아니, 멋있다는 말로는 다 표현할 수 없는 경이로운 행위였다. 선생님이 아닌 도예가로서의 조희는 편안하고 행복해 보였다. 천직이 존재함을 증명하는 것 같았다. 정민은 잠깐 쉴 때면 멀찍이 앉아서 조희가 작업하는 걸 지켜보곤 했다. 작은 체구에서 나오는 팔의 힘이 대단했다.

"오늘은 뭘 만드시는 거예요?"

"오브제 위주로 만들려고요. 젊은 층이 많을 테니까, 귀여운 걸로 승부 봐야 하지 않겠어요? 고양이 모양의 수저 받침대, 뿔소라 모양의 액세서리 보관함 같은 걸 생각 중이에요."

"귀엽겠는데요? 흙으로 그릇 말고도 많은 걸 만들 수 있네요."

"그럼요. 아, 정민 씨도 플리마켓에서 같이 도자기를 팔아보면 어때요?"

"저요? 초짜 중의 초짜에다가 실력도 없는걸요. 돈 받고 팔 수준이 못 돼요."

정민이 손사래를 쳤다.

"도자기도 결국 아이디어 승부예요. 정민 씨는 나초 그릇처럼 남들이 만들지 않는 독특한 디자인을 생각해내잖아요. 조금 저렴하게라도 내놔 봐요. 누군가는 그런 모양의 그릇을 찾고 있을지도 모르잖아요."

옆에 있던 기식이 정민을 부추겼다. 기식도 이번 플리마켓에서 화병을 선보일 계획이었다. 창업 전에 좋은 경험이 될 거라며 조희가 일찍이 제안한 것이다. 정민은 자신에게는 기식만큼의 전문성이 없다고 말꼬리를 흐렸다. 기식은 계속 쳐다보면 설득이 되는 것인 양 끈질기게 정민의 눈을 꿰뚫듯 쳐다봤다.

"알겠어요, 알겠어. 같이 해요. 됐죠?"

두 손 두 발 다 들고 말았다. 정민에게서 원하는 답이 나오자, 기식은 그제야 흡족해 하며 고개를 끄덕였다. 조희도 다양한 제품이 있을수록 손님들의 발길을 잡기가 수월하다며, 흔쾌히 가마소성비와 흙 값을 지원해주겠다고 했다.

정민은 커피 잔과 필터를 한 세트로 팔고 나초 그릇도 소량으로 만들어 팔기로 했다. 전에 만들었을 때 직접 사용해보고 느낀 점을 보완해 디자인을 다시 구상했다. 플리마켓을 코앞에 두고 이렇게 갑자기 일을 벌이는 것은 계획적인 정민의 성격에 맞지 않았지만, 조희와 기식이 함께 하니 오히려 즐겁고 든든했다. 나초 그릇의 이음새를 다시 다듬고 사이즈별로 커피 잔을 만들었다. 그리고 찻잎 필터에 타공까지 마치자 어느새 밖이 어두워져 있었다. 해가 짧아지고 밤이 길어졌지만 정민은 긴 밤을 좋아했다. 공방의 통유리 창으로 보이는 겨울밤의 풍경이 반가웠다.

온종일 이어진 작업에 셋은 지쳐 있었다. 바빠서 요즘은 베이킹도 못 한다며 조희가 빵 대신 간식을 내왔다. 라탄 바구니 모양의 도자기에는 귤과 쌀과자가 가득했다. 라디오 디제이는 크리스마스의 외로움에 관한, 울적하면서도 풋 웃음이 나오는 사연을 읽고 있었다. 청취자에게 가장 큰 탄식과 웃음을 안겨준 사연자는 아이디 '나혼자아카펠라'였다. 이름부터 안쓰러움을 자아내는 '나혼자아카펠라'는 크리스마스에 남자친구에게 서프라이즈 선물로 서울타워가 보이는 비싼 호텔을 예약했다. 크리스마스 당일을 예약하기란 전쟁과 같았는데, 어렸을 때 아이돌 공연 티켓을 예매하던 실력이 다행히 빛을 발했다. 그런데 바로 며칠 전 남자친구에게 차이고 말았다. 사연자는 괄호를 열어 '그냥 헤어진 것도 아니고 가차 없이 차임'이라고 적어두었다. 문제는 11월에 예약해둔 터라 환불 가능한 기간도 지나서 돈을 날리게 됐다는 것이다. 그런데 바로 어제, 좋게 헤어진 전전—정확히 몇 번이나 전인지 기억나지 않는다고 했다—남자친구에게 전화가 왔다. 사연자는 "돈이 아깝지 않게 그 사람과 잘해볼까요?"라고 물었다. 뒤이어 사실 전전 남자친구의 번호를 지워버려 이름이 기억나지 않아서 다시 물어봐야 한다고 덧붙이는 말에서 셋은 꾹 참았던 웃음을 기어이 터뜨리고 말았다.

"저 사연은 도저히 이길 수 없겠는데요?"

사연이 끝나고 중간 광고가 흘러나오자 기식이 말했다.

"제겐 저것보다 더 안타까운 사연이 있어요."

정민이 장난스럽게 눈을 흘기며 시선을 집중시켰다. "옛날에 사내 연애를 했었는데 크리스마스에 차였어요."

"그 남자 최악인데요?"

조희가 몸을 부르르 떨면서 질색을 했다.

"그런데 저는 지금껏 연애하면서……."

정민은 연애 횟수를 세려고 손가락을 접다가 기식과 눈이 마주치자 아차 싶어 손을 내렸다. "지금껏 연애하면서 다 차였어요. 빼엉—."

"남자들이 이상한 거 아니야? 우리 정민 씨가 찬 것도 아니고 도대체 왜?"

"저랑은 아무리 시간을 보내도 친해질 수 없대요. 심지어 사람하고 같이 있는 기분이 안 든대요. 뭐라 했더라, 책장이나 옷장…… 이런 가구 같대요. 전 동물도 아닌 거죠."

'너는 말을 너무 안 해.' 정민은 자신이 실컷 떠들었다고 생각했는데 돌아오는 답은 언제나 같았다. 그들이 원하는 '말'이 무엇인지는 정민도 대강 알았다. 그러나 속인 것은 아니어서 괜찮을 거라고 생각했다. 그들이 제대로 묻지 않았으니까 말해줄 의무도 없다고. 일부러 감춘 것이 아니라 소설처럼 행간에 약간의 여백을 둔 것이라고. 정민은 연인 관계에서도 여백이 필요하다고 생각했다.

"정민 씨는 이렇게 근육도 있고 살도 있고, 안 보이지만 안에 피도 흐를 거고, 또 이렇게 만져지는데?"

조희가 정민의 어깨를 잡고 여기저기를 눈으로 살뜰히 더듬었다.

"휴~ 가구가 아니라 아직 사람이라 다행이네요."

"그럼요. 우리 공방의 소중한 회원인데. 난 정민 씨가 날 떠날까 봐 두렵다니까요."

정민은 떠난다는 말에서 남모르게 씁쓸함을 느꼈다. 그건 기식도 마찬가지였을 것이다.

"저는 안 떠나요. 걱정 마세요."

정민은 조희의 두 손을 꼭 잡았다.

"그냥 그날 하루만큼은 속없이 설레고 싶어요~"

억지로 음을 높여 여자 목소리를 내는 디제이의 멘트로 시작된 2부. '나혼자아카펠라'의 신청곡이 흘러나왔다. 켈리 클락슨의 〈Underneath the tree〉. 디제이는 '언더니스 더 서울타워'라고 말장난을 하며, 꼭 타워를 함께 보며 설레길 바란다고 중저음의 음성으로 속삭였다.

노래를 들으며 정민은 혼자였던 작년 크리스마스와 사연자처럼 이름도 기억나지 않는 전 남자친구들과 함께했던 몇 번의 크리스마스를 돌아보았다. 좋았던 순간이 분명 있었겠지만, 어느 것도 그녀에게 여운을 남기지는 못했다. 일 년 중 가장 좋아하는 날이 4월에 있는 그녀의 생일도 아닌 크리스마스였음에도, 기대를 너무 많이 한 탓인지 정민은 인상적인 크리스마스를 보낸 적이 없었다.

조희는 호수와 함께했던 마지막 크리스마스를, 기식은 아라와 함께했을 4년간의 크리스마스를 돌아보고 있을 터였다. 모두 캐럴에 홀린 것 같았다. 노래의 마지막 소절이 끝나자, 세 사람은 언제 그랬느냐는 듯 모두 일어나 청소를 시작했다. 잠시 시간 여행을 하고 온 듯 멍한 기분이었지만, 올해 크리스마스를 눈앞에 두고 지난 크리스마스에 한눈팔 수는 없었다.

"정민 씨, 그릇 다 굳기 전에 낙관까지 찍고 가요."

"제 낙관을 찍어도 될까요? 이름도 없는 작가가 만든 도자기인데, 차라리 아무 표시 없는 게 더 좋지 않을까요? 대형 마트에서 파는 도자기처럼요……."

"절대요. 낙관엔 이 도자기를 누가 만들었는지 알려주는 용도만 있는 게 아니에요. 이걸 사 간 사람은 이 낙관으로 그날을 더 잘 기억하게 될 거예요. 크리스마스이브에 자신이 밤가시마을에서 누구와 함께했고, 그곳 플리마켓에서 무엇을 샀는지, 어떤 마음으로 이 도자기를 샀는지까지. 낙관은 그날을 생생하게 기억나게 해주는 도움 장치라고요. 그 누구도 대형 마트에서 산 브랜드 없는 도자기에 소중한 기억을 맡겨두지는 않잖아요."

조희의 말을 듣고 정민은 낙관을 꼭 찍어야겠다고 마음을 고쳐먹었다. 자신의 도자기가 아무 추억도 담지 못한 채 부엌 찬장 한구석에 처박히는 걸 바라지 않았다. 자신의 도자기가 누군가의 인상적인 크리스마스를 만드는 데 도움을 줄 수만 있다면야. 정민은 나초 그릇의 옆면과 커피 잔 아래에 낙관을 찍었다. 부드럽게 뭉개지는 흙. 정민의 '珉'이 그릇에 새겨졌다. 누군가의 멋진 하루, 그 소중한 시간이 옥돌처럼 맑은 소리를 내며 굴러가길 바라는 마음이었다.

*

작업은 마무리되었지만, 정민과 기식은 할 일이 남아 있었다. 둘은 플리마켓 홍보를 위해 크리스마스 전까지 인스타그램에 하루 한 개의 게시물을 올리기로 했다. 유행하는 '블로그 마스' 나 '브이로그 마스'처럼 매일매일 크리스마스를 준비하는 기록을 남기는 것이다. 최근 정민의 '마음 시리즈'는 예상보다 더 큰 인기를 끌었고 팔로워는 3천 명을 돌파했다. 덕분에 온라인 그릇 주문량이 크게 늘었다. 또 직접 방문해 구매해 가거나 식당에서 대량 주문을 해주기도 했다. 정민은 가끔 택배 포장을 돕기도 했는데, 인스타그램 운영의 대가로 낙관을 받고 가마소성비를 지원받던 정민이 아예 정식으로 아르바이트비를 받게 된 것도 이 일이 추가되면서였다. 정민은 꾸준한 인스타그램 업로드에 드디어 반응이 오자 더욱 욕심이 났다. 잠자기 전에 '사진과 글이 감각적이에요', '글이 마음에 와닿아요'라는 댓글과 DM을 살펴보는 것이 하나의 습관이 되었다. 물론 댓글을 남기는 것은 대부분 공방 회원들과 효석, 아니면 소타였지만.

기식이 오늘 조희가 만든 오브제를 촬영하는 동안 정민은 어떻게 콘셉트를 잡아야 할지 고민했다. 이전에 올린 소설보다 더 짧으면서도 기대감을 줄 수 있는 콘텐츠가 필요했다.

"이번에는 시간이 좀 걸리네요."

벌써 사진을 다 찍고 노트북으로 파일을 옮기던 기식이 정민의 눈치를 살폈다. 정민의 노트는 백지인 채였고 그녀가 상당히 예민해 보였기 때문이다. 기식은 정민이 글을 쓸 때 고민에 빠진 표정을 좋아했다. 짧은 글이라도 함부로 쓰지 않고 신중히 생각하는 그녀를 존경의 눈으로 보았다. 또 그 골똘한 표정은 기식으로 하여금 상상력을 자극했다. 알지 못하는 정민의 작가 시절 모습을 마음껏 상상했다.

"어떻게 하면 좋을까요? 사람들의 흥미를 확 끌 수 있으면 좋겠는데."

"마음은 이해하지만 욕심이 커질수록 창의력이 달아나기도 하니까, 좀 더 편하게 생각해봐요."

사진을 보면 아이디어가 떠오를지도 모른다며 기식은 정민 옆에 앉아 노트북으로 업로드 예정인 사진들이 담긴 파일을 열어주었다. 매일매일의 작업물을 담백하게 기록한 사진들이었다. 게시물로 올릴 A컷과 스토리로 올릴 B컷을 정리하는 기식에게서는 어느덧 초보 사장 태가 났다. 창업을 위해 연습 겸 시작한 상품 사진 촬영도 일찍이 아마추어 티를 벗은 것 같았다.

수공예 도자기는 공산품과 달리 똑같은 제품이 있을 수 없다. 같은 디자인일지라도 사람 손으로 만드는 것이기에 크기나 모양에 조금씩 차이가 있을 수밖에 없다. 게다가 시유하는 날의 날씨와 습도에 따라 색이 다르게 나오기도 한다. 그 차이점은 도예를 모르는 사람에게는 아주 사소할 수 있다. 그렇기에 그 차이점을 돋보이게 할 수 있는 홍보 문구와 사진 구도가 필요하다. 그래서 둘은 언제나 '어떻게 홍보할 것인가'를 고민하며 머리를 굴려야 했다. 정민이 글을 쓸 때면 둘은 다양한 주제로 스몰 토크를 했는데, 간혹 정민의 머리 위에서 깜빡 전구가 켜질 때가 있었다. 이번에도 기식은 정민에게 어떻게든 도움을 주고 싶어 여러 주제로 이야기를 꺼냈지만 크게 도움은 되지 못했다.

"그래요, 그럼. 우리 원점으로 돌아가는 거예요. 아주 원론적인 이야기이긴 하지만요. 늑대는 사냥에 실패하면 목표물을 처음 발견했던 장소로 되돌아가서 차근차근 복기한다고 하잖아요. 우리도 다시 차근차근 주제를 되짚어 봐요. 자, 크리스마스. 정민 씨에게 크리스마스는 무슨 날이에요?"

"일 년 중에 가장 좋아하는 날이죠. 생일보다 더요. 가장 기대되고 가장 행복해지고 싶은 날이기도 해요."

사진을 보며 의미 없이 스크롤을 내리다가 멈추고 정민이 고심하며 답했다.

"생일보다 크리스마스가 더 좋다니, 이런 말은 처음 들어보네요."

"생일은 저만 생일이잖아요. 나 혼자 즐거운 기분이거든요. 그런데 크리스마스는 모두의 생일인 느낌이에요. 모두가 주인공인 거죠! 그냥 이유 없이 서로 축하를 주고받고 흥겹게 즐기잖아요. 그런 이유 없는 즐거움이 좋아요."

"듣고 보니 그럴 수 있겠네요……. 모두가 주인공인 크리스마스. 모두가 생일인 크리스마스. 그리고 소요 공방의 메인 테마는 그릇과 잔이죠. 음식을 담는 그릇. 음료를 담는 잔."

정민은 박수를 크게 한 번 쳤다. "그거에요, 그거." 그러고는 샘이 터진 것처럼 떠오르는 생각을 단숨에 읊었다.

"모두의 생일인 크리스마스를 위한 생일상. 로스트 치킨, 라자냐, 슈톨렌, 수프, 뱅쇼같이 크리스마스에 먹는 음식에 어울리는 그릇을 각각 추천하는 거죠! 어떻게 만드는지 간단한 레시피도 곁들이고요. 도자기의 특성 중 하나가 전자레인지, 오븐 상관없이 모두 사용 가능하다는 거잖아요. 어떤 온도에도 강하다는 장점도 부각할 수 있을 거예요."

정민은 기식의 노트북으로 방금 한 말을 빠르게 적어갔다. 아이디어는 휘발성이라 재빨리 적지 않으면 안 된다고 정민은 기식에게 말하곤 했다.

순수하게 기쁨으로 빛나는 정민의 얼굴에서 기식은 눈을 뗄 수 없었다. 가끔씩 정민의 얼굴에 불규칙적으로 떠오르는 순수함. 기식은 정민의 이런 표정을 통해 알게 되었다. 정민은 원래 순수하게 글을 사랑하는 사람이라는 것을.

아이디어를 다 적은 정민이 기식을 향해 손을 내밀었다. 작은 손과 큰 손이 겹쳐져 소리를 냈다. 정민도 작은 손은 아니었지만, 기식의 손에 비하면 작디작았다.

"그런데 기식 씨에게 크리스마스는 어떤 날이에요? 흥분해서 제 얘기만 했네요."

정민이 노트북을 기식에게 돌려주며 물었다.

"사실 저에게 크리스마스는 우울 그 자체였어요. 온갖 그럴듯한 다짐으로 시작한 올해도 결국 별 볼 일 없이 흘려보냈구나 싶어서요. 변하지 않는 일상에 낙담하며 매너리즘에 빠지는 시간이었죠. 새해가 와도 똑같이 회사에 다니고, 같은 사람들을 만나고, 같은 동네에 살고, 같은 음식을 먹게 될 테니까요. 가끔 마시는 생맥주까지도 말예요. 기대할 게 하나도 없으니 우울할 수밖에요."

기식은 말려 올라간 입꼬리 때문에 항상 웃고 있는 것처럼 보였지만 사실은 대체로 무표정이었다. 그는 크리스마스만 되면 올해를 기분 좋게 끝맺고 새로운 내년을 기대하는 사람들 틈바구니에서 거북함과 이질감을 느끼곤 했다고 고백했다. 그럴 때마다 아웃사이더가 된 기분이었다는 것이다.

"그런데 올해 크리스마스는 다르게 느껴져요. 내년은 올해와 다를 테니까요. 그래서 조금 기대가 돼요. 고성이라는 새로운 공간, 그리고 만나게 될 새로운 사람들. 크리스마스의 설렘을 싫어했는데, 이제야 그 설렘이 조금 이해가 되네요."

크리스마스를 제일 좋아하지만 제일 별 볼 일 없는 날로 보내온 여자. 크리스마스를 제일 싫어하지만 이제야 그 설렘을 알 것 같은 남자. 재미있는 일이 벌어지기를 딱히 바라지는 않았다. 그저 보통의 날들보다 조금 더 즐겁고 조금 더 웃기를 바랐다. 그들이 바라는 크리스마스의 설렘은 힘을 뺀 어깨에서 오는 작은 들썩임과 같은 것이었다.

"밖에 눈 와요."

정민이 기식을 밖으로 이끌었다.

모두의 애를 태우며 유독 늦게 온 첫눈이었다. 이 하얗고 차가운 눈은 모두에게 환영받고 싶어서 이 거리의 사람들이 한 명도 빠짐없이 설렘을 느낄 때를 기다렸다가 이제야 소복이 내렸다. 누구에게나 '어떤 의미'를 가지기에 첫눈은 스스로 신중하게 날을 골랐으리라.

정민과 기식은 동시에 손을 밖으로 내밀었다. 눈송이의 차가움이 아주 짧고 미미하게 손바닥을 스쳤다. 정민이 기식의 손바닥을 봤을 때 눈은 이미 투명한 물이 된 후였다.

말하고 싶어

일산 사람에게 강남이라니! 강남 고속버스터미널역으로 가는 M버스의 좁은 좌석에 몸을 접어 넣은 정민은 약간의 차멀미를 느꼈다. 강변북로를 달리며 비슷비슷한 이름의 대교를 벌써 예닐곱 개는 지나온 것 같은데 아직도 원효대교를 지나고 있었다. 지난주에 공방 계정으로 온 DM 하나 때문에 정민은 여유로운 평일 낮을 헌납하고 왕복 세 시간이 넘게 걸리는 강남 지옥행에 올라타게 됐다. 유명하다고 할 순 없지만 꽤 건실하게 책을 내고 있는 출판사로부터 온 연락이었다.

플리마켓을 준비하며 더욱 활발하게 인스타그램에 업로드한 탓인지 2주 만에 팔로워가 5백 명이 더 늘었다. 귀여운 여우

일러스트를 프로필 사진으로 한 출판사 '남극여우'도 그 팔로워 중 하나였다. 정민에게 책 출판을 제안하고 싶다며 저돌적으로 DM을 보내왔다. 편집장이라는 사람의 멘트는 멈추지 않고 돌진하는 기관차 같았다.

그렇지만 그녀로서는 이해가 가지 않았다. 인스타그램에 올린 글은 전부 짧았고, 이 글로 무슨 책을 만든다는 건지 짐작도 되지 않았다. 정민의 소극적인 태도에 출판사는 당장 다음 주에라도 만나서 정식으로 기획안을 보여주겠다고 했다. 열정으로 봐야 할지, 다소 무례하다고 봐야 할지 썩 유쾌하진 않았지만 정민의 호기심을 자극하기에는 충분했다. 그때 정민은 어떤 글을 써야 할지 좀체 갈피를 못 잡고 있었지만, 계속 글을 쓸 거라는 것만큼은 확신하고 있었기 때문이다. 모든 것이 불확실하게 둥둥 떠다니는 구름 같은 삶을 사는 정민에게 확신이란, 단 한 가지라도 의미가 남달랐다.

강남 초입에 들어서자 갑갑한 교통체증이 시작됐다. 옷을 겹겹이 껴입은 정민은 땀을 흘렸다. 간신히 버스에서 내리니 찬바람의 기습에 땀이 마르며 삽시간에 체온을 빼앗겨 온몸에 소름이 돋았다. 오늘 하루를 예측하게 하는 전조 증상 같았다.

어디를 봐도 똑같은 네모 길쭉한 건물들 사이에서 가장 낡은 건물의 13층. 복도 없이 한 층 전체가 사무실인 구조였다. 엘리베

이터에서 내리자마자 코를 찌르는 새 책 냄새에 정민은 하마터면 마음이 풀어질 뻔했다. 향수보다 좋아하는 종이 냄새에 둘러싸이면 그녀는 마음이 들뜨고 행동이 발랄해지곤 했다.

"안녕하세요. 혹시 오늘 10시 미팅 하러 오신 유 작가님이신가요?"

"네, 유정민입니다."

"아침부터 먼 길 오시느라 고생하셨네요. 저는 편집장 김지태입니다."

어딘가 피곤해 보이는 인상에 그 피곤함을 짓누르려는 듯한 두꺼운 뿔테의 동그란 안경. 캐주얼한 코듀로이 소재의 빨간 체크 남방과 남색 슬랙스는 온라인상의 말투와는 전혀 달랐다. '출판을 강력히 제안 드립니다'의 '강력히'를 썼으리라고는 상상되지 않는 심드렁한 인상이었다. 가장 안쪽에 위치한 작은 회의실로 안내하는 편집장. 그는 지난 며칠 동안 소요 공방의 예전 게시물까지 빠짐없이 봤다고 했다. 어느새 새 게시물을 기대하고 있는 자신을 발견하고는 오랜만에 출판에 대한 열의가 불타올랐다며 서두를 뗐다. 그러고는 쉴 틈 없이 말을 이어갔다.

"솔찬히 많은 투고 원고를 읽어왔지만, 한동안 제 마음에 쏙 드는 것을 발견하지 못했거든요. 그런데 유 작가님 글을 보자마자 이 척박한 출판계에서 신진 작가 한 명을 발굴한 것만 같은 뿌듯함과 설렘이……."

정민의 대답을 바라지 않는 듯한 혼잣말에 가까운 어투였는데, 어딘가 모르게 연기 톤이 섞여 있었다. 그의 요란한 독백은 정민이 자리에 앉을 때까지 계속되었다. 정민은 편집장이 그녀가 직장에서 숱하게 봐왔던 극작과 출신일 수도 있겠다고 생각했다.

젊은 직원이 들어와 계정 프로필과 똑같은 여우가 그려진 플라스틱 컵에 따뜻한 커피를 내려서 정민 앞에 놓았다. 직원이 편집장 옆에 앉았지만, 말 많은 편집장이 그녀를 소개하는 것을 까먹은 듯했다. 여자는 소개되지 못해 무명으로 남은 채 어색하게 웃고 있었다. 손에 쥔 명함을 내려놨다가 들기를 반복했다. 적절한 타이밍을 재는 직원은 편집장의 섬세하지 못한 성격에 익숙해 보였다.

"말씀드렸던 기획안입니다. 먼저 읽어보시겠어요?"

'1,250도'라는 제목에 '유정민 작가 에세이 출판안'이라고 부재가 적혀 있었다. '에세이'라는 단어에서 벌써 정민은 미간을 찡그렸다.

"저 정도의 경력이 되면 어떻게 출판 기획을 해야 하는지 딱 감이 오죠. 솔직히 말하면 유 작가님의 글은 많이 다듬을 필요가 있어요. 방송 작가 출신으로 알고 있는데, 방송 내레이션 원고와 책은 문체 자체가 다르죠. 구어체와 문어체로 말이죠. 기분 나쁘게 들릴 수 있겠지만, 글을 다시 배운다고 생각하셔야 할 거예요. 하지만 소재가 참 좋아요. 시간과 노력을 들여 도자기를 만들며 무엇을 느꼈는지 일기 형식으로 쓰는 겁니다. 현대인에게 정성의 의미를 다시 되새겨주는 거죠. 일반인에게 '도예'라고 하면 고품격 취미 같고 예술이라는 동떨어진 세계의 이야기 같지만, 막상 그렇지 않은 거죠. 직장에서 지친 마음을 흙을 만지는 일련의 과정을 통해 치유해 나가는 힐링 에세이. 이색 취미로 힐링을 하는 에세이가 쏟아져 나오고 있지만, '도예'라는 키워드는 최근 서점가에서 보지 못했어요. 이게 바로 우리가 파고들 틈새인 거죠."

정민은 기획안을 읽으라면서 읽을 틈도 주지 않고 말을 쏟아내는 편집장 때문에 기획안을 집중해서 읽을 수 없었다. 말도 많은데 목소리까지 커서 귓속이 얼얼했다.

"아, 제목이 '1,250도'인 이유가 궁금하시겠네요. 물론 가제이긴 합니다. 작가님과 상의가 필요한 부분이죠. '그 뜨거운 가마의 온도를 버티고 나와야지만 도자기가 된다. 아무리 정성을 들였다고 한들 그 뜨거운 온도를 버티는 건 온전히 도자기의 몫이다. 이건 사람과의 관계와도 같다.' '마음 시리즈'에 이런 글을 쓰셨잖아요. 그때 딱 느낌이 왔죠. 온도, 이거구나! 제가 원래 기획안을 빠르게 쓰는 편이긴 하지만 이렇게 하룻밤 사이에 완성한 건 오랜만이에요. 확실하게 떠오르는 책 제목이 있을 때 기획은 아주 쉬워지거든요."

편집장은 자신의 전문성을 떨어뜨리는 줄도 모르고 '느낌', '감' 같은 단어를 계속 내뱉었다.

"그런데 저는 도예에 대한 전문 지식이 거의 없어요. 제목을 그렇게 잡으면 저로서는 부담이에요."

"아무래도 계약금과 인세는 첫 작품이기 때문에……."

편집장은 정민의 말이 들리지 않는 척하는 것 같기도 했고, 편집자라는 직업에 오랜만에 열의가 넘쳐 정민의 말을 못 들은 것 같기도 했다. 어쨌거나 꿋꿋하게 자신의 말을 나열해 나갔다. 옆의 마케팅부원인지 편집부원인지 모를 직원은 여전히 교정기를 드러내 보이며 어색하게 눈만 웃고 있었다. 눈빛으로 '부족한 저희 편집장님이지만, 기획안을 긍정적으로 검토해주세요'라고 말하는 것 같았다.

참다못한 정민이 편집장의 말을 자르며 자세를 고쳐 앉고 말했다.

"잠시만요. 우선 말씀드려야 할 것이 있어요. 저는 출판에는 흥미가 있지만 에세이를 쓰고 싶지는 않아요. 인스타그램을 보셔서 아시겠지만 저는 주로 소설 형식으로 게시물을 올렸어요. 제가 에세이를 쓰는 건 생각도 못 한 일이에요. 무엇보다 저는 에세이를 쓸 만큼 이야깃거리가 쌓여 있거나 삶의 지혜가 농축된 사람이 아니에요."

"결국 그 소설의 주인공 유정은 작가님의 이야기를 대입한 인물 아닙니까? 소설 형식이지만 저는 내용적으로는 결국 에세이와 다를 바 없다고 생각합니다. 그리고 요즘 서점가는 에세이가 대세예요. 신인 작가에게도 장벽이 가장 낮고요."

"제 이야기가 맞아요. 유정은 곧 저예요. 하지만 저는 용기가 0에 수렴해서 당당하게 쓰지 못하겠어요. 다른 이름을 가진 등장인물 뒤에 숨어야지만 겨우 이야기가 나오는걸요."

단호한 정민의 어투에 편집장은 당황한 것 같았다.

그녀는 옛날부터 에세이를 즐겨 읽지 않았다. 자신은 절대 극복하지 못할 것 같은 무력함과 우울의 벽을 깨부수고 나온 사람들이 쓴 훈장 같은 책이라고 치부했다. 당시의 정민은 극복은 바랄 수 없을 정도로 망가져 있었다. 앞서 무기력을 뛰어넘은 사람들의 이야기는 위로는커녕 그녀의 자존감을 바닥냈다. 심지어 추악한 질투까지 유발했다. 언젠가 자신도 이 모든 것을 극복하면 저런 글을 쓸 수 있을까 하는 생각도 해봤지만, 대답은 No였다. 자신의 이야기를 불특정 다수에게 오픈하는 것은 실로 대단한 용기가 필요했다. 주변 친구들에게조차 지금 자신의 상태가 어떤지 말하지 못하는 정민에게는 불가능해 보였다.

정민은 마저 남은 커피를 다 마셨다. 여기 오는 데 버스비 3천 원, 왕복으로는 6천 원. 이 돈이면 비싼 프랜차이즈 카페에서 커피 한 잔 마신 셈 치면 된다, 이런 생각으로 편집장에게 잔뜩 파헤쳐진 마음을 다스렸다. 물론 커피는 텁텁했고 쓴맛이 강했다.

여느 대형 프랜차이즈의 맛과 다를 바 없어서 둘러댄 '마신 셈 치고'에 더 수긍할 수 있었다.

편집장은 일어나 나가는 정민을 붙잡지 않았지만, 언제든 마음이 바뀌면 연락을 달라는 말을 덧붙이며 그제야 명함을 건넸다. 편집장은 그 순간에도 말을 더 하고 싶어 안달이 난 것같이 입술을 달싹였다. 그때 옆에 있던 여자도 다급히 명함을 내밀었다. 내내 대화에 끼지 못한 여자의 표정에서 왠지 모를 동질감을 느낄 수 있었다.

*

일산행 M버스를 놓치는 것은 곧 삼십 분 동안 정류장에 혼자 서 있어야 한다는 것을 의미했다. 모두들 따뜻하게 히터를 틀어둔 회사 안에 있는지 평일 낮의 강남은 한산했다. 움직이는 거라곤 차밖에 없는 듯했다. 차들이 오가며 기분 나쁜 바람을 일으켰고 정민은 코트 사이로 추위가 더욱 매섭게 파고드는 것을 느꼈다. 한순간도 코트 주머니에서 손을 빼고 싶지 않았다. 그러나 시끄럽게 울리는 전화에 그녀는 오른손을 빼야만 했다. 오랜만에 보는 구 작가의 번호였다.

"여보세요?"

"어, 난데요."

구 작가는 정민과 함께 2년 넘게 동고동락하며 다큐멘터리를 만든 메인 작가였다. 정민이 팀장에게 대들었던 일 이후로 개인적으로 연락이 온 것은 처음이었다.

"네, 구 작가님, 오랜만이에요. 제가 먼저 연락을 드렸어야 했는데……."

"아니에요. 다름 아니라 요즘도 작가 일 하나 해서. 그때 일 쉰다고 했잖아요."

혹시 그 일 때문에 연락을 한 건가. 그때의 험악했던 분위기가 생각나 정민은 도수가 안 맞는 두꺼운 안경을 쓴 것처럼 잠시 머리가 아찔했다.

"네, 계속 쉬고 있긴 해요."

"다름 아니고 개인적인 일 때문에요."

뉘앙스를 보아하니 회사 일은 아닌 듯했다. 정민은 한숨을 돌렸다. 그러나 구 작가가 '다름 아니고'라고 말하는 순간 정민은 이 통화가 십 분은 가볍게 넘기리라는 것을 직감할 수 있었다. 구 작가의 연락 패턴은 간파한 지 오래였다. 그녀는 언제나 불시에 전화해서 용건을 늘어놓았다. 대개는 카톡으로 해도 될, 급한 일도 아닌 내용이었다.

휴대폰을 든 오른손과 왼손을 바꿔치기해서 통화 시간을 조금이라도 버티려 했지만, 문제는 발이었다. 겨울마다 수족냉증으로 고생하면서도 양말을 겹겹이 신는 걸 매번 까먹곤 하는 정민이었다. 결국 그녀는 버스를 포기하고 지하철역으로 향했다.

버스는 집까지 한 번에 갔지만, 지하철은 여러 번 환승하는 수고를 해야 했다.

"다름 아니고, 내가 얼마 전에 에세이 플랫폼 '디퍼런트'에서 공모전 수상작들의 북트레일러 영상을 제작했거든요. 관계자한테 들어보니까 올해도 그 공모전이 열렸다는 거예요. 그런데 북트레일러 영상을 만들면서 봤을 땐 작품들이 수상작인가 싶을 정도로 그렇게 뛰어나진 않았어요. 그래서 유 작가도 한번 도전해보면 좋겠다 싶어서 전화했어요. 공모전 경쟁률이 장난 아니긴 하지만……. 아, 지금 통화 가능한 상태 맞아요? 갑자기 주변이 시끄럽네."

지하철역으로 들어가자 사람들로 질식할 것 같은 고속버스 터미널 지하상가로 이어졌다. 수지타산이 맞는지 의심되는 5천 원이라는 놀라운 가격, 죄 똑같은 여성복만 걸려 있는 엇비슷한 가게들. 길을 헤맬 수밖에 없었다.

"아, 지하철역에 들어와서요. 조금 시끄럽죠?"

정민은 구 작가가 먼저 전화를 끊길 은근히 바랐지만 어림도 없었다. 말끝을 흐리는 정민에게 구 작가는 '빨리 말하겠다'고 하며, 정민의 작은 소망도 멀리 뻥 차버렸다.

"경쟁률이 높긴 한데, 그래도 나는 방송 글을 15년 넘게 쓴 사람이잖아요. 부끄럽지만 나도 응모해보려고요. 작년부터 조금씩 쓴 에세이가 있는데, 방송국의 비리를 낱낱이 밝히는 고백록

이랄까요. 시청률의 비밀부터 제작비에서 가장 낮은 비율을 차지하는 작가의 페이, 열악한 노동 환경. 가명을 쓰긴 했지만 아는 피디가 볼까 두려운 대목도 있어요. 절반이 피디 욕이거든요. 어쨌든 링크 보내줄 테니까 내 글에 투표 한 번 해줄 수 있어요? 주변의 젊은 친구들한테도 공유해주면 고맙고요."

"책 내고 싶다고 자주 말씀하셨잖아요. 정말 응원해요. 링크 주시면 여기저기 공유할게요. 투표도 꼭 하고요."

정민은 구 작가가 원하는 말을 쏙쏙 골라서 빠르게 말했다.

"그래요, 계정 두 개로 두 번 해주면 감사."

드디어 끝난 통화. 구 작가는 정민이 생각난 것이 아니라 자신의 에세이에 대해 이야기를 하고 싶었을 뿐이다. 만약 정민이 시끄러운 지하철역에 있지 않았다면 구 작가는 파트 1부터 파트 4까지 어떤 내용인지 프리뷰를 해줬을 것이다. 정민은 머리가 띵했다. 추운 바깥에 있다가 따듯한 역으로 들어온 것과 구 작가와의 뜬금없는 통화, 복합적인 이유였다. 그 와중에 구 작가가 링크를 보냈는지 카톡 음이 몇 차례 울렸다.

집에 오는 길 내내 계속되는 구 작가의 문자에 답장하느라 정민은 마치 '정신 차려보니 집 앞'이라는 느낌을 받았다. 지하철에서 1시간 30분 내내 작은 액정을 들여다봐서 유난히 눈이 뻑뻑했고 피곤함이 배로 밀려왔다.

– 오늘 밤에 작가님 글 읽어볼게요.

오랜만에 연락해서 그런지 더욱 말이 많은 구 작가에게 참다 못한 정민이 먼저 종지부를 찍었다. 그 말은 립 서비스에 불과했다. 오늘은 그녀도 하고 싶은 말이 많았다. 정민은 곧장 기식에게 전화를 걸었다.

금방 전화를 받은 기식에게 "오늘 나한테 무슨 일이 있었냐면요……"라고 말을 시작했다. 소파에 앉아 시시한 예능을 보던 기식은 이 통화가 길어질 것이라는 걸 알았다. 중간에 다리가 저려 정민의 말을 끊는 일이 없도록 미리 가장 편한 자세로 바꾸었다. 혹시 정민의 말에 집중하지 못할까 봐 텔레비전 소리를 줄여 볼륨을 0으로 만들었다. 음소거가 된 화면 속의 개그맨들은 자기들끼리 말하고 웃기를 반복했다. 기식은 정민의 이야기를 들을 준비가 되었다.

유독 자신의 이야기를 하고 싶은 날이 있다. 지금쯤 머리를 쥐어뜯으며 다른 신인 작가를 물색하고 있을 편집장도, 또 다른 후배들에게 전화를 돌리고 있을 구 작가도, 기식과 통화를 하는 정민도, 말을 잔뜩 하고 싶은 날이었다.

크리스마스 플리마켓

밤늦게까지 비가 쏟아진 23일의 날씨가 무색하게 크리스마스이브의 하늘은 시릴 정도로 파랬다. 물빛 하늘에서 한가롭게 유영하는 구름과 다르게 밤가시마을의 중앙공원은 분주했다. 조희와 정민, 기식이 바쁘게 움직였고 소타도 손을 거들었다. 공원 여기저기에서 목도리를 동여맨 사람들이 종종걸음으로 걸어 다니며 크리스마스이브를 즐기고 있었다.

오후 2시, 점심을 먹은 사람들이 부른 배를 두들기며 식당에서 쏟아져 나왔고 공원으로 하나둘 모여들었다. 소요 공방의 부스는 출입구 바로 옆에 있었다. 공원으로 들어오는 사람들과 나가는 사람들이 교차하는 곳이었다. 공원에 들어온 사람이라면

적어도 두 번은 눈길을 주게 되는 좋은 위치였다.

소요 공방의 부스에서 첫 판매는 성공적이었다. 근처 아파트에 신혼집을 마련한 신혼부부는 명랑한 목소리로 신혼집을 어떻게 꾸미고 싶은지 재잘재잘 말했다. 오래도록 쓸 수 있는 물건들로 채우고 싶다는 남자는 팔짱을 낀 여자의 손을 꽉 잡았다. 조희의 둥근 밥그릇은 그들이 묘사한 신혼집과 잘 어울렸다. 일부러 꾸민 모습 없이 항상 그 자리에 있을 것만 같은 우직한 그릇이었다. 손작업 자국이 그대로 드러나 보였는데, 작업 중 유독 시선이 머무른 곳에 자국이 남기 마련이었다. 눈에 보이니 한 번 더 다듬고 자국을 내는 것, 그들 부부가 서로를 바라보는 눈빛과 닮아 있었다.

정민은 그릇을 포장하며 잊지 않고 카드도 함께 넣었다. 조희가 준비한 이벤트였다. 작은 카드마다 각기 다른 캐럴과 함께 추천 이유가 적혀 있었다. LP판 몇백 장을 사 모을 정도로 음악 애호가였던 호수의 영향으로, 조희는 음악에 일가견이 있었다. 카드가 접혀 있어서 신혼부부에게 어떤 노래가 전해졌는지는 모르지만, 정민은 신혼 분위기를 더해줄 재즈 캐럴이길 바랐다. 그들의 새집에 이 밥그릇과 카드로 겨울 추억이 하나 더 쌓이기를 바랐다.

두 번째 손님은 눈처럼 하얀 머리카락을 길게 묶은 여자였다.

곧고 긴 목에 먼저 눈이 갔다. 삶의 훈장처럼 새겨진 얼굴 주름으로 보건대 예순이 넘었을까, 예상만 할 뿐이었다.

"라자냐용 오븐 그릇이 있을까요?"

차분하고 낮은 음성. 기식이 정민을 팔꿈치로 살짝 치면서 "정민 씨가 답해야 할 것 같아요"라고 낮게 속삭였다. 정민은 얼른 손님 앞으로 라자냐 그릇들을 옮겨놓으며 손님에게 답했다.

"라자냐 그릇 여기 있습니다. 색상은 청록색으로 모두 동일하고 사이즈는 세 가지가 있답니다."

여자는 사이즈 말고는 다를 것이 없는데도 그릇들을 유심히 보더니, 가장 큰 그릇을 가리켰다. 센스 있는 소타가 테이블 밑에서 가장 큰 상자를 꺼내 정민에게 건넸다. 신문지에 두 번 감싸고 에어 캡을 넣으며 정민이 물었다.

"인스타그램 보고 오셨어요?"

"그걸 인스타그램이라고 하는군요. 몇 년 만에 한국으로 돌아오는 제 손녀가 몇 주 전부터 라자냐를 먹고 싶다고 했어요. 어릴 때 저랑 손녀, 둘이 프라하에서 살았는데, 일요일에 같이 성당에서 미사를 드리고 점심으로 종종 라자냐를 먹곤 했죠. 그때 맛이 그리웠나 봐요. 그런데 오븐용 용기가 없는 거 있죠. 그래서 살 수 있는 링크나 정보를 알려 달라고 했더니 이 그릇 사진을 보내주더군요. 플리마켓에서 살 수 있다기에 장을 보고 돌아오는 길에 들렀어요."

여자는 식재료로 가득한 에코 백을 가리켰다. 바깥으로 삐죽 튀어나온 식재료로 그녀의 설렘이 엿보였다.

"그 라자냐 맛이 저도 궁금해지는데요?"

추운 겨울에 먹는 따끈한 라자냐라, 정민은 입맛을 다셨다.

"사실 다른 할머니들처럼 특별한 레시피가 있는 건 아니에요. 아가씨가 올린 레시피와도 별반 다르지 않아요. 어쩌면 그 아이가 기억하고 싶어 하는 건 라자냐의 맛이 아니라 프라하의 겨울과 중학교 시절의 자신, 그리고 조금 더 젊었던 할머니일지도 몰라요. 그렇다면 저는 아이에게 이 그릇을 내놓을 수밖에 없어요. 몇 년 전 프라하에서 썼던 라자냐 그릇과 무척 닮았거든요. 이 빛바랜 청록색을 보는데 손녀가 왜 이 공방의 그릇을 추천했는지 알겠더군요."

정민이 인스타그램에 올린 '라자냐와 잘 어울리는 그릇'이 이 여자에게 소중히 간직해온 프라하의 추억을 떠올리게 했다. 특별할 것 없는 것에서 다시 고개를 내미는 추억이, 신비로웠다.

"저희 선생님이 이 그릇은 꼭 청록색으로 만들고 싶다고 하셨는데, 손님을 위해서였나 봐요."

정민은 포장을 마친 쇼핑백을 여자에게 내밀었다. 이 그릇의 주인이 원래부터 그녀인 것 같았다. 여자는 "오랜만에 보는 그 아이를 제가 못 알아보진 않겠죠? 아니면 제가 너무 늙어버려서 그 아이가 저를 못 알아본다거나……"라고 걱정을 덧붙였다.

그녀는 손녀가 중학교에 올라가던 해에 아이 부모도 프라하에 왔고, 그러면서 향수병으로 고생하던 자신은 먼저 한국으로 귀국했다고 했다. 그러니 적어도 십 년은 보지 못했을 것이다.

"못 알아볼 리가 없어요. 적어도 손녀는 손님을 알아볼 거예요. 할머니가 해주시던 라자냐가 어떤 그릇에 담겼는지도 기억하는 손녀인걸요."

그제야 편안하게 웃음을 보이는 여자.

"어머, 제가 말이 많았죠? 지금쯤 비행기 안일 텐데…… 손녀가 오기 전에 얼른 음식을 준비해야겠어요."

여자는 부스를 나가다가 다시 뒤돌아서 정민에게 인사했다.

"따뜻한 하루 보내세요."

'메리 크리스마스'가 아닌 일상적인 인사말에서 더욱 진심이 느껴졌다. 정민도 그녀에게 웃어 보이며 "좋은 시간 되세요"라고 답했다. 그녀에게는 오늘이 크리스마스이브라는 것보다 손녀와 함께 하는 날이라는 것에 더 큰 의미가 있을 것이다. 쇼핑백을 든 그녀의 왼손 두 번째 손가락에는 금으로 된 낡은 묵주 반지가 있었다. 정민은 카드의 캐럴이 알지 못하는 언어로 부른 잔잔한 찬송가였으면 좋겠다고 생각했다. 할머니와 손녀를 낯선 타국의 겨울로 타임 슬립하게 해줄, 요술 양탄자 같은 멜로디를 지닌 곡이었으면 좋겠다고.

기식의 화병은 남녀노소 누구에게나 인기가 좋았다. 세로가 짧은 화분도 인기가 많았는데, 붉은 바탕에 검은색 다이아몬드 무늬가 들어가 있어 유니크했다. 한번은 지저분한 옷차림에 짙은 땀 냄새가 밴 남자가 한참 동안 화분을 바라보았다.

"화분 찾으시나요?"

기식의 물음에도 남자는 묵묵부답이었다. 기식은 손님이 먼저 말을 걸어올 때까지 기다렸다.

"이거 무늬…… 어떻게…… 넣었나?"

뚝뚝 떨어지는 단어와 어눌한 말투, 게다가 반말까지.

"흙을 굽기 전에 검은색 안료로 칠한 거랍니다. 이 안료는 특수해서 가마의 높은 온도에도 색이 날아가지 않고 선명해요."

남자는 색이 지워지는지 확인하려는 듯 검지로 무늬를 문질렀다. 손톱에는 자글자글 때가 끼어 있었다.

"이런 거…… 누구나…… 배울 수 있나?"

기식은 남자 쪽으로 몸을 살짝 기울였다. 그리고 자신의 손을 펴 보였다.

"그럼요. 저같이 섬세하지 못한 손을 가진 사람도 만드는걸요."

남자는 조용히 경량 패딩의 안주머니에서 현금을 꺼냈다. 5만 원짜리 한 장과 만 원짜리 두 장, 5천 원짜리 한 장, 천 원짜리 다섯 장이었다. 포장해주겠다는 기식의 말을 듣지 않고, 그대로 품에 화분을 들고 뒤돌아섰다.

대부분의 손님은 도자기를 어디에 쓸 것인지에만 관심이 있었지, 어떻게 만드는지는 궁금해하지 않았다. 그러나 저 남자는 기식이 처음 조희에게 도자기를 샀을 때처럼 가장 먼저 '이 도자기는 어떻게 만들었나요?'라고 물었다. 정체를 알 수 없는 손님이 도자기를 찬찬히 뜯어보며 도자기에 담긴 정성과 매력을 발견할 거란 믿음이 생겼다. 남자가 화분에 아주 소중한 것을 심게 될 때, 도자기가 아니더라도 무언가를 만드는 일을 하게 되지 않을까. 기식은 자신의 도자기가 사람들에게 어떤 변화를 줄지 기분 좋은 상상을 했다.

손님이 몰리진 않았지만 한두 명씩은 끊이지 않고 부스 앞을 서성였다. 대략 20%의 손님이 정민이 올린 인스타그램의 '모두의 생일, 크리스마스' 게시물을 보고 찾아왔다고 했다. 정민은 이루 말할 수 없는 충만함을 느꼈다. 누군가 자신의 글을 보고 마음이 움직여 이곳까지 걸음을 했다니, '크리스마스의 기적'이 아닐 수 없었다.

조희의 그릇과 오브제, 기식의 도자기들은 하나둘 손님의 추억을 담기 위해 팔렸지만, 정민의 나초 그릇과 커피 잔은 하나도 팔리지 않았다. 각각 만 5천 원과 만 원으로 저렴한 가격임에도 손님에게 선택되지 않는 것에 정민은 실망감을 감출 수 없었다.

그런 정민에게 소타가 붕어빵을 쥐여 주었다.

"팥, 아니면 슈크림?"

정민은 심각했는데, 외국 사람에게 이런 질문을 듣는다는 것이 기가 차서 자기도 모르게 웃어버렸다. 소타는 "리빙 브랜드 디자이너로서 말하는데, 정민의 도자기는 아주 훌륭해요"라고 말하며 정민의 기운을 돋우려 했다. 하지만 정민은 조희와 소타의 '훌륭하다'는 말버릇은 '그렇게 훌륭하지 않지만 칭찬해주고 싶을 때' 한다는 것을 알게 된 지 오래였다. 정민과 소타가 붕어빵의 머리와 꼬리 중 어디를 먼저 먹어야 하는지 따위의 별로 중요하지 않은 주제로 옥신각신하는데 한 남자아이가 다가왔다.

"가장 저렴한 게 얼마예요?"

보기 드물게 진한 쌍꺼풀의 큰 눈과 구릿빛 피부, 누군가와 닮아 있었다.

"가장 저렴한 건 이 커피 잔인데 만 원이에요. 조금 더 큰 이 나초 그릇은 만 5천 원이고요."

손님이 찾는 용도에 맞는 그릇이 아니라 '가장 저렴한' 그릇으로 자신의 도자기를 내미는 것이 영 쑥스러웠다.

남자아이는 동그란 눈 안에서 눈동자를 이리저리 굴리며 그릇을 살펴보았다.

"어디 금이 가거나 만들다가 실수한 것이라서 싸게 파는 거예요?"

아이가 정민을 똑바로 쳐다보며 앙칼지게 물었다. 손님의 눈

높이로 앉아서 얼굴을 보니 정민은 그제야 누군가 생각났다.

"그런 게 아니에요. 어디에도 금 간 곳 없는 튼튼한 그릇만 팔고 있어요. 다만 초보 작가가 만든 거여서 싸게 팔고 있어요."

쭈그려 앉은 정민 위로 그림자가 졌다. 고개를 들어보니 예리였다.

"제 동생이에요, 언니. 엄마 생신이 크리스마스라 선물 고르는 중."

둘은 쌍둥이라고 해도 될 만큼 똑 닮아 있었다. 다만 예리는 또래보다 키가 컸고, 남자아이는 또래보다 체구가 작고 키도 작았다.

"예리야! 오랜만이야. 어머니 생신이 크리스마스라니, 두 배로 즐겁겠네."

예리는 어깨를 한 번 으쓱해 보이며 "똑같죠, 뭐"라고 대수롭지 않게 말했다. 예리는 최근에 멀리 이사해서 공방과 정민의 집을 자주 찾지 못했다. 정민에게는 이사한 집도 저번 집과 크기가 비슷해서 호야를 데려갈 수 없다고 담백하게 털어놓았다. 정민은 예리의 동생에게 그릇을 거저 주고 싶었지만, 신중하게 그릇을 살피는 남매에게 함부로 그런 말을 할 수는 없었다.

"이 나초 그릇은 용도가 뭐예요? 뜬금없이 붙어 있는 이 작은 그릇은 뭐고요?"

야무진 예리가 동생을 대신해 그릇의 실용성을 꼬치꼬치 캐

물었다.

"나초랑 치즈 소스를 한 번에 담을 수 있는 그릇. 라면 그릇으로 쓸 때는 옆의 작은 접시에 김치를 담는 거야. 만두를 먹을 땐 작은 접시를 간장 종지로 쓸 수도 있고. 생김새는 조금 투박해 보여도 여기저기 쓸모가 많아."

"참 언니답다. 설거지 거리가 줄 것 같아서 좋긴 하네요."

예리는 동생에게 이 그릇을 사자고 설득했다. 어차피 바쁜 엄마를 대신해 자신이 설거지를 하니 이 그릇이 제일 좋겠다는 것이다. 남자아이는 썩 마음에 드는 눈치는 아니었지만 고개를 끄덕였다.

정민이 포장을 하는 동안 예리는 공방 사람들과 반갑게 인사를 나누었다. 그리고 정민이 걱정하던 일이 벌어졌는데 최근에 준이 공방에 나오지 않는다는 것을 예리가 알게 된 것이다. 아무렇지 않은 척하지만, 옆에서 본 예리의 볼이 불룩거렸다. 그래도 예리는 플리마켓이 끝난 후 있을 작은 크리스마스 파티에 오겠다고 했다. 조희는 예리와 동생에게 사탕을 하나씩 챙겨주며 7시에 공방으로 오면 맛있는 음식이 잔뜩 있을 거라고 사악한 마녀 같은 말투로 말했다. 예리는 "선생님, 핼러윈은 한참 전에 지나갔다고요"라고 관심 없는 척 새침하게 말하면서도 꼭 가겠다고 약속했다.

예리 남매를 시작으로 정민의 그릇이 조금씩 팔리기 시작했다. 예리의 동생처럼 부모님 선물을 사는 어린이들이나, 적은 아르바이트비로 자취방을 꾸미려는 대학생, 아니면 애매하게 남은 지역화폐를 쓰기 위해 정민의 그릇을 고르는 주부도 있었다. 이유야 어찌 됐든 정민은 그 그릇들이 그들의 주방에서 묵묵히 자기 역할을 해낼 것을 생각하니 기분이 좋았다. 마지막으로 유독 새하얀 커피 잔까지 팔려 나가자 소요 공방의 모든 매대는 텅텅 비게 되었다. 완판. 그 순간 홀가분하면서도 허탈함이 밀려왔는데, 정민의 마음속에 가득 차 있던 묵직한 무언가도 전부 빠져나간 기분이었다.

"도예가로 살면서 매번 느끼는 감정이지만, 통 익숙해지지 않아. 빈 매대는 이상하게 기분이 좋지만은 않고 허무해."

"선생님, 저도요. 그간 노력했던 시간이 사라져버린 것처럼 허전해요."

소타가 뒤에서 조희와 정민의 축 처진 어깨를 감쌌다.

"그 말은 조희와 정민 씨가 그만큼 정성을 들여 도자기를 만들었다는 거겠죠."

정민은 허무함이 온 마음과 정성을 쏟은 사람이라면 당연히 드는 감정이라는 사실에 안도했다. 이런 허무함이 무서워 끝을 보지도 않고 도망쳤던 일 년 전과 달리, 이제는 자신의 일에 흠뻑 빠져들어 충분한 시간을 들이고 싶다고 생각했다. 한 땀 한 땀 하루를 일궈가는 기쁨을 다시 만끽하고 싶었다.

*

플리마켓을 끝내고 나서 짐 정리를 하기 위해 모두 공방으로 돌아왔다. 공방은 바깥과 다름없는 온도였다. 네 명의 온기가 더해졌음에도 공방 구석구석에 냉기가 서려 있었다. 조희는 오늘의 하이라이트는 바로 이 시간이라며 재빠르게 음식을 꺼냈다. 근처 레스토랑에서 미리 포장해 온 로스트 치킨과 치즈 오븐 파스타 그리고 피자까지 데우자, 그제야 공방을 둘러싼 한기가 차츰 가라앉기 시작했다. 소타는 전날 미리 준비해둔 작은 크리스마스트리의 조명을 켰고 기식과 정민은 테이블을 세팅했다.

"축하의 의미로 와인을 준비했어요. 모두의 입맛에 맞을지는 모르겠지만 숍 사장님이 적극 추천하시더라고요."

기식은 종류가 다른 레드 와인 두 병을 꺼내 보여주었다.

"크리스마스에는 역시 레드 와인이죠. 음식 궁합도 그렇고요. 기식 씨, 센스 좋은데요?"

조희가 와인 잔을 꺼내며 반색했다.

"성공리에 끝난 플리마켓도 축하할 겸 제가 공방에 나오는 것도 오늘이 마지막이니까요. 축하주를 안 나눌 수 없죠."

기식은 고성의 공방을 정식으로 오픈하기 전에 미리 내려가 이것저것 준비할 계획이라고 했다. 몸을 굽혀 테이블보를 깔던 정민은 기식의 말을 듣고 순간 눈물이 왈칵 쏟아질 뻔했다. 정민은 그와 어떻게 마지막 인사를 해야 할지, 아직 아무것도 준비하지 못했다.

"이건 제 선물이에요. 명장이 만든 케이크래요. 크리스마스에는 항상 새하얀 딸기 생크림 케이크를 먹는 것이 나름 저만의 전통이에요."

정민은 일부러 발랄한 체하며 아침 일찍 공방에 들러 숨겨둔 케이크를 꺼내 왔다.

"정민 씨까지…… 고마워요. 전부 내가 다 대접하고 싶었는데."

조희는 두 손을 모아 감동한 표정을 지었다.

음식을 그릇에 소담히 담고 산타 모양의 아이싱 쿠키가 세워진 케이크까지 테이블에 오르자 비로소 크리스마스이브임을 실감할 수 있었다. 그때 누군가 익숙하게 공방의 문을 열었다.

"준아!"

"언제 오나 했다!"

"어서 와!"

모두들 한마디씩 하자 준은 머쓱하게 웃으며 대꾸했다.

"기식이 형한테 옷 돌려준다는 걸 까먹고 있었어요. 파티하고 계신 줄은 몰랐네요."

아직 입시 중일 것이기에 회원들은 준의 방문은 기대하지 않았었다. 그런데 이렇게 찾아와주다니. 조희는 준을 끌어안았다. 연신 고생했다고 말하며 저녁을 먹었는지부터 물었다. 준은 이른 저녁을 먹고 왔지만 조희를 위해 먹지 않았다고 착한 거짓말을 했다. 기식과 소타는 공방 구석에 있던 이인용 소파를 끌어와 준까지 앉을 수 있는 자리를 마련했다. 뒤이어 예리까지 오자 지혜를 제외한 공방의 정예 멤버가 모두 모였다.

예리는 준을 보자 말없이 미소 지으며 얼굴을 붉혔다. 예리는 정민에게 준과의 나이 차이를 한탄하면서 빨리 나이를 먹게 크리스마스가 얼른 왔으면 좋겠다고 여름부터 말해왔다. 정민은 그런 예리에게 준의 옆자리인 소파 자리를 내주었다.

소타가 고급 레스토랑의 웨이터인 체하며 한 명 한 명의 잔에 점잖게 와인을 따랐다. 어울리지 않는 소타의 모습에 모두들 웃음을 터뜨렸다. 소타는 준과 예리를 위해 과육 가득한 오렌지주스를 따를 때도 예외 없이 음료 병을 돌리며 '엔조이'라고 말했다. 1절만 하라며 야유를 보내면서도 하나둘 휴대폰을 들어 그 우스꽝스러운 모습을 담기 바빴다.

모두를 위한 크리스마스 생일상이 차려졌다. 소타의 퍼포먼스 때문에 촛농이 계속 녹고 있었다. 촛농이 케이크에 떨어질 것 같은 아슬아슬한 순간에 모두 가슴을 부풀려 숨을 훅 내쉬어 불을 껐다. 메리 크리스마스라고 크게 소리치는 어른들 틈에서 두 손을 꼭 모으고 말없이 기도하는 예리. 예리의 소원이 끝날 때까지 소리 없이 기다리는 어른들의 표정에는 하나같이 장난기가 가득했다. 한참 만에 눈을 뜬 예리는 "아, 뭐예요!"라며 부끄러워했지만, 덕분에 모두가 한 번 더 크게 웃을 수 있었다.

"저, 말할 게 있어요."

각자 플리마켓에서 만났던 가장 인상 깊은 손님에 대해 담소를 나누고 있을 때, 준이 불쑥 입을 열었다. 준이 먼저 말을 꺼내는 것은 드문 일이었으므로, 일순간 모두 준을 향해 고개를 돌렸다. 준은 부담스러운 듯 테이블에서 살짝 몸을 뗐다.

"기대도 안 했는데, 수시로 1지망한 학교의 도예과에 합격했어요. 그래서 정시고 뭐고 아싸리 노는 중이에요."

모두가 손뼉을 치며 자신의 일처럼 기뻐했고, 기식은 그럴 줄 알았다면서 준의 머리를 거칠게 쓰다듬었다.

"처음엔 이걸 기뻐해야 하나 싶어서 공방에 오지 못했어요. 사실 저는 도예 말고 그림을 그리고 싶거든요. 제 생각을 부모님께 말씀드리니까, 예상대로 노발대발하셨어요. 아직까지 냉전 중이고요. 하지만 도전해보려고요. 도예과라고 해서 그림을 아예 못 그리는 것도 아니고, 도자기 위에 그림을 그릴 수도 있고 복수 전공이라는 선택도 있더라고요. 무엇보다 이제는 제가 직접 길을 선택해 나가고 싶어요. 지혜 누나의 말에 각성이라도 됐나 봐요. 지금 여기엔 없지만."

준은 마지막 말을 빠르게 내뱉고는 오렌지주스를 벌컥 마셨다. 열 개의 눈이 자신을 바라보고 있는 것이 부담스러웠다.

"준, 안료는 넉넉히 있으니 작업할 곳이 마땅찮으면 언제든 공방을 찾도록! 네 자리는 언제나 비워둘 테니까."

든든한 조희의 말에 준은 긴장이 풀어진 듯 웃어 보였다. 거의 처음 보는 준의 편안한 미소에 정민은 두 손으로 얼굴을 감싸며 감격했다. AI 같던 준에게도 표정이 있구나. 게다가 그림을 그리고 싶다니. 공방에서 항상 표정이 좋지 않았던 준에 대한 의문이 사르르 풀리며, 선뜻 속 이야기를 해준 준이 고마웠다.

준의 합격 소식은 이 작은 크리스마스 파티의 온도를 한층 후텁지근하게 만들었다.

"정민 씨, 정민 씨도 말할 거 있잖아요."

기식이 케이크를 잘라 정민의 접시에 덜어주며 은근슬쩍 말했다. 정민이 눈을 크게 뜨며 조용히 하라는 신호를 보냈지만, 기식은 아랑곳하지 않았다.

"최근에 좋은 기회가 있었잖아요. 축하받아 마땅한 일은 말하고 다녀야 해요."

이번에는 모두의 시선이 정민에게 쏠렸다. "언니, 뭔데요?"라고 재촉하는 예리와 부담스럽게 그윽한 눈빛으로 정민의 입을 바라보는 조희까지. 지난주의 출판사 일을 공방 사람들에게 말할 계획이 없었던 터라 정민은 당황했다. 아무 일 아니라며 얼렁뚱땅 넘어가려는 그녀에게 기식이 남몰래 윙크를 보냈다. 할 수 있어요, 이렇게 응원을 보내면서.

"사실은 얼마 전에 공방 계정으로 출판사에서 DM 하나가 왔어요. 게시물 글이 좋아서 책을 출판하고 싶다고요."

여기까지만 말했는데도 벌써 박수갈채가 쏟아졌다.

"잠시만요! 축하하긴 일러요. 결론적으로 말하면 출판은 결렬됐어요."

"제의가 온 것만 해도 엄청난 거죠! 요즘 글 쓰는 사람이 얼마나 많은데요. 정민 씨 가능성 있나 봐요. 아니, 넘치지 넘쳐!"

소타가 정민의 능력은 자신이 가장 먼저 알아봤다면서 안목을 자랑했다. 그런 소타의 어깨를 조희가 누르며 말했다.

"너는 좀 가만히 있어 봐! 지금은 정민 씨 타임이라고. 그런데 왜 결렬됐는지 물어봐도 돼요?"

"출판사에서는 에세이를 출판하길 원하더라고요. 저는 소설을 쓰고 싶은데 말이죠. 그래서 거절했어요. 저도 제가 무슨 글을 쓰고 싶어 하는지 잘 몰랐어요. 그런데 이번에 출판사랑 미팅하면서 알게 됐어요. 아, 나 소설 쓰고 싶어 하는구나. 그래서 게시물의 글을 다시 정리해서 제대로 소설을 써보려고요. 공모전도 나가고 출판사 투고도 하고요. 저도 제가 소설을 다시 쓰게 될 줄 몰랐어요. 20대 초반에 신춘문예에 계속 낙방하면서 제대로 좌절했거든요. 그 뒤로 꿈을 아예 접은 줄 알았는데, 아니었나 봐요. 어째 제 마음을 제가 제일 모르네요."

"정민 씨, 지금 나 울 것 같아."

조희는 "나이가 들었는지 주책이네"라고 덧붙이면서 눈물 닦는 시늉을 했다.

"선생님 덕분이에요. 저를 믿고 SNS 관리를 맡겨주셨잖아요. 그래서 이런 기회도 온 거예요."

"게시물이 올라올 때마다 정민 씨의 글이 참 따듯하다고 생각했는데, 그걸 바탕으로 소설을 쓴다니……. 나 1호 독자 해도 돼요?"

조희는 정민에게 잔을 내밀었다.

"그럼요! 아직 출판도 못 했지만요."

"잠깐만, 그럼 저는 1호 팬이요."

기식도 조희에게 질세라 잔을 내밀었다. 소타와 준, 예리도 저마다 잔을 들어 건배했다. 조희는 "플리마켓 성공과 준의 대학교 합격, 정민 씨의 출판 제의, 기식 씨의 공방 창업 그리고……." 말을 하다 말고 이내 "모두를 위해!"라고 모든 축하를 함축하는 짧은 건배사를 했다. 올해 일어난 변화들에 미처 정신을 차리기도 전에 모두 잔을 부딪쳤다. 마치 이 행복이 곧 사라져버릴까 봐 조바심이 날 만큼 모두에게 그 순간이 소중하게 느껴졌다.

어른들만 남은 늦은 저녁. 파티의 수다는 치즈 오븐 스파게티가 차갑게 식을 때까지 이어졌다. 기식이 사 온 와인 덕분에 다들 취기가 올라 있었고, 안주는 어느새 조희가 뚝딱 만든 핑거

푸드로 바뀌어 2차가 시작되었다. 멀찍이 떨어져 있던 기식은 어느새 정민의 옆자리에 와 있었다.

"정민 씨, 저랑 같이 고성 갈래요?"

기식이 카나페를 하나 집어 들며 대뜸 말했다. 조희와 소타는 추억 얘기에 빠져서 기식과 정민의 대화가 들리지 않는 듯했다. 정민은 술이 확 깨는 것 같았다. 반면에 기식은 취한 건지 맨 정신인 건지 알 수 없는 얼굴색을 하고 있었다. 평상시와 똑같이 백곰처럼 하얬다. 정민이 혼자 집에서 호야를 쓰다듬으며 상상했던 일이 실제로 일어났다. '만약에 그가 같이 고성에 가자고 한다면…….' 이 말 뒤에 차마 말할 수 없는 달콤한 상상을 덧붙이던 자신의 모습을 들킨 것 같아 묘하게 수치스러웠다. 게다가 자신이 은근히 기식의 제안을 기대하고 있다고 생각했는데, 막상 듣고 보니 달갑지만은 않았다.

"정민 씨가 카페 운영을 맡아 하고 바다 보면서 글 쓰는 거예요. 카페에서는 바다가 넓게 보여요. 지금은 겨울이지만 여름에는 서핑 하는 사람들도 많고요. 또 가끔 도자기 굽고 싶으면 공방으로 넘어와서 같이 구우면 되고요. 카페랑 공방이 통로로 이어져 있거든요. 카페는 사람들의 이야기가 오고 가는 공간이니까, 글 쓰는 데에도 도움이 되지 않을까요? 물론 이것만이 이유의 전부는 아니지만……. 지금 제가 생각을 너무 필터 없이 내뱉는 것 같네요."

기식은 처음에 기세 좋게 고성에 같이 가자고 제안할 때는 언제고, 정민의 심드렁한 반응에 목소리가 갈수록 작아졌다.

"예상치 못한 말이라 바로 대답은 못할 것 같아요. 사실 지금 살짝 혼란스러워요."

정민은 남아 있는 취기를 티 내지 않으려고 한 마디 한 마디 꾹꾹 눌러서 말했다. 그녀도 이제 서른이었고, 그를 따라 고성으로 간다는 것은 좋아한다는 마음만으로 결정할 수 있는 문제가 아니었다.

"그렇죠. 너무 갑작스럽죠. 내내 생각해온 제안이긴 한데, 정민 씨한테는 갑작스러울 수밖에 없죠. 그렇죠. 제가 성급했어요……."

기식은 민망한 듯 이리저리 자세를 고쳐 앉았다.

"뭐야? 이거 스카우트 제안인 건가요?"

기식의 말에서 몇몇 단어를 듬성듬성 들은 듯 소타가 둘의 대화에 끼어들었다.

"아, 네. 뭐, 그렇다고 할 수 있죠. 정민 씨는 욕심나는 인재잖아요."

기식은 소타 덕에 어색한 상황을 겨우 모면할 수 있었다.

"맞아요. 저도 처음에 우리 회사로 스카우트 제안을 하고 싶었죠. 그런데 정민 씨는 어디에 매여 있는 건 싫다고 딱 잘라 말하더라고요. 그때 조금 상처받을 뻔했는데, 오늘 소설을 쓰고 싶다고 말하는 거 보고는 이해가 됐어요. 하고 싶은 일이 마음 안에 크게 자리하고 있는데 다른 일에 매이게 할 순 없잖아요."

"어디에 매이는 건 누구에게나 싫은 일이죠……."

기식이 소타의 마지막 말을 되뇌었다. 옆에 앉은 정민만 알아볼 수 있을 정도로 그의 표정이 미묘하게 굳었다.

의도하지 않았고 원하지도 않았지만, 자신의 제안이 소타의 말처럼 정민에게 그런 식으로 들렸을까 봐 기식은 겁이 났다. 자신에게 고성은 새로운 도전이자 개척이지만, 정민에게는 답답한 외딴섬에 불과할 수 있다는 점에 생각이 닿았다. 그러자 기분이 빠르게 심해로 가라앉았다. 전에 아라에게도 고성에 함께 가자고 제안했다가 거절당했던 일이 불현듯 떠올랐다. 그때 아라는 "넌 늘 좋은 상황만 상상하더라"라고 말했다. 정민에게 말한 장면 역시 기식 혼자만의 상상 속 좋은 그림에 불과할지 모른다. 바다를 보면서 글을 쓰고, 커피를 내리고, 주말에는 도자기를 굽는다니……. 배려 없는 말들에 후회가 밀려왔다. 생각이 짧은 말을 내던진 자신의 멍청함에 화가 치밀었다. 기식은 정민에게 사과의 의미로 잔을 들어 건배를 청했다. 달콤한 와인에서 처음으로 쓴맛이 났다. 치즈로 입가심을 할 엄두조차 나지 않았다. 일부러 술을 더 마셨지만, 취하지도 않고 민숭민숭하기만 했다.

정민의 뜨악한 반응 후로 기식은 정민을 등지고 앉아 소타와만 대화를 나누고 있었다. 아니, 소타의 얘기를 듣고만 있었다.

정민은 그의 옆모습을 곁눈질하면서 그도 진즉에 술이 깼다는 걸 알아챘다. 정민은 남몰래 그와 함께하는 고성에서의 생활을 상상할 때면 슬며시 미소가 지어지곤 했다. 하지만 곧 포기해야 하는 것들이 하나둘 떠오르며 미소는 금방 사라졌다. 새로운 꿈에 도전하려는 중요한 시기라 무모한 모험을 하고 싶지 않았기에, 붕 뜨는 마음을 붙잡아야 했다. 정민이 속으로 우왕좌왕하는 사이에 기식이 한 발짝 먼저 그녀의 마음속으로 들어오려고 했다. 그런데 정민은 곧장 마음의 문을 열지 못했다. 아직도 여유로움이 들어설 자리가 없는 것일까. 정민의 마음은 곧 바스러질 듯 불안해졌다.

*

해롱거리던 소타가 조희의 어깨에 두 손을 올리며 "조희는 저에게 맡기시고 얼른 들어가 보세요"라고 말했다. 오히려 그가 더 얼큰히 취한 것 같았다. 조희는 징그럽다는 듯 소타의 손을 털어냈다. 자신이 소타를 데려다줘야 할 것 같은데, 정민과 기식에게 뒷정리를 부탁해도 되냐고 물었다. 정민은 그와 단둘이 남게 되는 상황을 피하고 싶었지만 소타의 상태가 좋지 않아 보여 어쩔 수 없었다. 기식은 말없이 먼저 정리를 시작했다.

둘은 남은 음식과 테이블을 치우는 내내 한마디도 하지 않았다. 어색함을 깨는 것조차 부담스럽게 느껴졌다. 정민이 마지막

종량제 봉투까지 꽉 채우고 나갈 채비를 하는데 기식이 그녀를 붙잡았다.

"아직 정리가 덜 끝났어요."

"웬만한 건 다 끝낸 것 같은데요?"

기식이 가마터 가장 안쪽으로 향했다. 정민이 기식을 따라가니 다시 공방 문을 연 지난여름부터 지금까지, 회원들이 작업하다 망친 도자기가 한 무더기 쌓여 있었다. 도자기들의 무덤인 도총이었다. 한 달간 플리마켓을 준비하는 동안 다양한 이유로 상품이 되지 못한 그릇과 화병이 더해져 그 양이 배가 되어 있었다. 이가 나갔거나, 금이 갔거나, 심한 경우에는 깨지기까지 하고 몇 개는 채 구워지지도 못한 심하게 어그러진 기물들이었다.

"한 해의 마지막에는 이걸 다 깨야 해요. 그래야 내다버릴 때 편하거든요."

말이 끝나기 무섭게 기식이 작은 그릇 하나를 들어 도자기들이 든 드럼통 속으로 떨어뜨렸다. 쨍강 소리를 내며 그릇이 산산조각 났다. 기식은 망설임 없이 자신이 만들었던 실패한 도자기들을 깨나갔다. 날카로운 소리에 정민은 움찔하면서도 그 행위를 보고 있자니 뒤통수가 찡하고 울리며 왠지 모를 카타르시스가 느껴졌다. 정민이 망친 도자기는 다른 회원들에 비해 단연 많았다. 그중에서 가마의 온도가 버거웠는지 밑면의 흙이 부풀어 터진 커피 잔을 집어 들었다. 조심스레 내던지자 작게 포물선을 그리며 빙빙 돌다가 다른 도자기에 부딪히며 퍽 하고 시원스레 깨졌다. 정민은 하나둘, 거침없이 도자기를 깨나갔다. 초벌 때 모양이 망가진, 도자기가 되지 못한 기물은 손에 살짝만 힘을 줘도 쉽게 파사삭 부서졌다.

망치로 내리치면 쩌적 하며 사방으로 금이 가면서 깨지는 도자기에 스트레스가 풀렸고, 점점 재미가 붙었다. '지금껏 도자기에 흠 하나 없길 바라왔는데, 이렇게 내 손으로 깨버리다니.'

"정민 씨가 만든 화병은 거의 다 여기에 있는 것 같아요."

기식이 정민의 어그러진 화병 하나를 들어 보였다. 정민이 어설프게 기식의 화병을 따라한 것이었다.

"제 화병은 하나같이 금이 가거나 깨지더라고요. 그나마 괜찮은 건 남한테 줘버리고…… 화병이 선물하기에는 좋잖아요. 그래서 그런지 우리 집에는 아직도 화병이 없어요."

정민이 마지막으로 나초 그릇까지 깨버렸다. 붙어 있던 소스 그릇이 아예 떨어져 나간 망작이었다. 조각 하나가 튀며 정민의 발치까지 데구루루 굴러 왔다. 면이 무디게 깨진 조각이었다. 정민은 제 손이 안 닿은 부분이 없을, 한때 자신의 기대와 정성이 담겨 있었을 조각을 집어 들었다.

"이렇게 깨버리는 거 허무하진 않아요?"

"다시, 다시 구우면 되니까요. 그래서 전 도자기에 금이 가고 깨져도 괜찮아요. 나는 계속 구워낼 거니까. 도자기든 사람이든

한 번에 모양이 나오는 건 없잖아요. 되레 몇 번의 구워냄 끝에 얻은 것이 더 값지고요."

기식은 망치로 큰 조각을 잘게 부수며 속으로 아까 자신이 뱉은 경솔한 말을 되새김질했다. 도자기와 함께 그 말도 던져버리며 와장창 깨버린 참이었다. 정민을 향한 마음을 다시, 다시 구워내기 위해.

정민이 손에 쥔 조각을 기식에게 건넸다.

"……나중에 다시 물어봐 줄 수 있어요?"

누군가와 새로운 관계를 맺고 엮이는 것은 정민이 감내해야 하는 고통 중 하나였다. 그녀의 경험에 의하면 연애의 끝은 언제나 최악이었으니까. 관계가 시작되기도 전에 끝과 최악을 생각하게 되는 건 그녀의 오랜 버릇이었다. 이번만큼은 달랐으면 했다. 정민에게는 시간이 조금 더 필요했다.

기식이 조각을 받아들며 고개를 끄덕였다. 다음에는 더 괜찮은 말로 정민의 마음을 움직여야겠다고 다짐하면서.

어느새 자정이 지나 있었다. 올해의 크리스마스는 어떻게 추억될지 아직 알 수 없지만 아주 오래오래 기억하고 싶다고 정민은 생각했다.

하필 밤가시마을

구정 연휴까지 훌쩍 넘겨 '새해 복 많이 받아'라는 인사가 민망해졌을 때, 정민은 주란과 만나기로 했다. 정민이 먼저 말을 꺼냈는데 오히려 주란이 조금 더 몸이 편해졌을 때 천천히 보고 싶다고 했다. 주란에게서 다시 연락이 온 것은 2주 뒤였다. 퇴사를 했으니 이제 시간이 많다며 만나자고 했다.

그녀는 일산의 한 병원에서 통원 치료를 받고 있다면서 백석역으로 갈 테니 다음 주 목요일에 점심을 먹자고 했다. 정민은 무슨 병원인지, 어디가 아픈 건지, 회사는 갑자기 왜 그만둔 건지 조목조목 묻고 싶었지만 이런 긴 이야기는 얼굴을 보면서 하는 걸 좋아하던 어린 주란이 떠올랐다. 다음에 만나서 할 이야기를 예고편처럼 살짝 흘리던 아이. 이럴 때 재촉하면 안 된다는 걸 정민은 잘 알고 있었다.

백석역 근처 만두전골 집. 주란은 두꺼운 겨울옷을 몇 겹이나 껴입었지만, 야윈 모습이 가려지지 않았다. 몇 달 사이에 갑자기 마른 것 같았다.

"옛날에 용돈 몇백 원씩 아껴서 왕만두 사 먹었던 거 기억나? 그런데 벌써 만두전골을 먹는 어른이 됐네. 진짜 신기해."

주란은 손이 시린지 두 손으로 공깃밥을 쥔 채 말했다. 겨울 나뭇가지 같은 손이 빨갰다.

"그러니까 말이야."

정민이 주란의 앞접시에 만두와 고기, 국물까지 자작하게 담아주며 답했다. 정민은 주란을 마주하는 것이 한결 편해진 것을 느낄 수 있었다.

"그런데 너, 요즘 인스타그램에 연재하는 소설 잘나가더라?"

"그걸 봐?"

정민은 부끄러워서 어쩔 줄 몰랐다. 소설 속 유정의 과거 이야기에는 주란을 모티프로 한 캐릭터가 등장했다. 그것까지 알아챘을 리야 없겠지…….

"응, 효석이가 알려줬어. 처음부터 끝까지 다 봤어. 나 알림까지 설정해놓은 열혈 독잔데? 그런데 날 등장시켰으면 출연료를 줘야지…… 야, 만두전골 네가 사라! 내 출연료 비싼데 그냥 퉁

쳐주는 거다."

"응, 꼼꼼히 읽었나 보다?"

"그럼. 댓글도 꽤 달리고 인기 있더라."

조희와 지혜, 효석, 소타가 항상 댓글을 달아주었고 그 외에 낯선 아이디 몇 개가 전부였다. 낯선 아이디들이 단 댓글은 기식일 것이 분명한 내용이었다. 허술하게도 매번 같은 말투에 틀리는 맞춤법마저 같았다.

"보는 사람만 보는 거지, 뭐. 너도 댓글 달고 그래?"

"아니, 난 눈팅만 해. 아, 그래도 하트는 눌러준다."

나중에 소설이 책으로 나오면 주란도 읽어줄까. 읽고선 과연 어떤 말을 할까. 댓글을 달지 않는다는 주란의 말에 정민은 자신이 아직 멀었다고 생각했다.

주란은 앞접시에 담긴 음식들을 장난치듯 휘적거리고는 콩나물이나 배추 몇 조각만 집어먹었다. 만두와 고기가 수북이 쌓여 있는데 그것들만 요리조리 피해 갔다. 일산까지 와줬는데 입맛에 맞지 않는 건가, 정민은 속으로 걱정이 됐다.

"이거 먼저 묻고 싶었어. 병원은 왜 다니기 시작한 거야?"

"말도 마, 널 생각할 틈도 없이 정신없이 바빴어. 지난주까지만 해도 평일은 회사에, 주말엔 난임 치료 받으러 일산까지 와야 했다니까. 남편이 아는 의사한테 여기 병원을 추천받았거든. 사실 회사도 그래서 그만둔 거야. 잘 차려입고 앉아만 있을 것 같은 비서도 몸이 꽤 힘든 직업이야. 보스는 여기저기 전국구 출장이 많은데 그걸 다 따라다녀야 하지, 맨날 비행기 표 예매 못 할까 봐 휴대폰에서 손을 못 떼지, 거래처 사람들의 비위까지 맞춰야 하지, 여간 피곤한 게 아니야. 일이 힘들어서 애가 안 서나 싶어서 퇴사했어."

주란의 남편은 여섯 살 연상이었다. 시부모도 남편의 적지 않은 나이를 걱정하며 압박해 왔다고 주란은 솔직히 털어놓았다. 그러나 그건 그리 큰 문제가 되지 않았다. 가장 아기를 원하는 건 주란 자신이라고 했다.

"원인도 모르고?"

"그렇지. 시부모님이야 남편 나이가 염려된다고 말씀하시지만 사실 아직 그이도 젊은 나이고, 우리 둘 다 병치레도 없는 사람들이야. 병원에서는 우선 스트레스 요소에서 최대한 멀어지라는 말만 되풀이해. 의사도 더 이상 해줄 말이 없겠지."

"스트레스겠네. 넌 예전부터 아이들 많은 집의 엄마가 되는 게 꿈이었잖아."

정민은 주란이 어렸을 때부터 얼마나 엄마가 되기를 꿈꿨는지 알기에, 그녀의 난임이 더욱 안타까웠다.

"콤플렉스인 걸까. 이혼 가정이 요즘 흔하다고 해도 나는…… 그냥 내 마음이 그래. 온전한 가족 구성원에 한 번이라도 속하고 싶어. 엄마와 아빠, 아이가 다 있는. 이렇게 말하면 정말 재수 없게 들릴지 모르겠지만, 나 남편 잘 만났다? 현명하고 성실하고 언제나 내 편이 되어주는 좋은 남자야. 우리 부모님처럼 중간에 헤어지는 일 없이 도란도란 살 수 있겠다, 이런 자신이 생겼어. 그런데 유산을 했을 때는 정말……. 하나님에게까지 욕을 퍼부었지. 나쁜 일 안 하고 꽤 괜찮게 살아왔다고 생각했거든. 누구는 태어날 때부터 갖는, 구성원이 모두 있는 평범한 가족, 그걸 갖고 싶은 게 그렇게 욕심인 걸까?"

주란의 눈가가 빨개졌다. 울음을 억지로 참고 있었다. 정민이 휴지를 내밀었다. 정민은 언제나 말을 들어주는 쪽이었다. 친구가 아픔을 토하는데도 덤덤히 휴지나 주면서 가만히 듣고 있곤 했다. 남이 보기엔 차가워 보일 수 있겠지만, 이건 어떠한 동정이나 연민 없이 상대의 이야기를 들어주는 정민만의 방식이었다.

"이러고 싶지 않은데, 너만 보면 이런 이야기가 나온다? 다른 사람들은 자신의 경험 운운하면서 무조건 위로하려고 들거나 희망적인 말로 마무리하려고 하거든. 그런데 넌 그러지 않잖아."

주란은 한참 동안이나 눈물을 쏟아냈다. 실컷 운 주란은 코를 풀다가 머쓱했는지 살짝 웃어 보였다. 열다섯 살의 주란도 코를 풀다가 웃곤 했는데……. 정민은 잠시 회상에 잠겨 자신도 코끝이 찡해졌다.

충혈됐던 주란의 눈이 다시 하얗게 돌아오고 둘 다 배가 가득 차자 정민은 쇼핑백을 주섬주섬 꺼냈다. 지금이 타이밍인 것 같았다.

"받아. 이거 주려고 만나자고 했어. 너한테 어떤 그릇이 필요한지 몰라서 고민했는데 네가 우리 족발집에서 사이드로 나오는 파전을 좋아하던 게 생각나더라고. 전이든 뭐든 담을 수 있는 그릇이야."

정민이 미리 포장까지 해둔 평퍼지고 널찍한 바구니 모양의 그릇을 주란에게 건넸다. 물레 위에서 처음으로 중심을 잡았던 날 만든 그릇이었다. 그때 온전하게 나온 건 두 개였는데, 하나는 엄마에게 선물한 화병이었다. 엄마 다음으로 누구의 얼굴이 떠오를까 했는데, 주란의 얼굴이 내내 맴돌았다. 결국 정민의 두 번째 그릇은 옛 친구의 차지가 되었다.

"네가 만든 거야? 원데이 클래스 때는 엉성해 보였는데, 언제 이렇게 실력이 늘었데? 살다 살다 이런 정성스러운 선물은 또 처음 받아본다! 고마워."

주란다운 호들갑에 정민은 쑥스러웠지만, 그녀가 진심으로 하는 말이라는 것을 알 수 있었다.

둘은 카페를 찾아 밤가시마을로 향했다. 밤가시마을이 있는 정발산역까지 족히 삼십 분은 걸어야 했다. 둘은 정민이 주란의 집에서 잘 때 주란의 아버지가 항상 검은색 칫솔을 내주었다는 그런 시시콜콜한 추억을 하나씩 길 위에 뿌리면서 천천히 걸었다. 길바닥에는 이번 겨울의 마지막 눈이 미처 다 녹지 못한 채 살얼음으로 남아 있었다. 이마저도 반나절이면 모두 녹아 없어질 것이다. 슬그머니 봄이 오고 있었다.

밤가시마을 앞 대로변의 샛길에서 정민이 조심스레 물었다.

"넌 그날이 기억나?"

주란은 과거를 더듬듯이 천천히 말문을 열었다.

"응. 아빠가 갑자기 저녁에 드라이브를 가자고 했어. 그때 택배 차를 처음 타봤는데 슬프더라. 매일 이 작은 공간 안에 갇혀서, 어딘가로 누군가의 행복과 불행을 전하러 다니는구나 싶어서. 그 후의 일은 사실 기억이 잘 안 나. 경찰서에서 아줌마랑 널 마주쳤던 것 정도? 크면서 아빠랑 이야기 나누면서 그날 일을 조각조각 맞춰 나갔지, 뭐."

"우리 아빠는 그날 이후로 말없이 떠나버려서 아무런 변명도 듣지 못했어. 아빠한테 묻고 싶은 것도, 듣고 싶은 것도 많았는데 그전에 먼저 해주고 싶은 말이 있었어."

정민은 걸음을 멈추고 주란을 바라보았다.

"괜찮냐고 묻고 싶었어. 아빠 셔츠에 피가 아주 많이 묻어 있었거든. 너와 네 아빠를 앞에 두고도 그 인간 걱정이 앞서더라. 최악이지? 나도 그 사람이랑 같은 부류구나, 벗어날 수 없구나……. 그래서 네 곁에 있으면 안 될 것 같았어. 또 너한테 상처를 줄까 봐 아주 멀어져야 한다고 생각했어. 그만큼 너는 나한테 소중한 친구였거든."

차마 하지 못했던 마지막 말까지 내뱉자 정민은 비로소 후련함을 느꼈다. 주란은 친구의 고백을 곱씹다가 천천히 입을 뗐다.

"그냥 친구가 아니고 소중한 친구, 이 말이 어찌나 듣고 싶었던지……. 근데 아빠가 걱정된 건 당연한 거 아니야? 가족이잖아. 당연한 걸 당연하지 않다고 생각하는 거, 그거 힘든 일이야."

정민은 오랫동안 꽉 쥐고 있던 주먹에서 힘이 스르륵 빠져나가는 것 같았다. 세상이 자신에게 매정하다고, 가끔은 폭력적이기까지 하다고 분통을 터트렸지만 결국 그녀 자신이 스스로에게 가장 심한 짓을 했다는 것을 깨달았다. 자신의 감정에 자해하는 것만큼 매정한 것이 있을까. 자신의 마음에 스스로 칼질하는 것만큼 폭력적인 것이 있을까. 마음을 끄집어내어 구석구석에 말라붙은 악취 나는 땀을 말끔히 씻어낸 것 같았다. 그러자 이래도 되나 싶을 정도로 삶이 한결 가볍게 느껴졌다.

"미안해, 주란아. 아버지 일 정말 미안해."

정민은 주란에게 처음으로 미안하다고 말했다. '괜찮아'라는 말을 듣고 싶어 하는 걸로 들릴까 봐, 그동안 하지 못하고 꾹 눌러온 말이었다.

"됐어. 사과는 그걸로 충분해."

주란은 용서한다는 말은 하지 않았다. 용서받아야 할 사람은 정민이 아니었으니까.

"그런데 우리가 다시 만났을 때 넌 어떻게 그렇게 웃을 수 있었어?"

"글쎄…… 나도 처음엔 네가 끔찍했어. 학교에서 마주칠 때마다 치가 떨릴 정도로. 그런데 십 년이 훌쩍 지나고 여느 날처럼 주일에 교회에서 예배를 드리는데 문득 그날이 생각나더라. 네가 우리 교회에 놀러 왔던 날, 갑자기 예배 중간에 나가버렸잖아. 아버지 하나님이라고 기도해야 하는데, '아버지'라고 말하기 껄끄럽다고. 그런 너한테 뭘 더……. 차라리 네가 미워할 수밖에 없는 나쁜 애였다면 좋았을 텐데."

둘 사이로 뜨뜻미지근한 바람이 불어왔다. 나무껍질 바로 밑에 새순을 머금은 밤나무의 가지들이 이른 봄바람을 따라 일제히 흔들렸다.

"왜 하필 여기였을까? 우리가 다시 만난 곳이."

주란이 '흠' 소리를 내며 골똘한 척을 했다. 딱히 답을 바라지 않고 혼잣말로 뱉은 그녀의 말에 정민은 씨익 웃어 보였다.

"……주란아, 밤가시마을이 왜 '밤가시'마을인지 아니?"

*

소요 공방에는 여기저기 카메라가 세팅되었다. 대충 정리가 끝났을 때쯤 구 작가가 들어왔다.

"작가님! 오랜만이에요. 잘 지내셨어요?"

"나야 잘 지냈죠. 유 작가, 오늘 정말 고마워요. 날 살렸다니까!"

거의 일 년 만에 본 구 작가는 예전과 달라진 것이 없었다. 그녀는 먼저 와 있던 카메라 감독과 피디에게 인사를 한 뒤 조희에게도 싹싹하게 인사를 건넸다.

"십 분 뒤에 촬영 들어갈게요. 마지막으로 거울 보시고 자리에 앉아주시면 됩니다." 피디가 조희에게 외쳤다.

조희는 긴장한 듯 거울 앞에서 연신 머리를 매만졌다. 그녀를 진정시키려는 듯 효석이 활기차게 말했다.

"선생님, 예뻐요, 예뻐. 그러다 오히려 머리에 떡 진다니까요? 가만 좀 있어 보세요."

촬영을 구경하러 온 효석이 매니저를 자청하며 조희의 머리를 정리해주었다.

"자, 오케이! 이제 더 이상 만지지 마세요. 딱 좋으니까요."

정민이 조희에게 물병을 건네며 말했다.

"선생님, 이제 앉으셔야 해요."

조희가 생긋 웃으며 자리로 가 앉았다. 조희는 평소와 같았지만, 정민은 은근 눈치가 보였다. 얼마 전 구 작가한테서 연락이 왔다. 교육청 협찬으로 '다양한 직업인을 소개하는' 유튜브 영상을 제작하게 됐는데, 정민이 도예를 배우고 있다는 사실이 떠올랐다고 했다. 그녀는 정민이 다니는 공방의 도예가에게 촬영

할 의사가 있는지 물어봐 달라고 부탁했다.

처음에 조희는 거절했다. 정민이 난감해하는 걸 눈치 챈 조희가 물었다.

"정민 씨, 부탁하고 설득하는 거 되게 싫어하죠?"

"네. 그 사람이 싫다면 싫은 거니까……. 그래서 옛날에는 선배들한테 많이 혼났어요. 출연자가 싫다고 해도 어떻게든 되게 하는 게 작가의 역할이라면서."

"내가 거절하면 정민 씨가 난감해지는 거예요?"

"아뇨! 그런 건 아니에요. 제 일도 아니고 그냥 친한 선배의 부탁이라……."

조희는 고심하다가 추억이 될 것 같다며 이내 정민의 부탁을 들어주었다. 정민은 괜히 자기 때문에 조희가 귀찮은 일을 떠안게 된 것 같아 마음이 편치 않았다.

구 작가가 피디와 사인을 주고받았다.

"자, 박수 한 번 쳐주세요. 그러면 바로 카메라 돌아갑니다."

조희의 박수 소리와 함께 시작된 촬영. 질문은 어렵지 않았다. '도예가'라는 직업인이 되는 방법, 직업의 희로애락 그리고 이 직업을 어떤 학생들에게 추천하고 싶은지……. 그런데 막상 카메라가 돌아가자 조희는 좀 전의 긴장은 어디 갔냐는 듯 술술 인터뷰를 했다. 여유 있는 농담과 제스처까지, 완전 방송 체질이었잖아!

"선생님 장난 아니시죠?"

효석이 옆으로 오더니 자그맣게 말했다.

"네…… 저 정도면 인터뷰 학원 다니시는 거 아니에요?"

"우리 선생님이 유명한 도예가였으니까요. 여기저기 인터뷰 많이 하셨거든요. 그래서 익숙하신 거예요."

긴장된다는 건 다 연기였나. 정민은 혀를 내둘렀다.

능수능란한 조희 덕에 인터뷰는 빠르게 진행되었다.

"이제 마지막 질문인데요. 앞으로 도예가로서 계획이 무엇인지 궁금합니다."

"저는 사람들을 가르치는 걸 좋아해요. 그래서 이렇게 공방을 운영하면서 회원들을 만나는 것이 크나큰 즐거움이에요. 그런데 앞으로는 작품 활동을 재개해볼까 해요. 전처럼 전시회도 열고요."

"……네! 감사합니다. 말씀을 워낙 잘하셔서 금방 끝났네요. 인터뷰는 여기서 마치고 이십 분 쉬었다가 인서트 촬영 들어갈게요."

조희의 답을 들은 정민은 순간 멈칫했다. 작품 활동을 다시 시작한다는 것은 소요 공방에서 더 이상 수업을 하지 않는다는 걸까. 설마 이 촬영을 하겠다고 한 것도 마지막 추억으로 남기려고? 조희에게 따져 물으려는데 구 작가가 정민의 앞을 막아섰다. 커피를 사러 같이 나가자는 거였다. 할 이야기가 있는 눈치였기에 정민은 어쩔 수 없이 그녀를 따라 나섰다.

"유 작가, 건강해졌네요?"

커피가 든 캐리어를 하나씩 들고 공방으로 돌아가는데 구 작가가 얼굴을 훅 내밀어 정민을 뜯어보듯이 살피며 말했다.

"네?"

"옛날보다 살도 오른 거 같고……. 그래, 안색이 좋아졌네. 역시 이 일을 그만둬야 건강을 되찾나 보다."

정민 스스로 생각해도 전보다 살이 좀 찐 것 같았다. 군것질로 찐 보기 싫은 살이 아니라 건강하게 붙은 살이었다. 도자기를 만들며 조금씩 요리를 하기 시작해서 그럴 것이다.

"그런데 작가님, 요즘은 방송 프로그램 안 하세요? 오늘 촬영도 유튜브에만 송출하는 거던데."

"어머, 유 작가! 젊은 사람이 트렌드를 몰라서야……. 요즘은 방송이 아니라 유튜브랑 라이브커머스가 대세예요. 그래서 말인데 자기 혹시 나랑 다시 같이 일해보지 않을래요? 내가 이번에 유튜브 회사를 정식으로 차릴까 고민 중이거든요. 크게는 아니더라도 마음 맞는 피디랑 작가들끼리 옴싹옴싹."

"아…… 제안은 감사한데 전 이제 방송 일은 그만하려고요."

정민이 난처한 표정으로 말했다.

"혹시 그 일 때문에? ……그런 거라면 내가 미안해요. 그때 유 작가 편에 서주지 못해서. 못난 선배였어요, 나."

구 작가는 정민에게 진즉 이 말을 하고 싶었다고 덧붙였다. 통화로 수다를 떨던 그 긴 시간 동안에도 내내 마음 한구석이 불편했다고. 정민은 선배의 진심어린 사과에 마음이 간질거렸다.

"그 일은 벌써 다 잊었어요. 저도 잘한 거 하나 없는걸요. 그리고 사실 다른 일에 도전해볼까 해요."

"다른 거 뭐 하려고요? 언론고시 피디? 광고회사? 아니면 요새 유행한다는 IT 개발자? 유 작가 나이면 뭐, 아직 젊으니까 언제든 새 출발할 수 있죠."

궁금한 것을 참지 못하는 구 작가의 솔직한 화법. 굳이 분류하자면 조희와 정반대의 사람이었다. 그렇다고 그런 구 작가를 싫어하는 건 아니었다. 정민은 그녀의 반응이 예상되어 말을 하기 더 어려웠지만 그렇다고 안 할 수도 없었다.

"그런 건 아니고…… 소설 써보려고요."

역시 못마땅하다는 듯한 구 작가의 표정.

"방송 작가들이 자기 글 한번 써보겠다고 소설이나 에세이에 많이들 도전하죠. 그런데 결과가 딱히……. 나도 이 경력에 책 출판하겠다고 글 썼다가 공모전에서 퇴짜 맞았잖아요. 존심 상하지! 그 길이 글만 잘 쓴다고 해서 되는 것도 아니고, 쉽지 않아요. 게다가 돈벌이가 보장되는 것도 아니고."

마지막 말이 정민의 가슴을 후벼 팠다. 그런데 이미 굳건히

먹은 마음, 어찌할 수 없는 노릇이었다.

"작가님, 제가 옛날에 팀 원고 다 인쇄해서 읽고 다녔던 거 기억나세요?"

"그럼요. 내가 다른 팀에다 우리 막내는 원고 도둑이라고 말하고 다녔잖아요. 공부 열심히 하는 애라고. 글에 대한 애정이 남다르다고."

"서브로 입봉 하고 나서 제가 쓴 글도 전부 인쇄했거든요. 오탈자 체크할 때 종이로 보는 것이 더 좋기도 하고 그냥 사락사락 하는 종이 소리도 좋아서요. 그런데 작년 여름이었나? 제가 쓴 글을 모두 모아 캐리어에 넣어서 정리했어요. 그랬더니 24인치 캐리어에 꼭 맞게 들어가는 거예요. 내가 이만큼 많이 썼구나 싶었는데 그중 온전히 기억나는 문장이 하나도 없는 거 있죠?"

가만히 듣고 있던 구 작가가 씁쓸하게 말했다.

"방송 원고는 빠르게 휘발되죠. 말로 들을 수밖에 없는, 사람들이 직접 보고 읽을 수 없는 글이니까. 방송이 끝나면 끝. 채널을 돌리면 끝."

"작가님, 저는요, 이제 기억이 나는 글을 쓰고 싶어요."

"유 작가, 자기가 글 잘 쓰는 거 알죠?"

"……."

선배 작가에게 글 칭찬을 얼굴 보며 직접적으로 듣는 것은 처음이었다. 정민은 가슴이 두근거렸다.

"2월은 아직 춥네."

구 작가가 몸을 으슬으슬 떨며 중얼거리다 못 참겠다는 듯 공방 문을 열었다.

"안 들어와요?"

"아, 네, 들어가요!"

조희가 물레를 돌리는 모습과 가마에 기물을 넣는 모습 그리고 효석이 특별 출연해 회원을 가르치는 모습까지 찍자 촬영이 마무리되었다. 제작진이 물러가자 공방은 다시 평소의 분위기로 돌아왔다. 기가 빨린 듯 힘이 풀려 효석과 정민이 의자에 털썩 주저앉았다. 괜찮아 보이는 건 조희뿐이었다.

"선생님, 저는 카메라 앞에 십 분 있었는데도 너무너무 피곤해요. 정말 대단하세요."

"이 정도야, 뭐. 다들 지쳐 보이는데 오늘 맛있는 거 먹어요."

정민은 아까부터 조희에게 묻고 싶었던 것이 생각났다.

"근데 선생님, 이제 공방 수업은 운영 안 하는 건가요?"

"정민 씨한테 먼저 말하려고 했는데, 인터뷰에서 그 질문이 나올 줄 몰랐어요. 미안해요. 먼저 말하는 것이 예의인데……. 말 그대로 당분간 도예가로서의 작업에 집중하려고요. 지금 당장 하겠다는 건 아니에요. 천천히 소요 공방을 정리하고 아버지가 계신 공방에서 작업할 것 같아요. 아버지가 딸이랑 같이 부녀 전시 여는 게 꿈이셨거든요. 계속 자리를 지키겠다고 한 회원들과의 약속을 깨고 말았네요."

"저희한테 미안해하실 건 없어요. 대신 전시회 열면 꼭 알려주세요."

정민이 일부러 더 쾌활하게 말했다.

효석도 한마디 거들었다. "저도요! 꼭입니다, 선생님."

"당연하죠."

소요 공방의 마지막이 왜인지 갑작스럽지 않았다. 회원들이 하나둘 소요 공방을 떠날 때마다 정민은 이별을 준비해오고 있었던 것 같았다.

"정민 씨, 잠시만 기다려요."

조희가 의미심장하게 웃으며 가마 뒤에서 화병을 꺼내 왔다.

"이제는 줘야 할 것 같아서요. 내가 주는 게 아니고, 기식 씨가 떠나기 전에 미리 가마에 구워두고 갔어요. 봄이 다가오는데도 정민 씨한테 화병이 없으면 주라면서."

"언제 이걸……."

화병이 없는 것을 어떻게 알았을까. 정민은 그날 함께 도자기를 깨던 날일 거라고 짐작했다. 우아한 곡선이 크게 두 번 들어가 있는 작은 화병은 정민의 손에 꼭 감겼다. 마치 파도의 일렁임을 연상케 하는 곡선. 그리고 검은색으로 무늬를 낸 기식의 평소 작품과 달리 무광의 따듯한 초록빛이 전체적으로 은은하게 돌았다. 따듯한 바다. 기식과 밤늦게까지 산책을 한 그날의 대화가 하나둘 떠올랐다. '바다' 하면 어떤 색이 떠오르는지 묻던 기식의 표정까지도. 그는 도자기를 만들다가 떠오르는 얼굴에게 선물을 준다고 했었지. 그는 지난겨울부터 정민의 얼굴을 떠올렸을 것이다. 그건 정민도 마찬가지였다. 기식을 생각하며 만든 도자기가 전해지지 못한 채 쌓여 갔으니까.

나중에 다시 말해달라고 했는데, 이렇게 살그머니 물어볼 줄이야. 가장 그다운 방식이었다. 이번 물음에 정민의 답은 정해져 있었다.

"선생님! 효석 씨! 저 고성에 가야겠어요!"

초록빛 바다

정민은 택시에서 내린 후 오들오들 떨면서도 삼십 분째 공방 앞을 서성였다. 3월은 봄 아니었나? 일산은 추위가 한풀 꺾였는데 고성은 바닷바람 때문인지 아직 겨울의 한기가 남아 있었다. 휴가차 동해에 자주 왔었지만, 가진 해변은 처음이었다. 유명 카페 거리가 있는 강릉의 안목 해변과는 달리 한적했고 파도가 조금 더 거칠었다. 바다는 역시 푸르뎅뎅한 파란색이었다. 에메랄드는 무슨, 사파이어를 아몬드 슬라이스처럼 얇게 썰어서 흩뿌려놓은 것 같았다. 어디에서도 초록색을 찾아볼 수 없었다. 하지만 옆에서 기식이 초록색이라고 말한다면 정민은 맞장구를 칠 것이다.

다움

ceramic studio & cafe

해변을 마주 보는 저 카페에 기식이 있을 텐데. 기식이 단톡으로 보내준 공방의 위치를 보고 또 보며 외웠었다. 해변을 바로 앞에 둔 저 아이보리 색 건물. 위치는 정확했다. 휴대폰의 로드뷰에는 공방이 뜨지 않았다. 하긴 아직 오픈도 안 했으니. 2주 뒤에 오픈이라고 했었나. 그런데 '다움'이라니. 어떤 의미가 있는 걸까. 정민은 질문들을 입 안에서 굴리다가 결국 바다를 바라보며 공방 앞 벤치에 앉았다. 아직 해는 밝았고 조금 더 이렇게 있어도 될 것 같았다.

"여기서 뭐해요?"

기척 없이 기식이 눈앞에 나타났다. 공방 문에 현관 종이 아직 달려 있지 않아서 정민은 등 뒤로 문이 열리는 줄도 몰랐다.

"고성의 3월은 아직 추워요. 연락하고 오지."

기식이 담요를 내밀며 멍해 있는 정민 옆에 털썩 주저앉았다.

"카페 창문으로 정민 씨가 보였어요. 산책하나 싶어서 내버려뒀는데, 아예 털썩 주저앉기에 무슨 일 있나 해서 냉큼 나왔어요."

할 일 없는 여자처럼 주변을 서성이는 모습을 봤다니, 정민은 겸연쩍어 담요를 이불처럼 덮었다.

몸이 오그라드는 쌀쌀함이 느껴져 정민은 담요 안에서 무릎을 모아 두 손으로 감쌌다.

"바다는 봐도 봐도 안 질리죠?" 몸을 잔뜩 웅크린 채 정민이 물었다.

"네. 질리지 않는 걸 보니까 여기가 제가 있어야 하는 곳인가 봐요. 저를 가장 저답게 해주는 곳이에요. 그래서 공방 이름도 '나다움' 할 때 '다움'이고요."

"오!" 정민은 작게 감탄했다. 글을 쓰는 자신보다 더 작명 센스가 좋은 것 같았다.

"우선 들어와요. 공방 구경시켜줄게요."

기식이 문을 열어주며 "정민 씨가 첫 손님이에요"라고 말했다. 뭐든 처음은 의미가 있는 법. 정민은 특별한 기분을 느끼며 공방 안으로 들어갔다. 아침 일찍부터 데워놓은 듯 공방 안은 따뜻한 공기가 맴돌았다. 공간 곳곳에 기식의 애정 어린 손길이 묻어났다. 테이블은 여섯 개 남짓. 자리는 4인석부터 바다를 마주 보고 앉을 수 있는 바 테이블 형식의 1인석까지 다양했다. 에스프레소 머신 뒤로 보이는 부엌은 가정집처럼 단정했는데 SNS에서 유행하는 감성을 따라하지 않아 더욱 정감이 갔다. 서울과 고성을 오가며 이 공간을 꾸몄을 기식을 생각하니 대견해서 머리라도 쓰다듬어주고 싶었다.

부엌 옆의 아치형 입구로 이어진 방에는 도예 작업실이 있었다. 너저분한 작업 책상 앞에 있는 창문으로 좀 전에 정민이 앉아 있던 벤치와 바다가 훤히 내다보였다. 여기서 다 보고 있었겠구나.

"카페랑 공방이 정말 근사해요."

"천천히 둘러봐요. 여기, 커피."

정민이 작업실을 구경하는 사이, 언제 커피를 내렸는지 기식이 따뜻한 아메리카노가 담긴 커피 잔을 내밀었다. 커피 잔을 손에 쥐는데 문득 소요 공방에 처음 갔던 날과 겹치는 것 같았다. 맞아, 이런 느낌이었지.

"맛 좋은데요? 연분홍빛 나는 이 잔하고도 잘 어울려요."

"다행이네요. 아직 도자기랑 원두를 어떻게 페어링 해야 할지 고민이 많아요. 손님이 직접 컵을 선택하게 하면 어떨까 싶기도 하고요."

"온 김에 시식회에 동참해줄게요."

"영광이네요."

기식은 특유의 웃는 얼굴로 허리를 90도로 접어 인사하는 시늉을 했다. 저렇게 웃는 사람도 있구나 싶어서 매번 신기했다. 그는 앞치마 위에 패딩을 걸쳐 입고 있었는데, 삐죽 튀어나온 녹색 앞치마가 여전히 더러웠다. 한쪽 주머니는 실밥이 뜯겨 너덜너덜했다.

"화병은 고마워요. 정말 마음에 들어요."

"다행이에요. 전에 화병 없다고 했잖아요. 정민 씨는 나날이 실력은 느는데, 이상하게도 화병만 못 만들더라고요. 그나마 잘 만든 건 남 줘버리고 말이죠."

"기식 씨 거 보고 눈만 높아져서 분수에 안 맞게 기교를 부리다가 망쳤죠, 뭐. 그리고 화병은 꼭 기식 씨가 만든 걸로 갖고 싶었거든요."

"일찍 말하지. 정민 씨 생각하면서 만든 화병이 얼마나 많은데……."

"저도 기식 씨한테 줄 도자기 많아요. 그런데 기식 씨가 훨씬 잘 만드니까 제가 만든 걸 주기가 창피하더라고요. 대신 이거, 꼭 주고 싶었어요."

정민은 허술하게 포장된 상자를 내밀며 "조금 늦은 감이 있지만요"라고 덧붙였다.

"앞치마네요."

"처음에 저한테 앞치마 빌려주셨잖아요. 그리고 앞치마 바꿀 때도 된 것 같아서……."

"딱 필요한 거였는데."

기식은 바로 패딩을 벗어 앞치마를 갈아입었다. 갈색 가죽이 덧대어진 데님 앞치마가 그와 잘 어울렸다.

"그거 매고 좋은 도자기 더 많이 만들어요. 조희 선생님처럼 사람들한테 맛있는 커피도 내려주고요."

하지만 기식은 무언가 못마땅한 듯 떫은 표정이었다.

"사실 자신이 없어요. 소요 공방같이 따뜻한 공간으로 만들 수 있을까요? 선생님도 지혜도 준도 예리도 정민 씨도 없는 도자기 공방이 익숙지 않아서 나도 모르게 이 공간에 낯을 가리는 거 있죠."

기식은 공방을 죽 둘러보았다. 지난 세 달 동안 이 공방에서 혼자 도자기를 만들며 얼마나 외로웠던지. 분명 구석구석 정성스럽게 꾸민 공간인데도 눈길이 오래 머물지 않았다. 그럴 때마다 소요 공방 회원들의 얼굴이 떠올랐다. 솜사탕처럼 가슴을 부풀어 오르게 하는 얼굴들이 지나가고 마지막에 떠오른 건, 정민의 얼굴이었다. 누구의 손때도 묻지 않은 새 공간에서 기식은 오히려 소요 공방을 그리워했다.

"하긴 여기는 샌드위치 가게도 없고 아이스크림 카페도 없으니……. 맛집도 다시 찾아야겠네요."

정민이 장난스럽게 키득거렸다. 기식은 정민의 이 웃음이 가장 편안할 때 내는 웃음소리와는 결이 다르다는 것을 알아챘다. 하고 싶은 말을 정민이 아직 숨기고 있는 게 틀림없었다. 기식은 그녀에게 바다를 조금 더 가까이서 보여줘야겠다고 생각했다.

"우리, 바다 보러 가요."

모래가 사락사락 소리를 내며 밟혔다. 둘은 각자 그동안 겪었던 일상을 하나씩 풀었다. 소요 공방이 곧 문을 닫는다는 것, 효석이 술친구가 없어졌다며 지혜의 빈자리를 크게 느끼고 있다는 것, 예리와 한솔이 훌쩍 키가 커서 찾아왔다는 것, 갓 대학생이 된 준이 의외로 주당이라는 것, 호야는 무척 건강하다는 것……. 정민은 기식에게 해줄 말이 많은 반면 기식은 정민에게 해줄 말이 많지 않았다.

고성에 내려와서는 아무것도 하지 않았다고 했다. 늦게 일어나 도자기를 굽다가 아직도 정하지 못한 커피 원두를 고민하며 다른 카페에 시장조사를 가는 것이 일과의 전부였다. 대신 기식은 점심때쯤 일어나는 것이 얼마나 기분 좋은 일인지, 인생에서 처음 늦잠을 자본 사람처럼 숨 가쁘게 이야기했다.

항상 밤가시마을의 작은 공방에서만 봤던 기식. 이 낯선 공간에서 기식의 얼굴은 정민에게 유일하게 익숙한 것이었다. 그래서 그런지 그림 같은 바다를 두고도 기식의 얼굴에 자꾸 시선이 갔다. 이러고 있으니 사방이 바다로 둘러싸인 둘만의 섬에 있는 것만 같았다.

"소설은 잘 돼가요?"

"열심히는 하고 있어요. 그런데 쉽지 않네요."

"저는 정민 씨 글 좋아해요. 공방 인스타그램에 업로드 되는 글, 계속 챙겨보고 있어요."

정민은 웃음이 터졌다. 겨우 웃음을 진정시키고 어리둥절한 기식에게 휴대폰 메모장에 적어둔 계정들을 보여주었다. 기식은 시치미를 뗐지만 당황한 듯 정민의 눈을 똑바로 쳐다보지 못했다.

"고마워요. 덕분에 엄청나게 힘이 됐어요."

"계정을 바꿔가면서 했는데도 들켰네요. 무섭네, 무서워. 정민 씨는 못 속이겠어요."

기식이 두 손으로 얼굴을 가렸다. 귀가 빨개져 있었다.

"그런데 정민 씨도 차암, 내가 댓글 다는 거 다 알았으면서도 연락 한 번 없고……."

기식이 삐진 티를 냈다. 그도 그럴 것이 기식은 그녀의 연락을 무척 기다렸다. 꼭 답을 주지 않더라도 시시콜콜한 주제로라도 연락해주기를. 자신이 먼저 연락하면 혹여 다시 그 제안을 하는 걸로 알고 부담스러워할까 봐 참고 또 참았더랬다. 기식은 느린 사람을 어떻게 기다려줘야 하는지 잘 알면서도 서운함이 전혀 없지는 않았다.

"나는 어어엄청 느린 사람이라고 했잖아요."

기식의 인내심을 재볼 요량은 아니었더라도 망설인 것은 사실이었기에 정민은 미안한 마음이 들었다. 그래서 이제 더는 미룰 수 없었다.

"그 아이스크림 카페 있잖아요. 초콜릿칩 쿠키 도우 프로즌 요거트 맛. 다행히도 단종되지 않았어요."

정민은 그 긴 이름을 어느새 다 외워서 이제는 더듬거리지 않았다.

"정말요?"

"요거트와 초코 쿠키의 만남을 꾸준히 응원하는 사람들이 꽤 있었나 봐요."

말을 하는데 입 안에서 단맛이 퍼지는 것 같았다. 그 아이스크림이 묘지에 묻히지 않기를 바라며 기식 대신 얼마나 자주 사 먹었는지…….

"정민 씨도 그중 하나였어요?"

"그럼요! 처음에는 기식 씨가 이걸 무슨 맛으로 먹는 걸까 이해가 하나도 안 됐어요. 그런데 자꾸 생각나는 거 있죠? 먹다 보니까 또 그렇게 달지만도 않더라고요. 초코 때문에 혀가 아릴 때쯤 시큼하고 담백한 요거트가 단맛을 잡아주더라고요."

"드디어 그 맛의 진가를 알아봤군요. 괜히 뿌듯하네요."

"그런데 이제 정말 단종될지도 몰라요. 그 맛을 응원하던 마지막 팬이 곧 밤가시마을을 떠나거든요. 밤가시마을 4단지 301호…… 계약이 끝났어요. 그래서 이번 봄은 고성에서 맞아볼까 해요."

정민이 기식의 옆얼굴을 바라보았다. 기식도 고개를 돌려 정민을 가만히 쳐다보았다. 서로를 마주 본 꼴이 되었다. 정민은 가슴께가 간지러웠다. 다음 말을 망설이는데 기식이 살포시 손을 잡았다. 계속, 계속 말해봐요. 이렇게 속삭이는 것 같았다.

"제가 쓰는 소설이요. 조용한 동해 바다를 마주 보고 있는 도자기 공방에서 일어나는 이야기가 될 것 같아요."

"아마도 공방 옆에는 남자가 만든 도자기 잔에 커피를 내려주는 카페도 있는 것 같은데, 맞나요?" 기식의 입꼬리가 예쁜 곡선을 그리며 올라갔다.

"네, 맞아요. 작은 고양이도 있고요. 근데…… 기식 씨 알레르기는 어떡하지?"

"제가 어떻게든 해볼게요."

둘은 동시에 웃음을 터뜨렸다.

정민은 바다가 보이는 이곳에서 다가오는 봄을 맞이하고 싶었다. 함께 있어야 하는 이유를 찾는 것은 어렵지 않다. 그 이유를 둘만의 약속으로 만드는 것이 어려울 뿐이다. 밤이 찾아오기 전, 해는 마지막 힘을 다하듯 가장 밝은 빛을 바다 위에 흩뿌렸다. 따뜻한 초록빛 바다 위에는 윤슬을 따라 섬으로 가는 길이 생겼다. 포개진 두 손, 찬바람 속에서도 두 손이 맞닿은 면적만큼은 뜨거웠다. 계절이 파도처럼 밀려오고 또 밀려갔다.

작가의 말

나는 세상의 거의 모든 '소요'를 사랑한다.

소요(所要) : 필요로 하거나 요구되는 바.

소요(逍遙) : 자유롭게 이리저리 슬슬 거닐며 돌아다님.

사물이든 관계든 천천히 시간을 들인 적이 있었나. 하루 동안 피어난 크고 작은 변화 속에서도 본래의 마음을 잃지 않는 것들에 경탄하면서 산책을 했나. 내가 나에게 질문하게 만드는 이런 '소요들'을 어떻게 아끼지 않을 수 있을까.

그리고 흙을 빚어 가마에서 구워낸다는 뜻의 소요塑窯가 있다.

나는 또 질문한다. 나의 질감은 무른 흙인가, 아니면 단단한 도자기인가. 답을 찾기 위해선 아무래도 도자기를 더 구워봐야 할 것 같다. 가마의 문을 닫으며 내가 할 수 있는 게 아무것도 없다는 것을 받아들이는 순간, 손끝에서부터 힘이 쭉 빠져나가면서 온몸에 퍼지는 가뿐한 무력감만이 현재의 내가 알 수 있는 전부다.

소요 공방을 소설의 배경으로 쓰도록 허락해주신 선생님께 감사드린다. 동그랗고 매끈한 조약돌을 손에 감싸 쥐듯 조심스레 마을과 공방의 이름을 수집했지만, 그 외의 배경은 전적으로 나의 상상이다. 등장인물에게 선뜻 이름을 내준 지인 두 분께도 큰 감사를 보낸다. 어색하게 건네는 나의 손 인사에도 늘 거리낌 없이 반겨주는 주변 사람들이 해준 귀한 말도 소설 곳곳에 녹아 있다.

부드러운 흙처럼, 서로의 허술한 손길을 기꺼이 포용해주기를. 두려워 말고, 소중한 것을 소중하게 대하는 법을 배워가기를. 언젠가 각자의 '우리'를 온전히 담아낼 움푹한 모양새의 그릇을 발견하기를. 도자기처럼 천천히, 하지만 뜨겁게 삶을 구워낼 당신께 이 소설을 보낸다.

2023년 초봄

연소민

공방의 계절

초판 1쇄 발행 2023년 3월 23일
초판 4쇄 발행 2023년 5월 8일

지은이	연소민
펴낸이	김철식
펴낸곳	모요사
출판등록	2009년 3월 11일 (제410-2008-000077호)
주소	10209 경기도 고양시 일산서구 가좌3로 45, 203동 1801호
전화	031 915 6777
팩스	031 5171 3011
이메일	mojosa7@gmail.com

ISBN 978-89-97066-80-3 03810